늘봉이는 여행 중

놀봉이는 여행 중

1판 1쇄 발행 2024년 11월 10일

지은이   최상봉
발행인   이선우
기획 편집 하정아
펴낸곳   도서출판 선우미디어
         등록 | 1997. 8. 7 제300-1997-148호
         02643 서울시 동대문구 장한로12길 40, 101동 203호(장안동 우성3차아파트)
         ☎ 2272-3351, 3352 팩스: 2272-5540
         sunwoome@hanmail.net
         Printed in Korea ⓒ 2024. 최상봉
값 20,000원

※ 잘못된 책은 바꿔 드립니다.
※ 저자와의 협의하에 인지 생략합니다.

ISBN 978-89-5658-773-8 03810

놀봉이는 여행 중

최상봉(崔相奉) 여행기 · 1

1

몽골
러시아
중국
대한민국
네팔
인도

선우미디어 sunwoomedia

프롤로그

내가 초등학교 4학년 때 우리 가족은 고향 돌산도(突山島)를 떠나 항구 도시 여수 동정(東町)으로 이사했다. 고등학교 1학년 때 서울로 상경한 뒤 사회에 진출하여 많은 일들을 체험하고, 12년 후 미국 유학 길에 올랐다. 1973년 8월 23일, 내 나이 만 29세였다.

미국에서 50년을 살았다. 맨 처음 버지니아와 시카고를 기점으로 수없이 많은 이사를 다녔다. 1980년 8월, 로스앤젤레스에 정착한 이후부터는 세상을 향해 나가기 시작했다.

여행은 미지에 대한 불안과 기대 속에 미처 예상치 못했던 고난과 도전을 지혜롭고 즐겁게 극복해 나가는 스릴 넘치는 경기다. 여행이 인생이고 인생이 여행이다. 나의 인생 여정(旅程)을 되돌아보면 어려움이 적지 않았으나 후회하거나 주저앉지 않고 미래지향적인 삶을 살아왔다.

내 별명을 '놀봉이'라고 스스로 지어보았다. 낯선 자연과 문화를 찾아 떠나는 여행의 묘미는 아무리 얘기해도 충분치 않다. 오랜 기간 동안 많은 곳을 다녀도 지치지 않는다. 나만의 독특한 감각으로 느끼고 깨닫고 음미하는 즐거움 속에 추억이 쌓인다.

신묘막측한 자연과 대면하면 기쁨이 충만해진다. 창조주 하나님의 놀라운 창조 솜씨 앞에 샘솟는 감탄과 감동이 나를 매번 새롭게 빚어준다. 긍정적인 마인드로 좀 더 나은 삶을 위해 끊임없이 배우고 연구해야지, 새 힘이 솟는다.

몇 년 전, 남태평양에 다녀온 후 함께 여행했던 지인들에게 여행 후기를 써서 이메일로 보냈더니 두 번 여행하는 느낌이 든다며 기뻐했다. 그 후 여행을 마치고나면 감상문을 보내달라는 부탁을 많이 받았다. 이것이 동기가 되어 여행기 출판을 결심했다. 아직도 다녀오지 않은 독자들이 이 여행기를 읽고 꼭 한번 가 보고 싶다는 열망을 품을 수 있다면 좋겠다. 이미 다녀온 분들은 즐겁고 행복한 기억을 재생하는 동안 여행이 주는 유익에 공감해 주었으면 좋겠다.

하나님은 왜 우리 사람을 만드셨을까? 삶의 의미는 무엇일까? 하나님께서는 생령을 우리 사람에게 불어넣으시고 생육하고 번성하라는 은혜를 베풀어주셨다.

하나님은 또 우리 인간이 행복하게 살아갈 수 있도록, 아름다운 환경을 창조해서 선물로 주셨다. 하나님께서 주신 생명을, 자연을, 이 아름다운 세상을 맘껏 누려야겠다. 때가 되면 하나님께서는 그 생령을 거두어 가시고 우리의 육신을 흙으로 돌아가게 하실 것이다. 그때까지 온 힘을 다하여 즐겁고 행복하게 살고 싶다. 가족과 이웃을 사랑하면서 화목하게 살고 싶다.

촌음을 아껴 쓰라는 옛 성현의 금언이 생각난다. 나는 계속 움직이며 살아가고자 한다. 건강이 허락할 때까지 세상을 주유(周遊)하면서 하늘과 땅, 산과 강과 바다, 나무와 풀과 꽃, 눈과 비와 바람, 태양과 달과 별 속에 담겨 있는 의미를 내 가슴속에 가득 채우고 싶다.

하나님께서 내게 베풀어주시는 사랑과 은혜가 차고 넘친다. 여기까지 인도해 주신 하나님께 감사드린다.

사랑하는 아내의 헌신과 배려에 깊은 감사를 보낸다.

2024년 가을의 길목에서
지금도 여행 중인 놀봉이, 저자 최상봉

목차

chapter 2
러시아, 중국, 대한민국

chapter 3
네팔과 인도

chapter · 1

민족의 뿌리를 찾아서

[2015년 6월 26일 ~ 7월 8일]

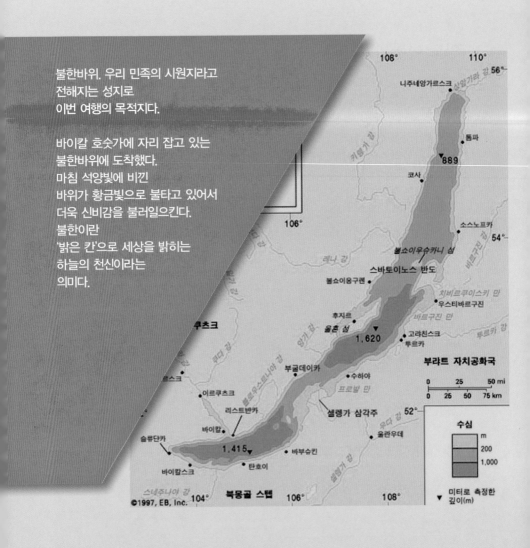

불한바위. 우리 민족의 시원지라고
전해지는 성지로
이번 여행의 목적지다.

바이칼 호숫가에 자리 잡고 있는
불한바위에 도착했다.
마침 석양빛에 비낀
바위가 황금빛으로 불타고 있어서
더욱 신비감을 불러일으킨다.
불한이란
'밝은 칸'으로 세상을 밝히는
하늘의 천신이라는
의미다.

108°　　　　　　110°
　　　　　　56°
니주네양가르스크　　상임가라 강
기레가 강
돔파
889
코사
　　106°
　　　　　　소스노프카
54°
　　　　　불쇼이우슈카니 섬
레나 강　　　스바토이노스 반도
불쇼이옹구렌
바르구진 강
치비르쿠이스키 만
우스티바르구진
후지르　　　　바르구진 만
쿠츠크　　　울흔 섬
1,620　　고라친스크
투르카
부굴데이카
부라트 자치공화국
르스크　　　수하야
이르쿠츠크　프로발 만
리스트반카　　　　　　0　　25　　50 mi
바이칼　　　　　　0　25　50　75 km
셀렝가 삼각주 52°
슬류단카　　　　　수심
1,415　바부슈킨
바이칼스크　　탄호이
스네주나야 강　　　　　　m
©1997, EB, Inc. 104° 북몽골 스텝 106° 108°　　200
1,000
미터로 측정한
깊이(m)

몽골 여행

다시 몽골 울란바토르

언젠가는 다시 오리라 작심했던 몽골이다. 2003년도에 몽골 울란바토르에 감리교 선교센터 설립 차 다녀온 후 12년이 지났다. 몇 개월 전에 여행 예약을 해놓고 마음이 설렜다. 사오십 명 정도 신청했는데, 때마침 한국에 창궐하고 있는 메르스 전염병 때문에 여러 사람이 예약을 취소했다. 꼭 갈려고 마음먹었던 분들도 막판에 마음을 접어서 LA 공항에 나와 보니 아주관광 박평식 사장님을 포함해서 겨우 아홉 명이다. 남자 여섯, 여자 셋. 여행 기간은 11박 12일이다.

아내 애니가 며칠 동안 여행에 필요한 품목을 적고 하나하나 점검해 가면서 짐을 챙겨주었다. 감사하는 마음을 애니에게 전하면서 이 글을 쓴다. 인천행 비행기에 몸을 실으니 드디어 떠나는구나 싶다. 마일리지가 많아 업그레이드를 해서 비즈니스 클래스로 여행하니 한결 편하다.

사람은 편해지면 더 편해지고 싶은 마음을 갖게 되나보다. 스튜어디스들이 세심하고 친절하게 서비스를 해주니 참 고맙고 기분이 흐

못하다. 기내에서나 일등석 대기실에서 제공하는 음식과 서비스는 대한민국의 국적기가 세계 어느 나라 항공사보다 월등하다. 대한항공이 조현아 부사장의 '땅콩 회항' 사건으로 곤욕을 치르더니 서비스에 더욱 각별하게 신경을 쓰는 것 같다.

승객의 안전을 외면한 그녀의 권위주의가 말썽을 빚기는 했지만, 오늘날 대한항공이 세계적인 항공사로 발돋움하는데 일조했다고 생각한다. 동전에 양면이 있듯이 대한항공의 밝은 면도 인정을 해 주어야 할 것 같다. 맛있는 연어 요리로 점심 식사를 마치고 나니 스튜어디스들이 창문 커튼을 내리고 소등을 해서 고객들이 쉴 수 있도록 배려한다.

2015년 6월 26일 낮 12시 40분에 LA 국제공항에서 출발한 비행기는 6월 27일 오후 5시 50분에 인천공항에 정시 도착했다. 비행기를 갈아타고 약 4시간 비행한 후에 몽골 울란바토르 공항에 착륙했다. 호텔에 들어가 침대에 누우니 거의 새벽 3시다.

룸메이트는 서치원 씨다. 서 회장은 66세로 17년 전에 상업용 냉장고를 한국에서 동업자 두 사람과 함께 생산 제작해서 주로 미국에 수출해 왔는데 지금은 여러 나라로 판매망을 넓혀가고 있다고 한다. 미 전역에 물품을 보관하는 웨어하우스(Warehouse) 여러 채를 가지고 사업을 크게 확장하고 있다. 일주일에 한 번쯤 회사에 나가고 나머지 시간은 등산, 하이킹, 골프, 여행을 즐기면서 멋지게 사는 분이다.

함께 여행하게 된 신용국 씨는 지난 22년간 약 120개국을 여행했다고 한다. 이탈리아에는 열 번도 더 다녀왔다고 한다. 미국 비자로 여행할 수 있는 나라가 185개국이고 지구상에 192개 나라가 있는 것을 감안할 때, 가볼 만한 곳은 거의 다 다녀왔다는 이야기다. 지금 그와 나는 바이칼 호 여행에 나섰다.

항상 다니는 여행이지만 미지의 땅으로 떠날 때마다 참으로 즐겁다. 일상의 책임과 의무에서 벗어나 나를 풀어놓을 수 있다는 것은 얼마나 큰 축복인가. 여행에 대한 열정과 여건을 허락해 주신 하늘 아버지께 감사드린다.

여행지 리스트

나는 지금까지 정확히 몇 나라를 여행했는지 세어본 적이 없다. 그저 5대양 6대주를 기회가 닿을 때마다 누볐다고나 할까. 남미 일대, 아프리카를 다녀왔고, 오스트레일리아, 뉴기니, 뉴질랜드를 포함한 오세아니아, 중국, 만주, 태국. 베트남, 인도, 동남아 6개국, 그리고 사우디아라비아를 여행했다. 성지 순례를 하면서 여러 나라를 경유하거나 머물렀고, 덴마크, 그리스, 터키, 유럽 일대, 발칸 6개국, 코카서스 3개국도 돌아보았다. 미국과 캐나다 대륙은 예외로 하자. 같은 장소를 수없이 동서남북, 종횡무진 다녔다.

구체적으로는 2001년 서유럽 일주를 시작해서 2004년 그리스와 터키, 2010년에는 남미 일주를 통해 브라질과 아르헨티나, 페루 등지를 여행했다. 2013년 발칸 여행에서는 동유럽의 루마니아, 불가리아, 마케도니아를 포함하여 세르비아와 보스니아, 크로아티아 등지에 다녀왔다.

2014년에는 남태평양의 보라보라섬으로 결혼 40주년 기념 여행을 다녀왔다. 그해 여름에는 오레곤의 크레이터 호수와 북가주 레드우드를 여행했고 11월에는 피지, 뉴질랜드, 호주에 다녀왔다.

2015년에는 6월 말부터 7월 중순까지 몽골과 러시아 바이칼 호수를 11박 12일 동안 여행했고, 귀국 전에 중국 상해와 항주에서 4박 5일, 블라디보스토크에서 2박 3일 여정을 소화했다. 기억도 나지 않는 나라와 지역들이 많다. 언젠가 맘먹고 세어봐야겠다.

아직도 가지 못한 곳, 그래서 언젠가는 꼭 가야 할 곳도 많다. 포르투갈과 남극, 미얀마 등에 아직 발을 딛지 못했다. 이집트 여행은 성지순례 일정에 포함되어 있었으나 여행 시작 몇 달 전에 테러분자들이 이스라엘과 이집트 국경 인근에서 테러를 일으켜 입국 금지가 되는 바람에 들어가지 못했다. 아프리카 대륙 중에도 케냐, 탄자니아, 모로코, 수단, 알제리, 튀니지, 르완다, 나이지리아, 리비아, 보츠와나 세네갈, 알제리 앙골라에는 아직 발을 딛지 못했다. 가지 않은 곳, 아름다운 곳을 찾아 순례를 계속할 것이다.

나는 이번 몽골과 러시아 여행의 목적을 우리 민족의 뿌리를 찾는 일에 포커스를 맞추었다. 몽골계라 하면 선비족, 돌궐족, 위구르족, 키르키즈족, 거란족, 우리 한민족을 아우를 수 있다. 확실한 것은 바이칼 호 주변 일대의 문화가 우리의 토착문화와 유사성이 많다는 점이다.

2015년 6월 28일, 아침 일찍 미니버스를 타고 몽골 시골로 향했다. 이번 여행에 동행한 아주관광 박평식 사장이 매일 아침 버스가 출발하면 일행에게 복창하게 하는 구호 몇몇이 있다. "오늘은 좋은 일이 있을 것입니다!" "여행은 인생이다!" "참 다행이다!" 그가 하는 말을 복창하다 보면 내 음성을 내 귀로 들으면서 스스로에게 긍정적인 마음을 심어주고 그렇다고 믿게 만드는 효과가 있다.

현지 가이드 칭게는 노처녀다. 언니 부부는 한국에 아예 정착하여 살고 있다고 한다. 현재 한국에는 약 3만 명의 몽골인이 거주한다고 한다. 요즈음은 인도, 태국, 몽골인들이 한국에 유학해서 한국어를 배우거나 현지에서 한국어를 습득하여 한국어로 가이드를 한다. 그녀에게 배운 몽골어는 셈베노(안녕하세요)와 바이롤라(감사합니다)다.

칭기즈칸과 어머니 후엘른

우리는 1시간 정도 이동하여 울란바토르에서 동쪽으로 40킬로미터 떨어진 곳에 있는 칭기즈칸 청동상을 보러 갔다. 50미터 높이로 어마어마하게 큰 이 동상은 2006년에 세워졌는데 동쪽을 향하고 있다. 칭기즈칸이 태어난 고향이 있는 방향이라는 설도 있고 중국에 대한 분노의 표현이라는 설도 있다. 이곳은 워낙 높아서 내부에 설치된 엘리베이터를 타야 동상 꼭대기까지 오를 수 있다. 우리는 일정상 사진만 찍고 돌아섰다.

칭기즈칸 동상 앞에서 몽골 독수리와 함께

동상 앞에 큰 독수리를 여러 마리 놓고 사진을 찍게 하고 돈을
받는 몽골인이 있어서 기념 촬영을 했다. 독수리가 얼마나 큰지 무
게가 자그마치 15킬로그램이다. 한국 남성의 평균 몸무게가 66킬로
그램이니 우리 사람 몸무게의 거의 4분의 1인 셈이다. 두껍고 긴 장
갑을 끼고 독수리를 팔뚝에 올려놓으니 한 팔로는 오래 버틸 수가
없어서 다른 한 팔로 독수리를 올려놓은 팔을 받친 후에야 겨우 사
진을 찍을 수 있었다.

여행을 다녀온 후 텔레비전 뉴스에 이 동상이 배경으로 나오는 것
을 보고 감회가 깊었다.

건너편 언덕에는 칭기즈칸의 어머니, 후엘른의 동상이 서있다. 후
엘른은 칭기즈칸에게 큰 기둥이었다. 그녀는 결혼식을 마치고 남편

칠레두를 따라 마차를 타고 시댁으로 가던 중 다른 부족 예수게일 일당에게 기습을 당하고 납치되었다.

열여섯 살의 꽃다운 그녀는 이미 본부인이 있는 예수게일의 둘째 부인이 되었다. 테무친(칭기즈칸)을 낳았는데 그는 핏덩이를 손에 움켜쥐고 있었다. 그가 아홉 살이 되자 부모가 아들의 짝을 찾기 위해 초원을 여행하던 중 부르테 소녀를 만나고 양쪽 부모는 부부의 연을 맺어주기로 약조한다.

후엘른 가족이 집으로 돌아오는 길에 그녀의 첫 남편 칠레두 부족의 계략에 넘어가 남편 예수게일이 독이 든 양젖을 대접받아 마셨는데 그 독으로 인하여 귀가하자마자 숨을 거두고 만다. 그가 사망하자 두 부인과 어린 자녀 일곱은 부족으로부터 버림받는다. 생존에 필수적인 건장한 남자가 없는 이들 가족은 부족에게는 한갓 밥만 축내는 사람들이었기 때문이다. 황량한 초원의 생존 법칙이다.

테무친의 어머니 후엘른은 강인한 여성이었다. 죽은 남편의 말총 영기를 들고 떠나가는 무정한 부족의 무리를 쫓아가서 제지하려 했으나 그들은 끝내 떠나고 만다. 추운 겨울이 닥치자 온 가족들이 기아에 허덕이는 등 온갖 고초를 겪었으나 강인한 정신력으로 버텨 살아났다. 말총 영기는 훌륭한 종마의 목에 나는 거센 털을 창 날 아래 묶어서 만든 도구로 부족의 지도자가 지닌 권위를 표현하는 일종의 상징물로 자손에게 대대로 전승되었다.

어느 날 테무친의 정혼녀 부르테가 메르키트 부족에게 납치당했다. 테무친이 기습작전을 펴서 그녀를 구출해 왔는데 그녀는 납치 중 강간당하여 임신한 상태였다. 이 사실을 알게 된 테무친은 반미

치광이가 된다. 그러나 강인한 어머니 후엘른의 보살핌으로 다시 재기하였다. 어머니 후엘른은 테무친을 훌륭한 전사로 길러 위대한 정복자요 세계사를 바꾸는 영웅으로 만들었다.

자동차를 타고 가는 중 평지 곳곳에 나무판자로 울타리를 둘러쳐놓은 것을 보았다. 최근에 정부에서 국민 한 가족당 무상으로 나누어 준 0.7헥타르의 땅의 경계를 주인이 표시한 것이란다. 2,118평이고 7천 평방미터다. 몽골 국민 한 가족이 집을 짓고 말도 기르고 농사도 지을 수 있는 면적이다.

이곳 결혼 연령은 25세에서 30세 사이란다. 자녀는 평균 2명 정도다. 정부에서는 출산을 장려한다. 이혼율이 높다. 5년 전만 해도 이혼율이 약 20퍼센트였는데 지금은 40퍼센트에 육박한다. 여성의 사회 참여도가 늘어나면서 여성 혼자서도 경제적 자립이 가능하기 때문이다. 집안일은 남녀가 반반씩 맡아서 한다.

이곳에도 1920년경에 무슬림이 들어왔는데 신자 수는 미미하다. 이곳은 석탄을 필두로 광물 매장량이 어마어마하다. 몽골인은 독수리를 비롯해서 늑대, 여우, 토끼사냥을 즐긴다.

몽골인들은 매해 봄이 되면 염소 고기를 보약으로 먹는다. 말고기도 먹는데 머리는 먹지 않고 산등성이에 올려놓는다. 말에게는 인간처럼 영혼이 있기 때문이란다. 개는 사람의 친구이기 때문에 먹지 않는다. 늑대고기는 겨울에 사냥해서 병자의 보약으로 사용한다.

몽골 테를지 국립공원 내에 있는 서낭당

거북바위

테를지 국립공원의 낭만

테를지 국립공원 초입에 들어서니 테를지 툴 강 주변에 자작나무와 버드나무가 숲을 이루어 빽빽이 들어서 있다. 여름철이라 강변에는 많은 사람들이 나와 수영도 하고 승마도 즐긴다. 물속에서 물장구를 치며 노는 아이들과 젊은이들의 표정이 마냥 즐겁기만 하다.

우리 일행은 1시간 정도 산림욕을 하면서 강변을 산책하다가 가까운 호텔에 들어가 음료수를 마시면서 잠시 더위를 식혔다. 함께 여행하는 김옥석 산부인과 닥터 부부가 대접했다.

비포장도로 양쪽으로 침엽수와 자작나무가 우거진 깊은 숲속으로 자동차가 달려 들어간다. 이 국립공원 안에는 약 400개의 캠핑장이 있는데 여름에는 오픈하고 겨울에는 철수한다.

이동 중에 서낭당에 내려서 구경했다. 큰 돌무덤 위에 세워놓은 두 개의 솟대에 오색 천들이 매달려 있고 제단도 보인다. 주위에는 장사꾼들이 전통 칼과 여러 가지 장식품 등을 좌판에 올려놓고 팔고 있다. 이 서낭당은 옛날 우리 한국의 농촌에서도 흔히 볼 수 있는 형상과 흡사하다. 서낭당을 세 바퀴 돌면 소원이 이루어진다고 한다.

백스님 동굴(Monk Rock)도 둘러보았다. 1930년에 공산 치하에서 불교 탄압이 심해지자 100명의 스님이 이 큰 바위 밑에 숨어 지냈단다. 안에는 물도 있고 거주시설이 잘 되어 있다. 스탈린 시대 당시 몽골 인구는 70만이었는데 종교 탄압으로 3만 명이 살해당했다고 한다. 공산 정권은 어떠한 종교도 허용되지 않기 때문에 티벳 불교 즉 불교의 파생 종파도 탄압의 대상이 되었다.

동굴 주변에는 거북바위를 비롯해서 기암절벽들이 장관을 이루었다. 이 근방에는 100개에 달하는 동굴이 있는데 냉동실처럼 차가운 온도를 연중 내내 유지해서 여름철에 육류 저장소로 사용되었다고 한다.

우리는 테를지 국립공원의 명물 중의 하나인 부자바위 아래에 위치한 캠프장에 도착해서 한 게르에 두 명씩 들어가 짐을 풀었다.

점심은 한식으로 된장찌개가 나왔는데 돼지고기에 상추쌈까지 곁들여 맛있게 먹었다. 샤브샤브도 전문으로 하는 식당이다. 샤브샤브라는 음식의 유래는 먼지가 앉은 고기를 뜨거운 물에 살짝살짝 씻듯이 데워 먹는 데서 유래했다고 한다.

점심 후에는 제주도에서 흔히 볼 수 있는 말을 타고 약 1시간 동안 초원을 가로지르며 몽골의 아름다운 자연을 만끽했다. 아홉 명 중에 연로하신 부부와 여성 한 분을 빼고 여섯 명이 말안장에 올랐다. 말에 탄 두 사람의 말고삐를 한 명의 마부가 붙잡고 안전하게 안내했다. 마부가 자기 말을 타고 우리가 타고 있는 말을 뒤따르고 있어서 그다지 위험하게 느껴지지는 않았다.

나는 옛날에 집에 말을 가지고 있어서 승마 요령이 있었다. 조금 타다 보니 승마가 점점 재미있어졌다. 우리가 타는 말은 모두 수말들이다. 이들은 낮에는 이렇게 여행객을 태우고 밤이 되면 방목이 되어 풀을 뜯는다. 암말들은 새끼를 낳기 때문에 그저 놀고먹는다.

우리 일행은 에델바이스 노래를 합창하고 생각나는 대로 이 노래

테를지 국립공원 내 부자바위 캠프장에 있는 게르로 필자가 머물렀던 숙소다.

아주관광 박평식 사장님과 함께 칭기즈칸이 탔던 종류의 몽골 조랑말을 타고 한 시간 동안 몽골 초원을 누볐다.

저 노래를 신이 나서 불렀다. 승마를 마친 후 전통 유목민 게르에 4~명씩 방문해서 몽골인 부부가 내놓은 다과와 차를 대접받았다.

화덕 위에 올려놓은 냄비 속에 담겨있는 누런 액체를 보고 흥미가 있어 뭐냐고 물었더니 우유를 끓여 놓은 것이라고 한다. 몇 시간 후에 응고되면 치즈가 된다고 한다. 또 말 젖을 삼천 번 정도 저어 주면 훌륭한 마유주(馬乳酒)가 된단다.

원형으로 지어진 게르의 한가운데에는 난로가 있고 정중앙 북쪽에는 제단이 있다. 조상신, 토속신, 또는 석가모니를 모시는데 전반적으로는 티베트 불교가 대세를 이룬다. 우측에는 부부 침대가, 좌측에는 아이들 침대가 놓여있다. 약 1시간 반이면 게르를 분해하여 다른 지역으로 이동이 가능하다고 한다. 몽골인들은 목초를 찾아 이동하는 유목 생활을 하기 때문에 한곳에 오래 머물지 않는다. 그러나 현대에 들어와서는 대부분 오랫동안 한곳에 정착해서 산다.

몽골인들은 네 가지 색을 좋아한다. 빨간색, 하얀색, 녹색, 그리고 파란색이다. 빨간색은 불, 하얀색은 우유, 녹색은 풀, 그리고 파란색은 하늘을 상징한다. 생존에 필수적인 요소들이다. 몽골인들이 현실적인 민족이어서인지 극한 환경 때문인지 두 가지를 합쳐놓은 이유 때문인지, 잠시 생각에 빠졌다.

말은 풀을 뜯어 먹을 때 씹지 않고 그냥 삼킨다. 풀이 채 소화되지 않은 상태로 배설되기 때문에 냄새가 심하지 않고 화력이 세단다. 말똥은 말려서 음식을 요리할 때나 게르의 방 안 공기를 따뜻하게 데우는 연료 대용으로 사용한다. 말똥이 마르는 동안 악취는 모두 사라지고 향기로운 풀냄새만 남는다고 한다. 소와 양은 되새김을 하기 때문에 먹은 풀이 모두 소화가 되어서 연료로 쓰기에는 부적합하다고 한다. 인도에서는 소똥이 귀한 연료로 쓰인다는데 산악의 나라 네팔에서는 말의 수효가 상대적으로 많아서 소똥까지 필요하지 않은 이유도 있겠다 싶다. 각 나라마다 자연환경에 적응하는 모습의 일면이 아닐까 생각한다.

칭게가 마른 말똥에 불을 붙여 일행 한 사람 한 사람에게 냄새를 맡게 했다. 말똥 냄새가 심하지 않다. 칭게는 심지어 향기롭다고 말한다. 이렇게 불이 붙은 말똥이 풍기는 냄새는 모기나 파리 떼를 퇴치시키는 역할도 한단다.

식당에서 양고기로 만든 허르헉 요리를 먹었다. 그 요리법이 특별하다. 양고기 사이에 차돌을 집어넣고 큰 솥에 뚜껑을 닫고 물과 함께 끓이면 누릿한 고기 냄새가 사라진다. 또 육질이 부드러워서 질리지 않고 맛있게 먹을 수 있다.

식사 시간이 즐겁다. 먼 타국에서 별미를 맛보는 감상도 유난하거니와 함께 식사를 하면서 서로의 경험을 나눌 수 있는 동행이 있어서다. 일행이 세계 곳곳을 누비는 분들이라 여행에 대한 지식이 많아 대화가 풍부하다.

저녁 식사를 마친 후, 칭게의 안내로 산정 너머에 있는 약수터로 향했다. 이곳 여름 해는 밤 10시가 되어야 진다. 북위 47.55도, 지구의 북쪽에 와 있기 때문이다.

이름 모를 작은 얼굴의 기화요초가 언덕을 덮고 있다. 봄과 여름이면 이 초원이 야생화로 뒤덮인다고 한다. 6월이면 할미꽃이, 7월이면 에델바이스꽃이 한창이란다. 에델바이스 새싹이 산등성이 여기

이제 막 돋기 시작하는 에델바이스 새싹이 여리고 앙증스럽다.

저기에 뾰족이 얼굴을 내밀고 있다. 여리고 앙증스런 모습을 카메라에 담아본다. 우리가 떠나고 나면 에델바이스 꽃이 만발하여 이 산야를 아름답게 수놓겠지. 하나님의 창조의 손길을 마음의 눈으로 바라본다.

86세의 이기준 박사님과 83세의 이정애 권사님 부부의 선창으로 에델바이스 노래를 웅얼거리며 산등성이를 오른다. 잠시 후, 이 박사님 내외는 약수터에 오르는 것을 포기하고 손과 손을 맞잡고 언덕을 내려가신다. 다정한 두 사람의 뒷모습이 시리도록 곱다.

가파른 산등성이를 넘어 자작나무숲을 헤치고 내려가니 바위틈에서 지하수가 졸졸 흘러내린다. 지하수 맛이 좋다. 차가운 물이 뱃속 깊이 시원하게 내려가는 것을 느낀다. 이 약수는 위병뿐만 아니라 여러 가지 질병을 치유해 준다고 한다. 약수터 근처에서 자라는 자작나무 뿌리가 지하 수분을 쫓아 유독 울퉁불퉁 튀어 올라와서 식목일에 나무뿌리를 흙으로 감싸 놓은 것처럼 기이한 모습을 하고 있다.

약 1시간 반쯤 산책을 하고 돌아오니 해가 아직도 한참 남아있다. 낮에 식당에서 서비스하던 몽골대학생들이 전통의상을 입고 악기를 연주하고 춤도 춘다. 여름방학이라 학생들이 아르바이트로 일하는데 낮에는 식사 준비를 돕고 밤에는 이렇게 연예인으로 변신한단다. 기타처럼 생긴 악기 마두금(馬頭琴)을 손가락을 이용해서 자유자재로 여러 음을 낸다. 두 개의 현으로 그토록 다양한 음을 만들어 내다니 놀랍기만 하다. 미세한 떨림을 담은 음색이 처연하면서도 신비롭다.

춤과 음악은 태국이나 인도풍과 흡사하다. 대자연의 아름다움과 사랑을 노래하는 음악과 춤은 몽골의 초원과 어우러져 나그네의 마음을 설레게 한다. 우리 일행 대부분은 고단해서 잠자리에 먼저 들어갔는데 한국에서 온 여행객들은 여러 명이 춤사위를 구경했다. 춤을 예쁘게 추는 학생들은 대학에서 전통춤을 전공하는 학생들이란다.

한국에서 천문학을 전공한 분이 밤 10시 반에 별자리를 설명해 준다고 한다. 그는 6년째 매해 여름철마다 이곳에 머물면서 캠프장을 관리해 주고 한국 관광객들을 맞이하는 일을 한다고 한다. 그가 전통춤과 음악에 담긴 의미를 한국말로 자세히 설명해 주어서 몽골 가무를 이해하고 감상하는데 큰 도움이 되었다.

그가 달과 별자리를 설명하고 그의 망원경을 통해서 핸드폰으로 직접 달 사진을 찍는 좋은 시간을 가졌다. 이날 밤은 달이 너무 밝아서 별이 쏟아지는 광경은 안타깝게도 보지 못했다. 이 장관을 보기 위해서는 달이 지는 새벽 3~4시까지 기다려야 한다는데 나는 잠이 쏟아져서 게르 안으로 들어갔다.

학생들이 밤에 두 번 석탄으로 난로를 지펴준다고 했다. 초저녁에 지펴준 난로가 너무 뜨거워 새벽에 한 번 더 피워주겠다고 문을 두드리기에 거절하고 단잠에 떨어졌다.

이곳에도 예전에는 사람이 죽으면 매장을 많이 했는데 요즈음은 점점 화장하는 경향이라고 한다. 권세가나 부유한 사람이 죽으면 노비를 함께 생매장 하는 순장(殉葬) 풍습이 있었다고 한다.

몽골은 울란바토르 수도를 중심으로 동쪽은 초원지대, 남쪽은 고비사막, 서쪽은 산맥, 그리고 북쪽은 삼림 지대다. 북쪽으로 가면 사슴, 곰, 늑대, 순록 등 동물들이 많다. 이곳에는 아직도 고산족이 살고 있는데 약 500명 정도로 추산된단다.

남쪽에 위치한 고비사막은 옛날에는 바다였다고 한다. 이곳에서는 공룡의 화석이 발견된다. 고비사막의 원주민은 낙타를 키우며 산다. 낙타는 새끼를 낳으면 새끼 보살피는 것을 싫어해서 젖을 물리지 않고 멀리 떼어 놓는다고 한다. 그런데 마두금을 연주해 주면 눈물을 흘리며 새끼를 받아들인다. 낙타는 수명이 평균 25년이다. 한 번 물을 마시면 약 한 달을 마시지 않아도 견딜 수 있다고 한다. 한 번에 마시는 물의 양은 약 100리터다.

고비사막은 외몽골에 속한다. 몽골리아는 '용감하다'라는 뜻이다. 수도 울란바토르는 붉은(울란) 영웅(바토르)이라는 의미를 담고 있다. 몽골은 매년 7월에 나담축제를 여는데 남자들이 전통의상을 입고 안장 없이 타는 말 경주, 활쏘기, 씨름 경기 등을 치르는 일종의 민속축제다.

몽골에도 빈부 차이가 심하다. 수입원은 중국, 한국, 러시아와의 원자재 무역이다. 구리광산이 수입원의 70퍼센트로 중국과 러시아에 수출한다. 석탄과 석유도 같은 나라에 수출한다. 수출품 중 살아있는 자작나무에서 채취하는 차가버섯과 산양의 털실로 짠 캐시미어가 유명하다. 삼성과 LG가 전자제품 생산 공장을 몽골에 세웠다.

외몽골은 건조하고 자외선이 강하여 나무를 심어도 잘 자라지 않는다. 비가 오면 일부러 비를 맞는다고 한다. 비를 맞으면 피부가 아름다워진다고 믿기 때문이다. 연중 강수량은 약 250밀리리터 정도이고 대개 6, 7, 8월에 비가 내린다.

현대 들어 특이하게 달라진 점은 몽골인들도 채소를 먹기 시작해서 평균 수명이 40대에서 60대로 길어졌다는 사실이다. 설렁탕과 만두는 몽골족이 세운 원나라가 13~14세기에 고려를 약 100여 년 지배하는 동안 우리나라에 전해졌다 한다.

원나라 시대의 몽골은 고려를 점령한 후 일본도 정복하려고 마산과 제주에 전진기지를 두었다고 한다. 1274년과 1281년 여몽 연합군이 일본 침략을 시도했지만, 가미카제라 불리는 신풍(神風)때문에 두 번이나 실패하고 말았다. 가미카제는 2차 대전 당시 일본 군국주의자들이 태평양 전쟁에서 특공대를 만들어 악용하는 단어가 되었다.

몽골 역사의 빛과 그림자

몽고는 몽골을 비하하는 말이다. 마치 한국인을 조센징이라고 부르는 식이다. 몽골의 역사를 훑어보면 기원전 2천 년경에 몽골초원과 카스피해 사이의 중앙아시아 지역에서 유목 생활을 하였다. AD 48년 흉노 시대에 남북으로 나라가 영구히 쪼개져서 현재까지 이른다.

AD 158년경에 북 흉노족이 카자흐스탄으로 이동하면서 유럽에서는 훈족이라는 이름으로 알려졌다. 이들이 유럽에 쳐들어가자, 라인강과 도나우강(다뉴브강) 이남으로 쫓겨가면서 게르만족의 대이동이 시작되어 결국 서로마를 멸망시키는 단초가 되었다. 1206년 칭기즈칸이 부족연합의 지도자로 추대된 후, 1227년에 병사할 때까지 유래에 없는 대제국을 지구상에 만들어 놓았다.

만주 땅에는 1616년 누르하치가 후금이라는 나라를 세우더니 그의 아들 홍타이치가 국호를 청으로 바꾸고 1758년에는 완전히 몽골초원을 장악했다. 몽골을 장악한 청은 통제하기 어려운 몽골인들을 다스리고 인구 증가를 억제하기 위해 정략적인 의도로 티베트 불교를 들여왔다. 남아가 태어나면 티벳 불교 사원에 보내 승려를 만들어 버렸다. 라마승이 되면 면세 혜택을 주고, 부역을 면제해 주었다.

장남을 제외한 대부분의 몽골인 사내아이들이 라마승이 되었다. 라마승은 결혼을 하지 않았으므로 이 정책은 급격한 인구감소의 결과를 초래했다. 한때는 인구가 70만 명으로 줄었다. 지금은 외몽골의 인구가 약 3백만, 내몽골의 인구가 약 2백만 정도로 늘었다고 한다.

몽골은 내몽골과 외몽골 두 지역으로 나뉜다. 중국 국경 안, 즉 자길 영내에 있는 지역이 내몽골, 독립한 몽골이 외몽골이다. 1911년 신해혁명으로 청나라가 붕괴되자, 한족이 득세하면서 중국은 한족을 강제 이주시키는 인구정책을 써서 몽골에 한족이 대량이주함에 따라 몽골은 중화민국의 일부로 편입되었다. 내몽골은 인구가 약 2백만으로 노인들은 몽골어를 하는데, 젊은이들은 중국어를 사용한다. 만일 북한이 내몽골처럼 된다면 우리의 통일은 요원할 것이다. 우리 민족이 정신 차려서 남북통일을 하루속히 이루어야 할 것이다.

외몽골은 소련 공산주의가 세력을 잡으면서 1922년부터 1990년까지 소련의 지배 아래 놓이게 되었으나 1991년에 소비에트 연방이 와해 되면서 미국이 큰 영향권을 행사하여 중국의 영향권에서 벗어나게 되었다. 특히 외몽골의 수도 울란바토르는 문화적으로 급격히 한국화가 되어가고 있다.

정부 기관 밀집 장소, 수흐바타르 광장

넷째 날인 6월 29일, 우리는 게르에서 자고 일어나 아침을 뷔페로 간단하게 먹었다. 테를지 국립공원을 빠져나가기 전, 승마 체험을 더 하자는 제안에 따라 여섯 명이 말 등에 올랐다. 전날 타본 경험이 있어서 이번에는 제법 안정적이고 훌륭한 승마 자세를 갖출 수 있었다. 말들이 종종걸음으로 달린다. 한 시간 정도 승마를 하면서 몽골평원의 아름다움을 만끽했다.

테를지 국립공원을 벗어나 미니버스에 올라 울란바토르 시내로 향한다. 도시 외곽에서 시내로 들어가는 동안 차창을 통해 전통 게

둘째 날 좀 더 익숙해진 솜씨로 몽골 광야에서 말을 타는 모습. 제일 왼쪽 파란색 티셔츠를 입은 사나이가 필자다.

르와 일반 주택들이 공존하는 어수선한 주거 형태를 보았다. 마치 1950년대 전후 한국의 모습을 보는 듯한 착각이 들었고, 샌디에이고에서 멕시코 국경을 넘어가면 만나는 티화나의 달동네를 연상케 하기도 했다. 시내 도로를 달리는 자동차는 토요다 승용차가 주류를 이룬다.

울란바토르 시내 한가운데 있는 수흐바타르 광장에 도착했다. 광장을 둘러싸고 중앙 우체국을 비롯해서 국회의사당 등 여러 정부기관 빌딩이 있다. 북한에서 1965년에 지어주었다는 오페라하우스도 있다. 국회의사당 중앙에는 칭기즈칸의 동상이 있고, 그 앞에는 청나라로부터 독립을 이끌어낸 수흐바타르의 동상이 말을 타고 우뚝 서있다.

졸업 시즌이라 광장 앞에는 몽골 전통의상을 입은 어머니들과 졸업생들이 각 건물을 배경으로 사진을 찍느라 부산하다. 더욱이 오늘은 미얀마 대통령이 국회를 방문하는 날이어서 여기저기 길을 막아놓아 교통이 붐빈다.

골목길로 겨우 시내를 빠져나와 테그친렌 수도원을 방문했다. 한때 5천여 명의 티베트 승려들이 붐비던 사원으로 도시 중앙 높은 언덕 위에 자리 잡고 있다. 중국은 통제하기 어려운 몽골인들을 효과적으로 다스리고 인구 증가를 억제하기 위해서 티베트 불교를 들여와 인구 말살 정책을 폈다. 반대로 소련은 외몽골을 관할하며 독립 국가로 인정하면서 은근히 인구 증가 정책으로 나아갔다.

복트 칸 겨울 궁전

　시내에 있는 한국식당에서 불고기 요리로 점심을 먹고 복트 칸 겨울 궁전을 구경하러 갔다. 몽골 황제는 여름과 겨울철에 거처를 옮겼다. 여름 궁전은 파괴되고 겨울 궁전만 남아있다. 겨울 궁전은 몽골제국의 마지막 황제 복트 칸이 20년 동안 살았던 궁으로 지금은 박물관으로 사용한다. 몽골 정부가 예산 부족으로 문화재를 제대로 관리하지 않아서 폐허가 되어가고 있는 것을 보니 안타까웠다.

　복트 칸은 티베트 승려인데 청나라 정부의 조정에 의하여 상징적인 왕으로 몽골을 다스렸다. 그는 비록 승려였지만 몽골 민족의 염원에 따라 황비를 맞아들였다. 그러나 각각 침대를 따로 써서 자식을 생산하지 않았다.

　몽골 왕 복트 칸은 동물을 아주 좋아해서 몽골에는 살지도 않는 코끼리를 들여와 정원 한쪽에 축사를 짓고 관리사를 두어 사육하게 했다. 그는 또 코끼리에게 왕관과 왕포를 만들어 씌우고 입혀서 자기와 똑같은 예우를 받게 했다. 그가 죽고 난 2년 후에 코끼리도 이곳에서 생을 마감했다고 한다.

　동물을 좋아하는 이 왕을 위해서 프랑스 왕은 박제한 동물들을 여러 점 보내주었다. 한 바퀴 둘러보니 박제된 동물들이 아주 많이 전시되어 있다. 박제품들의 관리가 잘되지 않아서 많이 훼손된 것 같다. 건물 보수가 시급하게 느껴졌다. 가정이든 국가든 소중한 물건들은 끊임없이 관심을 가지고 정리 감독을 해서 아름답고 정결하게 가꾸는 것이 필요함을 절실히 느꼈다.

몽골 전통 민속 공연 관람

겨울 궁전을 둘러본 후 시내로 다시 나왔다. 몽골 전통 민속 공연을 관람했는데 전통의상 쇼와 악기연주, 무용 등이 1시간 반 동안 이어졌다. 특히 인상적인 것은 남자 연기자가 저음으로 노래하는 전통음악이었다. 성대를 통해 나오는 그 낮은 음이 빚어내는 신비한 울림은 이제껏 들어보지 못한 인간의 발성이었다. 어떻게 그런 저음 속에서 아름다운 울림이 나오는지 정말 감탄했다. 내 생전 처음으로 깜짝 놀라게 할 만큼 기이한 체험이었다.

한 소녀가 등장하여 몸을 뒤로 눕혀 얼굴을 가랑이 사이로 내밀고 미소 짓는 모습에 감탄했다. 입으로 밑을 받쳐 주는 막대기 한쪽 끝을 물고 다리를 수평으로 꼬아 온몸을 뒤틀면서 만들어 내는 몸동작이 아름다웠다. 어쩌면 몸이 저토록 유연할까 탄복하면서도 한편으로는 애처로운 마음이 들었다. 저토록 유연한 몸과 근육을 유지하기 위해서 저 어린 것은 하고 싶은 일들과 먹고 싶은 음식을 참아가며 얼마나 연습에 연습을 거듭할 것인가.

여섯 명이 경쾌한 리듬에 맞추어 기계체조를 하면서 만들어 내는 묘기는 관중을 감동시키기에 충분했다. 아침 여섯 시에 일어나 늦게까지 일정을 소화하느라 지친 까닭에 순간순간 졸기도 하면서 그 놀라운 공연을 감상했다.

공연이 끝난 후 한식으로 저녁 식사를 했다. 각자가 원하는 채소와 고기를 그릇에 담아 가져다주면 직원이 크고 동그란 철판 위에 올려놓고 긴 두 개의 쇠막대기로 이리저리 젖혀가며 익혀서 접시 위에 놓아주었는데 맛이 좋았다.

몽골리안 바비큐는 아내 애니가 SouthBay Galleria에서 Beauty Supply Shop을 운영할 때 푸드코트에서 여러 번 먹어본 음식이다. 오랜만에 타지에서 대하는 요리여서인지 별미였다. 몽골의 한식당은 주로 불고기에 쌈장을 찍어 채소에 싸 먹는 요리가 많다.

식사 후 호텔에 들어오니 간밤에 게르에서 머물면서 초원에서 밤하늘의 별자리를 구경한다고 설쳤던 잠이 한꺼번에 몰려와 깊은 잠의 수렁에 빠져들어 갔다.

자이산 전망대 조망(眺望)

6월 30일 화요일, 조식 후에 울란바토르 시내가 한눈에 다 내려다보이는 자이산 전망대로 향했다. 몽골의 제2차 세계대전 승전을 기념하기 위해 세워진 탑으로 원래 이름은 자이승 승전 기념탑이다. 600계단이나 되는 전망대를 처음부터 오르기에는 다소 벅차서 일행은 중간지점까지 자동차로 이동한 후 가파른 계단을 오르기 시작했다. 바람이 몹시 세어지자, 중간에 포기하고 내려가는 일행도 있었다.

12년 전, 2003년도에 내가 이곳에 단기 선교 차 왔을 때는 이 전망대 아래로 아파트가 한 채도 보이지 않았는데 이번에 보니 고층 아파트 건물들이 즐비하게 늘어서 있었다. 마치 서울 김포공항에 착륙하기 직전 비행기 안에서 차창으로 보이는 풍경과 흡사했다. 여기 저기 새 아파트와 건물들을 짓는 신축 공사가 한창 진행되고 있었다.

전망대에 오르니 2003년도에 함께 왔던 사람들이 생각났다. 김해종 감독님을 위시해서 약 20여 명의 목사님과 일반 성도들이 힘을 합쳐 울란바토르에 건물을 샀다. 벽과 천정의 석면을 제거하고 수리를 해서 감리교 선교센터를 설립했다. 현재는 신영각 목사님 내외가 뉴욕에 있는 미 감리교 본부로부터 재정지원을 받아 몽골 선교센터 운영에 사역하고 있다.

높은 곳에 올라 시내를 조망하니 상전벽해(桑田碧海)를 느꼈다. 아침에 호텔에서 영자 신문을 읽으면서 몽골의 현대화를 감지할 수 있었는데 전망대에서 도시를 바라보니 그 사실을 더욱 피부로 실감할 수 있었다. 신문에는 월드뱅크가 1억 달러를 몽골정부에 지원한다, 한국으로부터 몽골 쇠고기를 수입한다는 협상이 들어왔다, 천연가스 광(鑛)이 몽골에서 발견되었다는 등의 기사가 실려 있었다.

몽골은 초원의 나라에서 수도 울란바토르를 중심으로 현대화의 물결에 편승한 것 같다. 한국 문화의 영향을 많이 받아서 마치 한국의 어느 지방 도시에 와 있는 착각이 들 정도다. 청바지를 입은 젊은이들의 뒷모습을 보면 한국인인지 몽골인인지 구분이 어렵다. 한국 음악과 연속극에 대한 반응이 뜨겁게 폭발하면서 한국에 들어가 사는 게 이곳 젊은이들의 로망이 되었다.

몽골과 한국, 그 마음의 거리

역사적, 인종학적으로 밀접한 관계가 있는 몽골과 한국은 지금 어떤 관계이고 마음의 거리는 얼마나 되는 걸까. 멀지도 가깝지도 않아 데면데면한 사이인가. 민족의 시원지를 공유한 형제인가. 경제적인 공생 파트너인가.

1914년경에는 전국적으로 성병이 창궐하여 국민의 80퍼센트가 매독에 걸렸다고 한다. 그 당시 김구 임시정부 요원이자 의학박사이기도 했던 이태준 박사가 몽골에서 활동하고 있었다. 그는 독립군을 훈련시키기 위해 파견되었지만, 이곳의 실상을 보고 이 국민의 매독 치료가 급선무라고 판단했다. 그는 페니실린 606호를 사용해서 매독을 모두 퇴치시켰다.

어쩌다가 국민의 80퍼센트가 매독에 걸렸을까. 그 원인 중 하나가 결혼 풍습 때문이었다. 신부가 결혼하면 신랑과 합방하기 전에 첫날밤을 라마승과 보내야 하는 관례가 있었다. 라마승들은 성병 보균자들이라 신부에게 옮겨서 성병이 만연했던 것이다.

이렇게 성병을 완전 퇴치시키니 그는 몽골 국민을 구한 민족의 영웅이 되었다. 그는 마침내 몽골의 마지막 황제 복트 칸 8세의 주치의가 되었다. 이를 시기한 일본 측에서는 백계 러시아 혁명군들을 동원해서 이태준 박사를 납치해 자작나무숲으로 끌고 가서 교살했다. 나이 38세의 아까운 죽음이었다. 이 사실을 안 온 몽골 국민은 애통해하며 그의 장례를 국장(國葬)으로 치르고 국부로 추앙했다. 세브란스의과대학 2회 졸업생인 그를 기리기 위해서 세브란스의대

동문회, 한국 정부와 몽골 정부가 합동으로 기념관과 공원을 조성했다. 지금도 몽골 국민과 한국 국민들이 끊임없이 이곳을 찾아 고인의 명복을 빌며 참배한다.

점심을 깔끔한 한식집에 가서 맛있게 먹었다. 이 한식집은 몽골 부인이 경영하는 식당으로 한국 사람 못지않게 식당을 잘 운영하고 맛도 일품이다. 물론 한국의 식당만큼 화려하지는 않지만, 한식 메뉴가 거의 다 있었다. 이곳에 오니 오뚜기 표 라면과 신라면이 인기다.

한국과 몽골은 1990년도에 공식적으로 외교관계를 수립했다. 수교 26년이 지난 지금 양국은 정치와 경제, 문화와 예술, 국방에 이르기까지 전 분야에서 활발한 교류가 이루어지고 있다. 특히 양국이 인적 교류의 필요성을 인지하고 있다. 두 나라가 서로 좋은 관계를 유지하면서 상호발전에 유익을 얻기를 바라는 마음이다.

바이칼 호수 여행

24시간 침대 열차 체험

오후 3시에 출발하는 짐대차를 탔다. 몽골 울란바토르에서 출발하여 다음 날 오후 3시경에 러시아의 바이칼 호에 위치한 큰 도시 이르쿠츠크까지 24시간 동안 달리는 시베리아 열차다.

블라디보스토크에서 모스크바까지 가는 대륙횡단 열차의 맛을 만 24시간 동안 체험해 보는 여행이다. 나는 일전에 12박의 대륙횡단 철도여행을 생각했던 적이 있었는데 이번에 24시간 열차를 타보고 생각을 접었다. 에어컨이 제대로 작동치 않고 음식도 형편없거니와 화장실 시설도 엉망이고 여러 가지로 운영 시스템이 매우 열악해서 한국의 열차와는 도저히 비교할 수가 없다.

2008년도에 카자흐스탄의 알마티에서 침켄트까지 여행한 적이 있다. 침켄트에 세워진 교회를 탐방하기 위해서 박희진 선교사님, 김인용 목사님, 손칼빈 장로님 내외, 고계홍 권사님 내외와 함께 15시간 여정으로 침대칸 열차를 탔는데 에어컨이 없어서 큰 고생을 했다.

이번 여행은 약한 전력이기는 하지만 에어컨 장치가 있어서 그나마 쾌적한 여행을 할 수 있었다. 좌우로 붙어 있는 벙커배드 침대칸에 4명이 들어갔다. 처음에 네 명이 가방을 들고 들어갔을 때는 너무 비좁게 느껴지더니 곧 적응이 되어서 그런대로 24시간을 즐겁게 여행할 수 있었다.

침대칸에 동행한 세 분이 다 훌륭한 분들이다. 인생 얘기, 세상 얘기를 하면서 함께 먹고, 함께 웃고, 졸리면 자면서 지내는 시간이 참 즐거웠다. 한동안 자다가 깨니 새벽 동이 터서 일행이 가지고 온 라면과 간식과 커피로 아침을 때웠다.

울란바토르는 사면이 산으로 쌓여있는 분지다. 서북쪽으로 빠져 나가는 철마는 양편에 산을 끼고 완만한 평원을 달린다. 평원 가운데는 통강으로 불리는 툴강(Tuul River)이 흐르고 있는데 바이칼 호수로 들어간다. 양 떼와 염소들이 풀을 뜯느라 바쁘고 멀리 바라보이는 산들은 갈색 융단을 깔아 놓은 듯 매끈한 자태를 뽐내며 차창을 스쳐 지나간다. 목동들이 양떼를 몰며 한가로이 거닌다.

한없이 펼쳐지는 초원이 몽골의 광활한 대지를 이어간다. 인구 3백만의 절반이 울란바토르에 집중되어 살고 있고 나머지 인구는 넓은 평원에 산재해 있어서 사람이 사는지 않는지 모를 정도로 넓은 초원이 가도 가도 끝이 없이 이어져 있다.

몽골의 여름은 아름답다. 일부러 겨울에 이곳에 여행 오는 사람들도 있다. 아마 젊은이들에게는 좋을지 모르지만, 나는 여름철 신록이 우거진 초원과 숲들을 보는 것이 좋다. 마치 영화 스크린을 보듯이 구름과 들판과 숲을 감상하는 여행은 즐겁다.

분초를 다투며 바쁘게 살아온 도시 생활에서의 일탈은 하나님께서 내게 주신 축복의 시간이다. 대자연 속에서 하나님의 임재하심을 느낀다.

몽골의 국경 역인 수흐바타르 역에 이르니 기차가 서고 검문관이 들어와서 위쪽 침대에 있는 사람들까지 아래로 내려와 복도로 나오게 해서 패스포트 사진과 실제 인물을 일일이 대조해 가며 확인한다. 출국 검문에 한 시간 반이 걸렸다.

기차가 움직이기 시작한 지 20분쯤 지난 후 또다시 정차했다. 이번에는 러시아 국경에서 출입국 관리들의 심사를 받았다. 약 한 시간 정도의 검문이 있었다. 이번에는 패스포트를 정말 자세하게 들여다본다. 혹시 사진을 떼어 내고 다른 사람 사진을 붙이지 않았는지 확인하려고 이리저리 손전등의 각도를 바꾸어가며 확인한다. 검문을 끝내고 기차가 달린다.

울란바토르에서 이르쿠츠크까지 24시간 동안 달리는 열차 침대칸에서

호기심이 많은 나는 열차 안에 식당차가 있다고 해서 찾아가 보았다. 간단한 스낵과 음료수, 맥주, 보드카 등이 진열되어 있고 사람이라곤 승무원뿐이어서 실망하고 다시 침대칸으로 돌아왔다.

차창 밖 풍광이 달라진다. 초원이 사라지고 자작나무 숲이 나타나기 시작한다. 신기하게도 러시아 국경에 들어서니 그토록 흔하게 보이던 가축 떼가 전혀 보이지 않는다. 풀 뜯는 초원의 양 떼와 소 떼가 시야에서 사라졌다. 자작나무숲과 침엽수, 활엽수가 여름에 제철을 만나 달리는 기차 옆을 스쳐 지나간다.

점차 카자흐스탄에서 보던 형태의 집들이 나타난다. 지붕은 침침한 잿빛 슬레이트이고 건물재료는 흔한 목재다. 그래도 벽을 이중으로 만들어서 추운 겨울철 방한에 효과적인 구조로 설계되어있다고 한다. 집 주위도 모두 나무판자 울타리로 둘러쳐져 있다.

화려한 색채의 로스앤젤레스 집 구조를 보다가 우중충한 가옥 형태를 보니 내 마음도 침침해진다. 덩달아 가라앉은 마음을 유월의 신록이 그나마 달래준다. 겨울에는 산야를 덮는 하얀 눈이 풍경을 참으로 아름답게 만들어 주겠지.

시베리아 횡단 철도 건설에 대한 얘기를 좀 하고 넘어가야겠다. 1894년 알렉산드르 3세는 자유주의적인 경제 개혁을 추진하면서 프랑스와 동맹을 맺어 프랑스의 자본을 끌어들이고, 청나라에서 블라디보스토크를 얻어내어서 태평양 쪽에 부동항으로 개발하고, 모스크바에서 블라디보스토크까지 철로를 놓았다. 이 철도는 군사적인 요충지 확보에 중점이 있었다.

1891년에 시작된 철도 공사는 1916년에 완성되었다. 죄수들을 동원해서 깔았다고 한다. 총연장 길이가 9천 3백 킬로미터인데 요즈음에는 만 12일이면 주파한다.

이 시베리아 철도와 우리나라 남북 간의 철도가 하루속히 연결되기를 바란다. 그래서 부산까지 연결되었으면 하는 바람이다. 일본은 해저 터널을 무료로 깔아 줄 테니 부산까지 끝내지 말고 일본까지 연결하자고 제안했다. 아무래도 종착역이 어디냐에 따라 경제발전 여부가 결정된다. 한국민들의 희망은 부산까지다. 일본이 몸이 달게 생겼다.

한국과 러시아의 교류 역사를 돌아보면 아쉬운 점이 있다.

가스가 매장된 밭, 시베리아의 가스전(田)을 전 한보그룹 정태수 회장이 독점계약 했는데 아쉽게도 비리에 연루된 후 영국이 그 독점권을 가져갔다. 만일 그 계약이 성사되었다면 국가적으로 큰 혜택을 받았을 것이다. 그 기회를 놓치고 말았다. 김영삼 대통령이 이 엄청난 이권을 날려버렸다. 지금은 가슴을 치며 후회할 뿐이다.

러시아에서 활약하는 한국인 중 우리에게 잘 알려진 사람들이 있다. 한국계 빅토르 최는 록 가수이자 싱어송라이터, 그리고 배우였다. 1980년대와 1990년대 러시아 음악사에 록음악을 개척한 중요 인물 중 한 사람으로 자리매김한 음악인이다. 1990년 8월 15일 자동차 사고로 28세의 젊은 나이에 요절했다. 타살 당했다는 설도 있다.

또 빅토르 안(안현수)은 한국 태생으로 러시아에 귀화한 빙상 쇼트트랙 선수로 2006년과 2014년 동계올림픽 3관왕을 달성하여 올림픽 쇼트트랙 역사상 유일하게 동계올림픽 전종목을 석권했다. 뛰어난 테크니컬 스케이팅 기술과 세계선수권 최다 우승 기록으로 쇼트트랙 역대 최고선수로 평가 받는 인물이다.

여담이지만 러시아는 소치 동계올림픽을 치르면서 국가 이미지를 위해서 KGB 출신 불량배들을 전부 세인트 피터스버그로 소개(疏開)시켰다. 소치에 어슬렁거리는 개들도 전부 잡아다가 사살했다는 루머도 있다.

푸틴대통령은 스팀사우나(반야)를 하면서 외국원수들과 대화하기를 좋아하는데 노무현 대통령이 그와 이런 기회를 가졌다고 한다.

2007년부터 대한항공이 이곳에 들어오고 있다. 2014년도에는 한국과 러시아가 90일간 비자 없이 체류할 수 있는 무비자협정을 맺어서 두 나라 교류증진을 확대하고 있다.

한국은 시베리아의 경제적 가치를 현실적으로 잘 인지하고 현명하게 대처해야 한다. 한국을 관통하는 시베리아 횡단 철도가 개설되면 유럽과 연계하는 교통로를 확보하여 물류를 신속하게 이동시킬 수 있다. 자원개발과 경제개발을 러시아와 함께 함으로서 국력신장을 할 수 있는 좋은 기회를 놓쳐서는 안 될 것이다. 러시아의 넓은 땅, 무진장한 천연자원, 수자원, 삼림자원 등, 러시아가 보유한 잠재력을 놓치지 말자.

몇 시간이고 계속 스치는 자작나무숲을 지나다 보니 차창 오른편에 바이칼 호수가 그 자태를 드러내기 시작한다. 오래전부터 만나고 싶었고, 몽골에 도착하는 순간부터는 이 순간을 고대하여 마음 설레게 하던 호수가 드디어 내 눈앞에 전개되고 있다. 세계에서 가장 깊고 크다는 이 담수호를 직접 확인하고 있는 것이다. 드디어 내

일이면 꿈에도 그리던 이 호수를 직접 알현할 것이다.

기차에서 내리니 습도가 높고 더워서 마치 8월의 서울 거리를 걸을 때처럼 후덥지근하고 끈끈한 더위를 느낀다. 두 청년이 내게 다가와 미국에서 왔느냐고 물었다. 그렇다고 하니 옆을 지나친다. 몽골에서부터 이곳까지 우리를 안내해 온 칭게가 누가 말을 걸어오면 대꾸도 하지 말고 눈길도 주지 말고 틈을 주지 말라고 조언한다. 여러 잡상인과 협잡꾼들이 관광객을 유혹해서 불이익을 주니 경계하란다. 그 얘기를 들으니 삭막한 기분이 든다. 마치 이탈리아에 갔을 때 집시족이 따라 붙었을 때와 같은 긴장감이 돈다.

김민석 한국인 청년이 우리를 마중 나왔다. 러시아어를 공부하기 위해서 이곳에 와 있는 유학생인데 5년째라고 한다. 인구 65만의 이르쿠츠크 작은 읍에 거주하는 외국인 유학생이 10만 명이란다. 주로 중국 유학생이 많다고 한다.

미니버스를 타고 보니 현대에서 만든 자동차다. 이곳에서는 현대 버스가 인기 최고다. 시내에 위치한 메리어트 호텔에 투숙하는데, 작년에 개장했다고 한다. 구조와 시스템이 미국령에 들어온 듯하다.

호텔에 투숙하자마자 일행은 저녁을 일찍 먹고 잠자리에 들었다. 기차를 24시간 타고 온지라 몹시 피곤했다.

알혼 섬의 관문(關門), 이르쿠츠크

7월 2일 목요일 오전에 이르쿠츠크 시내로 들어갔다. 바이칼 호수로 들어가는 관문, gateway로 유명해진 도시다. 바이칼 호수에서 유출되는 안가라 강의 하류와 만나는 지역이기도 하다. 이곳에 도착하니 바이칼 호수가 한 걸음 더욱 가까워진 듯해서 마음이 더욱 설렜다.

이 도시는 2011년 도시건립 350주년을 기념하여 조형물을 세워놓았다. 옛날에 유배지였던 지역이라 지금도 이 도시에는 감옥 건물이 남아 있다. 죄인들이 유배를 오면 이곳에 집결시켰다가 분산하여 오지로 보냈다.

이곳은 미혼모가 많아 어린아이를 시내 공원에 버린다. 이 아기들을 시에서 거두어서 고아원과 수도원에 보내어 보살핀다. 이곳 여성들은 보통 세 번 결혼하는데 십대 때는 물정 모르고 결혼하고, 몇 년 후에 이혼한 뒤, 한 두어 번 다시 결혼하는 것이 통례다. 이혼율이 계속 증가한다고 한다.

러시아는 988년 비잔틴으로부터 동방정교회를 수용 국교로 정했다. 1917년 볼셰비키 혁명 이후 레닌의 반교회 포고령을 시작으로 스탈린, 흐루시초프, 브레즈네프 등 4대를 거치면서 포교 활동이 거의 금지되다시피 했다. 1985년 고르바초프의 개혁과 개방을 통해서 정교회가 다시 인정받고 현재에는 감리교를 위시해서 개신교가 교세를 확대해 나가고 있다.

레닌은 이곳 이르쿠츠크의 정교회 건물을 파괴하고 그 잔해를 바닥에 깐 다음 그곳에 모인 신도들로 하여금, 밟고 지나가게 하면서 '이제 신은 없다, 이제 내가 너희의 신'이라고 선포했다. 파괴된 교회 건물터에는 정부 청사를 지었다. 레닌이 죽고 스탈린이 정권을 잡은 후 다시 정교회 건물을 그곳에서 떨어진 곳에 복원해서 지금은 관광지로 유명하다. 나는 다시 지은 정교회 성전 안에서 이 글을 쓰고 있다. 성가가 스피커를 통해서 잔잔하게 성전 안에 울려 퍼진다.

러시아인들은 대부분 웃음이 없다. 웃는 것은 상대방을 비웃는다는 인식이 팽배해 있어서 가능하면 웃지 않는다고 한다. 겨울이 길기 때문에 침체되고 암울한 정서가 만연한 이유도 있다. 맑고 화창하고 아름답고 명랑한 웃음을 잃은 백성들이 이곳에 살고 있다. 내가 살고 있는 미국 로스앤젤레스가 천국이구나, 새삼 떠나온 집이 그립다. 반면에 이들의 순수한 믿음, 진솔한 마음을 쉽게 접할 수 있다. 자신을 낮추는 겸손한 태도도 배워야 할 것 같다.

이곳 은행 금리가 15퍼센트란다. 미국에서도 카터 대통령 때 금리가 21퍼센트까지 뛴 적이 있다. 2015년 현재 이곳 젊은이들의 실업률이 50퍼센트에 달한다고 한다. 고등학교까지 무상교육이다. 똑똑한 학생들에게만 대학 입학 장학금을 지급하고 나머지는 자비로 대학을 가는데 대부분 고등학교 졸업 이후 사회로 뛰어든다. 젊은이들이 선호하는 직업은 자가용 기사, 기차 차장, 버스 기사 등이다. 의사는 3D에 속하는 직업이라 싫어한다. 현재 러시아의 1인당 국민소득은 8천 8백 달러라고 한다. 한국은 약 2만 5천 달러다.

이르쿠츠크 여름은 3개월이다. 도시를 관광하다 보니 여기저기 화폭을 든 학생들이 거리에 캔버스를 펴 놓고 고색창연한 건물들의 모습을 열심히 화폭에 담는다.

톨스토이가 전쟁과 평화의 대작을 쓸 때 배경으로 했던 발콘스키 백작의 저택을 방문했다. 이 대저택은 당시의 유배지에서도 얼마나 잘 꾸미고 살았는지 알 수 있다. 저택과 마구간, 하인들의 집, 텃밭이 아직도 잘 보존되어 있다.

발콘스키는 1825년 12월 14일 600명의 청년 귀족 장교 중의 한 명으로 러시아 제국에서 입헌군주제의 실현을 목표로 난을 일으키려고 비밀리에 계획했다. 사전에 발각되어 121명이 재판을 받았는데 5명이 처형당하고 31명이 감옥에 가고 나머지는 시베리아로 유배당했다. 일명 데카브리스트의 난(亂)이다. 발콘스키도 유배형을 받았다.

발콘스키 가(家)와 톨스토이의 어머니는 인척 관계였다. 레프 톨스토이 백작은 1828년에 태어나서 82세의 나이로 세상을 뜰 때까지 여러 권의 책을 썼다. 그중에 데카브리스트 난(亂)을 주제로 쓴 장편소설이 《전쟁과 평화》다. 발콘스키 백작은 시베리아 유배 중에도 수도 페트로그라드에 사는 부모로부터 재정적인 지원을 받아 저택을 짓고 하인들을 두고 살았다. 이르쿠츠크 주민들에게 농사짓는 법을 가르치고 제정 러시아에 대항해서 봉기했던 젊은 장교들의 정신적 리더 역할을 했다.

내가 역사에 큰 관심을 가진 사람 아닌가. 러시아 역사는 동유럽의 슬라브 민족이 분열될 때인 기원전 10세기로 거슬러 올라간다. 내가 특별히 관심이 있는 부분은 러시아 로마노프 왕조의 황제가 된 표트르 대제 (1682-1725)부터 제1차 세계대전, 2월 혁명과 10월 혁명, 그리고 1937년 블라디보스토크에서 약 30만 명의 고려인이 스탈린의 명령으로 중앙아시아에 강제 이주 당한 사건이다.

러시아 제국은 1917년 2월 혁명으로 니콜라이 황제가 폐위되면서 멸망한다. 이 혁명은 수도 페트로그라드의 여성, 노동자, 사병들이 민중 봉기를 일으켜 일어났다. 직접적인 이유는 러시아 제국의 제 1차 세계대전 참전으로 발생한 극도의 생활고였다.

같은 해인 1917년 10월, 레닌의 지도하에 좌파 세력인 볼셰비키에 의해서 10월 혁명이 일어났다. 볼셰비키의 중심은 소비에트(노동자, 농민, 군인위원회)다. 10월 혁명 이후 볼셰비키가 페트로그라드를 장악하자, 옛 러시아 영토를 둘러싸고 여러 당파와 교전 세력이 전쟁을 벌였다. 특히 적군과 백군이 대치하는 상태에서 알렉산더 콜차크 해군 제독이 연합군의 도움으로 시베리아와 우랄의 넓은 지역을 점령한 후 1918년 황제 옹립을 기치로 내걸고 시베리아 옴스크에 반혁명 정부를 세웠다.

그는 1920년 2월 체코 군에 체포된 후 처형되어 그의 시체가 안가라강에 던져졌다. 안가라강에서 인양된 그의 시신이 놓였던 장소인 이르쿠츠크 시내 수도원 앞에 그의 동상이 세워져 있다.

그가 처형당할 당시 25만 명의 백군이 얼음이 두껍게 얼어있는 바이칼 호수를 가로질러 동쪽으로 철수하는 도중, 대부분 영하 40도의 추위에 동사했다. 마지막 황제 니콜라이 2세가 군자금으로 준 것으로 추정되는 금괴 500여 톤도 얼음 위에 버려졌다.

봄이 되면서 얼음이 녹자, 금괴는 호수에 잠겼는데 이것을 찾으려고 여러 사람이 바이칼 호 수중 탐색을 시도했다. 그러나 하루에도

12번씩 지진이 나서 지층이 움직이는 호수 밑바닥에서 금괴를 찾아 낸다는 것은 거의 불가능하다. 그 뒤 푸틴 대통령도 수색했으나 지금까지 찾지 못했다.

바이칼 호수는 지각 변동에 의해서 생성되었다. 길이 636킬로미터, 폭 20~80킬로미터, 수심 744~1,642미터로 지구상에서 가장 오래되고 가장 큰 담수호다. 지각적인 대 변동으로 호수 바닥이 육지로 솟아오르지 않는 한, 금괴는 고요한 물속에서 영원히 잠들어 있으리라. 누구를 얼마 동안 기다리는 것일까, 상상만 해도 즐겁다.

러시아는 이 내전을 거쳐 1922년에 사상 최초로 공산주의 국가인 소련으로 탄생했다. 1924년 레닌이 사망하자 스탈린이 권력투쟁에서 승리했다. 스탈린은 1924년 1월 21일부터 1953년 3월 5일까지 장장 30여 년을 소련연방의 국가원수로 집권하였다.

일행은 발콘스키 대저택을 구경한 후 '나무 마을 130가'로 향했다. 1879년 대화재로 소실되었던 목조 건물들을 옛 모습 그대로 재현해 놓은 아름다운 마을이다. 이곳 시베리아는 나무가 많아서 옛날 집들은 대부분 목조 건물이다. 수력을 이용해서 방아도 찧었다.

유리 세공품을 만드는 공장도 있고, 죄수들을 쇠고랑에 채워서 가두어 두는 감옥, 동방정교회 건물, 식당, 난로, 토방 위에 올려놓고 온기를 이용해서 사용하던 온돌 침대, 외적이 침범해 들어오는 것을 막기 위한 나무 성곽도 망대와 함께 잘 지어져 있다. 마차와 농기구, 탈곡기도 있다. 초목의 줄기로 실을 만들어 아름다운 염료를 써서 여러 가지 옷을 만드는 과정도 전시되어 있다. 관광객을 위해서 그 공정을 잘 설명하는 안내원들도 있다.

이르쿠츠크 시내 구경 후, 코사크 마을로 이동했다. 이곳은 원래 코사크인들의 문화를 알리는 목적으로 세워졌지만, 지금은 젊은이들의 놀이 광장으로 변모했다.

코사크는 러시아 북부에 사는 종족으로 심심하면 폴란드로 쳐들어가 칼과 창, 철퇴 등으로 폴란드인들을 쳐 죽이고 약탈을 일삼았던 전투 민족이다. 우리 일행은 무더운 코사크 거리를 어슬렁거리며 돌아보고 차로 이동하여 안가라 강이 내려다보이는 스테이크 하우스에 가서 맛있는 러시안 스테이크를 먹었다.

시베리아의 진주, 바이칼 호(湖)

2015년 7월 3일 금요일 아침이다. 바이칼 호수와 만났다. 마음과 마음이 만났다. 배달민족(한민족)의 발원지라는 호수를 대면하는 감회가 어찌나 유난한지 북받치는 감정을 다스려야 했다.

감탄과 탄성을 지르는 일행 속에 나는 오히려 잠잠한 침묵 속에 빠졌다. 두 눈은 호수에 고정되어 있었다. 마치 그 깊고 푸른 물을 내 두 눈 안에 모두 담을 듯이. 그 많은 물을 내 가슴에 모조리 다 담을 듯이. 바이칼 호, 풍요로운 호수라는 뜻이라지. 풍요가 어떻게 해석되는지 이번에 이 두 눈으로 확인하리라.

호변으로 밀려온 잔물결이 자갈밭을 어루만지고 있다. 바다 파도처럼 일정하게 밀려오고 밀려간다. 수평선 너머에 아무것도 보이지 않는 바다다. 넓고 끝이 보이지 않는 이 호수는 과연 담수 바다라고 해야 맞을 것 같다. 갈매기가 떼를 지어 수면 위에 앉아서 회의하고 있고 호변에는 드문드문 낚시꾼들이 보인다. 햇볕이 잘 드는 날에는 수심 30~40미터 아래까지 투명하게 볼 수 있다고 한다. 지구의 푸른 눈이라는 별명을 얻을 만하겠다. 이 호수에 발을 담그면 수명이 5년, 이 물을 마시면 10년이 늘어난다고 한다.

바이칼 호 지형은 일본 열도 또는 조각달 형상이다. 길이는 부산에서 평양까지 가는 거리이고 면적은 남한의 3분의 1 크기다. 경상남북도를 합친 크기라 한다. 약 2천 5백만 년 전에 생성되었는데 제일 깊은 곳은 1,637미터로 전 세계 담수량의 약 20퍼센트를 차지한다.

바이칼 호로 유입되는 강은 336개나 되는데 유출되는 강은 안가라 강이 유일하다. 북극해로 빠져나가는 이 강은 바이칼 호의 고명딸이라는 애칭으로 불린다. 아들은 많은데 딸은 하나라는 데서 착안한 이름이다.

유입되는 지류가 많고 유출되는 곳은 딱 한 군데인 호수. 이 바이칼 호수 물의 양이 넘치지 않고 일정 수위를 유지하는 생태학적 비결은 무엇일까. 많은 물이 유입되면 유출되는 안가라 강의 수위가 높아지고 그에 따라 유속도 더욱 빨라져서 호수를 채우는 물의 양을 조절한단다. 항상성(恒常性)을 유지하려는 자연의 순리가 아름답다.

이 안가라 강은 유속이 빨라서 겨울에도 얼음이 얼지 않는다고 한다. 이 강에는 60만 킬로와트를 생산하는 수력발전소가 있다. 그래서인지 이곳 전기세는 매우 저렴하다. 여름에도 선선해서 에어컨이 필요치 않단다. 모기도 없는데 겨울철 평균 온도가 섭씨 영하 40도라 모기가 산란을 하지 못하기 때문이다.

강 유역에는 오물이라는 이름을 가진 생선이 유명한데 일 년에 약 8톤 정도가 잡힌다고 한다. 시간이 되면 이 명물 생선을 먹을 수 있을 것이다. 바이칼 호수에는 오물 이외에도 민물 물개가 3만여 마리가 서식하고, 멸종 위기에 직면한 철갑상어도 있다고 한다.

물을 만나니 새로운 감정의 파도가 넘실댄다. 끝없이 펼쳐지는 시베리아 들꽃 평원과 자작나무 숲을 지나면서 지금까지 가졌던 시베리아의 삭막한 감정이 하나둘씩 지워지기 시작했다.

바이칼 호수의 영혼, 알혼 섬

이르쿠츠크에서 6시간 거리에 있는 한민족의 발원지 알혼 섬으로 출발했다. 민족의 뿌리를 찾는다는 이번 여행의 목적을 위한 하이라이트가 되는 장소. 알혼의 뜻은 '메마르고 햇볕이 잘 드는 땅' 혹은 부랴트어로 '작은 숲'이라고 한다. 벌써부터 가슴이 뛴다.

중간지점에 있는 길가 식당에서 점심으로 김밥을 먹었다. 가이드 김민석씨가 이 식당에 김밥 만드는 법을 가르쳐 주어서 한국 관광객에게 특별히 제공하는 것이란다. 그런대로 먹을 만했다.

식사 후 사휴르타 선착장에 도착해서 페리를 타고 알혼 섬으로 들어갔다. 선착장에서 십여 분이면 건너는 가까운 거리이다. 알혼 섬에 사는 주민들은 바이칼 호수 물을 신성시하기 때문에 생활용수를 다른 곳에서 가져와서 쓴다고 한다.

이곳의 일 년 강수량은 200밀리미터 정도다. 일 년에 11만 톤의 쓰레기를 수거해서 외부로 보내 처리하는 등, 바이칼 호를 보호하고 청정 지역이라는 명성을 유지하기 위해 애쓰고 있다. 유네스코가 지정한 자연보호구역이다. 알혼 섬은 바이칼 호수 안에 있는 20여 개의 호도(湖島) 중 가장 큰 섬으로 제주도의 절반 크기라고 한다. 섬들은 지각 변동에 의해서 솟아났다고 한다.

알혼 섬은 시베리아 샤머니즘의 성지, 혹은 바이칼 호수의 영혼으로 불린다. 바이칼 호수의 영혼이라는 표현이 내 속 깊이 잠들어 있는 정서를 일깨운다. 석양빛에 환한 알혼 섬을 바라보는데 내 영혼이 정화되는 느낌이다. 힐링 장소로 가히 손색이 없다. 죽기 전에 바이칼 호수에 와서 회개하고 싶다는 사람도 있다는데 그 심정이 이해된다.

주민의 대부분은 러시안 인과 부랴트족이다. 알혼 섬은 역사적으로 코리 부랴트족의 고향으로 알려져 있다. 바이칼 호 일대의 토착 원주민 코리족은 고구려의 조상인 북부여족과 깊은 연관이 있다. 부랴트 몽골족의 정신적 뿌리인 샤머니즘과 우리나라 무속신앙의 유사성, 여러 가지 전통 풍속의 동일성을 살펴보면 바이칼 지역이 우리 문화의 뿌리와 밀접한 점이 많음을 알 수 있다. 숱한 전설을 품고 있어서인가. 일렁이는 수면 위에 신비한 빛이 어려 있는 듯하다.

부랴트족의 서낭당 바얀다에 들러서 사진도 찍고 휴식을 취했다. 오색실로 단장해 놓은 서낭당이 한국의 시골에서 보았던 형상과 다를 바가 없다.

멀리 바라보이는 곳에 탈북자 마을이 있다고 했다. 탈북한 그들은 벌목공으로 중노동을 하면서 살아가는데 노예처럼 착취당한다고 한다. 우리 조국이 하루속히 통일이 되어서 이들이 이러한 설움을 더 이상 당하지 않기를 기원한다.

한민족의 시원지(始原地), 불한바위

알혼 섬 선착장에 도착해서 6인승 지프 두 대에 나누어 탔다. 탱크에 쓰이는 힘 좋은 엔진 기어가 앞뒤 바퀴에 장착되어 있어서 바퀴가 헛돌지 않고 진흙 창에서도 잘 달린다. 냉방장치가 되어 있지 않아서 덥기는 했지만 자갈밭 길과 흙길을 달려 알혼 섬 중심에 있는 후지르 마을에 위치한 '불한바위'로 향했다. 후지르 마을에는 섬 전체 인구 1천5백 명 중의 대부분이 살고 있다. 주류가 부랴트 원주민이고 소수의 러시아인이 함께 살고 있다.

약 1시간 20분을 달려 바이칼 호숫가에 자리 잡고 있는 불한바위에 도착했다. 마침 석양빛에 비낀 바위가 황금빛으로 불타고 있어서 더욱 신비감을 불러일으킨다.

불한이란 '밝은 칸'으로 세상을 밝히는 하늘의 천신이라는 의미다. 부랴트인들은 이 세상에는 99위의 신들이 있다고 믿는다. 이 신들은 서부에 55위의 선한 신과 동부에 44위의 악한 신으로 구별되는데 불한바위에는 13번째 선한 신인 불한 천신이 살고 있단다.

불한바위에는 몽골족의 시원 설화가 깃들어있다. 불한바위(샤먼바위)의 설화는 우리에게도 잘 알려져 있다. 나무꾼과 선녀 얘기다.

어느 날 나무꾼(호리도이)이 백조 세 마리가 호수에 내려앉는 것을 보았다. 그런데 이 세 마리의 백조가 아리따운 아가씨들로 변하여 불한 바위 아래서 목욕을 하는 것이 아닌가. 나무꾼은 한 선녀의 옷을 감추어 두었다. 하늘로 올라갈 시간이 되자 옷을 입은 두 선녀는 다시 백조로 변하여 하늘로 올라가고 옷을 찾지 못한 선녀는 할 수 없이 지상에 남게 되었다.

나무꾼과 선녀는 결혼하여 11명의 아들을 낳았는데 이들이 부랴트 원주민의 11개 종족의 시조가 되었다. 그중 막둥이 아들이 고구려의 동명성왕이 되었다는 전설이 전해지고 있다. 아들 11명을 낳은 선녀는 나무꾼이 나중에 옷을 내주자 하늘로 올라갔다고 한다.

시베리아의 부랴트족과 바이칼 호수가 우리나라 소설에 최초로 등장한 예는 춘원 이광수의 《유정》이라고 한다. 육당 최남선 선생님도 불한 바위 얘기를 했다고 한다.

부랴트인들은 자기 조상의 시원이 이 불한바위라고 굳건하게 믿는다. 칭기즈칸의 조상도 이곳에서 왔다고 한다. 일설에는 칭기즈칸도 이곳 불한 바위에 묻혔다고 한다.

투르크족도 이곳 바이칼 호의 알혼 섬에 있는 불한바위가 한민족과 같이 자기들 민족의 발원지라고 믿고 있다. 그래서 한국인이 터키에 가면 형제라고 부르며 반겨준다. 6·25 때는 파병을 해서 우리

불한바위. 우리 민족의 시원지라고 전해지는 성지로 이번 여행의 목적지다.

석양빛을 받아 황금색으로 찬란하게 빛을 발하고 있는 불한바위

나라를 돕기도 했다.

우리 한민족의 시원(始原)도 이곳이라는 주장이 있다. 고려시대 승려 일연(1281년)이 쓴 삼국유사에서는 우리 민족 최초의 국가 형성을 기원전 2333년으로 본다. 학자들의 의견에 따르면 우리 민족은 바이칼 호 남부의 오르콘강과 툴강 상류에서 유목민으로 살다가 지금으로부터 약 1만 3천 년 전, 후빙하시대(Holocene Epoch)에 따뜻한 기후를 따라 바이칼 호를 떠나 한반도에 정착한 것으로 보고 있다.

또한 흉노, 숙신, 말갈, 읍루, 부여, 여진족이 살거나 거쳐 갔으며 체질적으로도 몽골인, 만주인, 한국인, 아메리칸 인디언의 DNA가 거의 같다고 한다. 불한바위는 여러 민족 신화의 무대다. 그만큼 영적인 에너지가 많은 땅이라는 의미일 수도 있겠다.

언덕이 가팔라서 우리는 바위 아래 호변(湖邊)까지 내려가지는 못했다. 젊은이들은 절벽 아래로 내려가 호수 면과 맞닿은 불한바위 경계에 닿기도 한다.

불한바위가 마주보이는 동산에는 서낭당 장승(세르게)에 달아놓은 오색기(잘라아)가 펄럭이고 여러 개의 솟대가 서있다. 샤머니즘의 메카라는 명소답다. 이곳에 사는 샤먼은 공산당이 통치하는 기간 동안 숨어살았는데 지금도 대중 앞에 얼굴을 보이지 않는다고 한다. 멀지 않은 과거에는 샤먼만이 이 불한 바위 인근에 들어올 수 있었다고 한다.

평평한 평지에는 조그마한 조약돌들로 미로(Reverence)를 만들어 놓았다. 샤먼(무당)도 아닌 외국인이 그곳에서 샤먼 복장을 하고 관광객의 호기심을 끌고 있는 모습도 보인다.

불한바위는 아시아 대륙에 있는 9개 성소 중 하나로 알려져 있다. 세계적으로 빠지지 않을 만큼 영적인 에너지가 강해서 지금도 세계 각지에서 활동하는 샤먼들이 이곳에 와서 강한 기를 받아간다고 한다.

우리 일행은 알혼 섬에 있는 바이칼 뷰라는 호텔에 여장을 풀었다. 바이칼 호수가 내려다보이는 산자락에 자리 잡고 있는데 멀리 석양에 황금빛으로 번쩍이는 불한 바위가 선명하게 시야에 들어온다.

저녁 식사는 호텔 카페테리아에서 했는데 피아니스트가 GOTEK 이라는 라이브밴드 음악을 전자올겐으로 연주해서 흥을 돋우었다. 이곳에는 반야(스팀사우나) 시설도 갖추어져 있어서 몇몇 사람은 그곳에 들어가 땀을 빼기도 했다.

해가 길어서 저녁 식사를 마친 후 그렇게 높지 않은 산으로 슬슬 걸어 올라갔다. 산꼭대기에는 정자가 있고 서낭당에서 볼 수 있는 오색 헝겊들이 걸려있다. 그곳에서 바이칼 호수를 내려다보니 저물어가는 석양빛에 물든 호수가 신비스럽다. 겨울이면 섭씨 영하 40도가 되는 이곳에서 우리의 조상들이 살다가 차츰 남쪽으로 이주해서 한반도까지 들어온 여정을 그려보니 더욱 정겹게 느껴진다.

우리는 두 사람씩 목재로 지어진 호텔룸(뚜르바자)에 들어가서 잠을 잤다.

전설의 고향, 알혼 섬

2015년 7월 4일 토요일, 알혼 섬의 북쪽 일대를 러시아 미니버스 (무지크)로 여행하는 날 이다. 이 동네 이장이 운전해 주었다. 처음 도착한 곳은 '하라쯔이 곶'에서 내려다보이는 사자바위와 악어 바위다. 마치 사자와 악어가 물속으로 자맥질하고 있는 모습이다.

호수 건너편에 펼쳐진 산들의 모습이 신비롭다. 햇빛을 받는 쪽은 나무가 무성하고 그렇지 못한 쪽은 흰 절벽으로 시야에 들어와 마치 인공으로 만들어 놓은 것 같은 착각이 든다.

빠시안까라는 수용소를 찾아가는데 산길이 매우 험했다. 깊게 패인 진흙 길을 이리저리 피하면서 내려가니 호숫가에 폐허가 된 공장 건물과 콘크리트 바닥이 그 흔적으로 남아있다. 시베리아에서 유배되어 이 감옥에 수용된 죄수들이 오물이라는 생선을 공장에서 제품으로 만들어 수출했다고 한다.

이 빠시안까 일대의 섬은 원래는 알혼 섬과 분리되어 있었는데 지각 변동에 의해서 지층이 높아져서 두 섬이 하나로 합쳐졌다고 한다. 약 1시간 정도 산림욕을 하면서 섬 주변을 산책했다.

어느 곳에 가든 전설이 있듯이 이곳에도 삼형제 바위(사간 후순 곶)에 얽힌 전설이있다. 독수리 신에게는 세 명의 아들이 있었는데 알혼 섬에 이 삼 형제를 하늘에서 내려 보냈다. 천신은 아버지 독수리가 인육(人肉)을 먹은 죄로 아버지를 대신해서 세 아들에게 천상에 오르지 못하도록 하는 벌을 내렸다. 삼형제가 바위로 변하여 지금도 바이칼 호의 알혼 섬에 남아있다고 한다.

하단 부분에 사람의 눈 형상을 지닌 구멍 두 개가 나있는 바위도 구경했다. 이 구멍은 물개들이 숨어 서식하며 숨구멍으로 이용했다고 한다. 그곳에는 한때 민물 물개가 서식했는데 관광객이 자꾸 몰려오니까 가물가물 멀리 보이는 건너편 다른 섬으로 서식지를 옮겼다고 한다.

물개는 한번 물속에 들어가면 약 40분 동안 잠수할 수 있다고 한다. 이곳 물개들은 뚱뚱해서 몸무게가 약 100킬로그램 정도 되는데 아주 영리한 동물이라 음악을 틀어주면 박수를 친다고 한다. 이곳에는 하늘로 가는 통천문이 일품이다. 절벽에 있는 바위 가운데가 문 모양으로 구멍이 네모나게 뚫려있다.

또 유명한 곳이 사랑의 언덕이다. 아들을 바라면 왼쪽 언덕을 바라보고 기도를 하고, 딸을 원하면 오른쪽 언덕을 바라보고 기원하면 된다. 이 두 개의 언덕 중간에는 나무가 한 그루 서있다. 아들이든 딸이든 신에게 운명을 맡기는 마음으로 건강한 후세를 원하는 사람은 이 나무를 바라보면서 기도하면 된단다.

다음 행선지는 바이칼 호변에 몽돌이 유일하게 몰려있는 우주뢰(宇宙雷) 연구소다. 우주뢰는 하늘에서 떨어진 운석으로 우리가 살고 있는 태양계에는 숫자로 표현할 수 없이 많은 돌과 기체로 형성된 파편들이 태양을 중심으로 공전과 자전을 한다. 시베리아에는 지구상에서 가장 많은 운석이 떨어진다고 한다. 대부분의 운석은 대기권으로 들어올 때 거의 다 타버리지만 큰 것들은 잔해가 남아 지구에 떨어진다. 지구로 날아드는 큰 운석은 지구를 파멸시킬 수

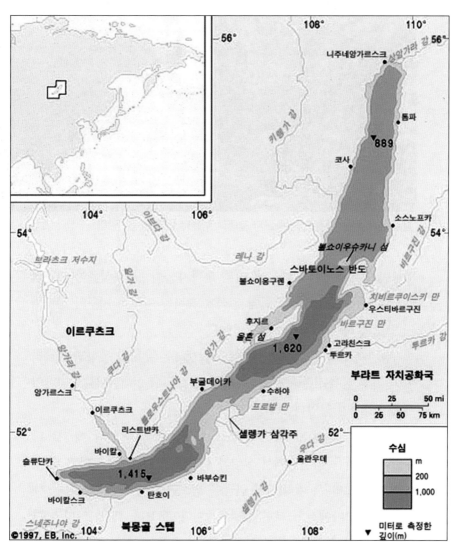

바이칼 호수의 인근 지도

알혼 섬에 있는 이 통천문은 문자 그대로 하늘로 통하는 문이란다.

있을만큼 위협적이기 때문에 일부 과학자들이 그 운석들이 지구의 대기권 안으로 들어오기 전에 운석에 충격을 가하여 지구와 부딪치지 않도록 하는 실험을 하기도 했다.

기상관측소에 들렀는데 우주에서 발생하는 운석의 동향과 시베리아의 기후를 측정한다고 했다. 측후소 같은 곳인데 내부는 일반인에게 공개하지 않았다.

그곳에서 고려인 3세와 4세 부모와 아들 부부를 만나 얘기를 나누었다. 이들은 사할린에서 살다가 이르쿠츠크로 이주했다고 한다. 아버지와 어머니는 은퇴해서 연금을 받으면서 생활하는데 아들 내외는 모스크바에서 공부한 엘리트들이다. 토요다 4WD를 타고 다니는 것을 보니 경제적으로 여유가 있는 고려인들이다. 겨울에는 호수에 구멍을 뚫고 빙상낚시를 즐긴다고 한다.

부랴트족과 한민족의 공통점

2015년 7월 5일, 알혼 섬에서 다시 이르쿠츠크로 되돌아가는 날이다. 아침에 해 뜨는 장관을 보기 위해서 서치원 회장과 산 위에 올라 구름 속에 빵긋이 얼굴을 내미는 태양을 맞이했다. 태곳적에도 우리 조상들이 이 태양을 보며 이곳에서 하루를 맞이했을 것이라 생각하니 감개가 무량했다.

넓게 펼쳐진 구름아래 바이칼 호수가 내려다보이고, 눈부신 아침 햇살에 멀리 바라다보이는 산등성이가 아름다운 색채를 띠기 시작한다. 몇 시간 후면 이곳을 떠나야 한다는 의식이 마음을 붙든다. 지구 이곳저곳을 돌아보았지만 이곳에서는 유독 발걸음이 떨어지지 않는다. 한민족의 시원지에 발을 딛고 선 까닭인가.

하산하여 짐을 꾸려 호텔 로비에 내놓고 아침 식사를 하면서 다시 한번 불한 바위에 눈길을 준다. 고요한 호숫가에 묵묵히 서있는 불한바위가 우리에게 손짓하는 것 같다. 잘 가라고, 그리고 반가웠다고!

소련제 미니버스를 타고 흙먼지를 날리며 불한바위를 뒤로 하고 선착장을 향하여 달린다. 올 때보다 돌아가는 길은 한결 쉽게 느껴진다. 선착장에 도착하니 한국에서 온 관광 팀이 많다. 이 오지에 이렇게 많은 관광객이 몰리는 것을 보고 깜짝 놀랐다. 선착장 대기소에 2차 대전 당시 소련 장교들이 타고 다녔던 지프차를 배경으로 기념 촬영도 했다. 앞에 수동식으로 엔진 시동을 거는 장치가 있는 것을 보니 어렸을 때 시골에 다니던 고물 버스가 생각난다.

알혼 섬을 배경으로 소련 장교들이 탔던 지프 앞에서

　페리를 타고 육지로 나가서 한참 달리다가 섬으로 들어오기 전에 들러 김밥을 먹었던 곳에 들어가 잠시 휴식을 취했다. 우스찌아르다로 이동하여 마을 초입에 있는 식당에서 이곳 전통음식 빵과 수프, 그리고 양고기로 점심을 먹었다. 양고기는 기름기가 많았다. 극한의 겨울 기간이 긴 북극의 추운 지방에 사는 사람들에게는 적절한 음식이지만 내게는 맞지 않아서 살코기 부분만 저며서 먹었다. 이들은 보드카를 음료수처럼 마신다.

　사람은 환경에 적응하여 몸 구조도 변화하는 놀라운 적응력을 지닌 생물체다. 이국의 음식문화에 대하여 이러저러한 편견이나 선입견으로 쉽게 얘기할 수 없는 이유이기도 하다.

식사가 끝나고 부랴트 민족이 모여 사는 마을로 들어갔다. 약 500명 정도가 산다는데 젊은이들은 대도시로 다 떠나고 인구가 점점 줄어들어서 동네는 넓은데 빈집이 많다고 한다. 민속박물관에 갔더니 약속한 박물관 직원이 문을 닫고 출타 중이라 핸드폰으로 연락을 해도 답이 없어 동네만 한 바퀴 자동차로 돌아보고 길을 떠났다.

이 부랴트족의 DNA는 우리 한민족과 유사하다고 한다. 미국 아모리 대학 연구소는 브랴트인과 한국인의 유전자가 거의 같다고 분석했다. 생김새가 같고, 무속신앙을 공유하며 사용하는 농기구가 같다는 점, 가족 구성원과의 밀접한 유대관계 등도 유사점으로 꼽았다.

부랴트족의 일부는 해가 뜨는 동쪽으로 이동했다는 설이 있다. 가야로 갔다가 일부는 배를 타고 태양을 따라 항해하여 일본 열도에 당도했다. 그래서인지 일본이 당시 가야를 종주국으로 섬겼다는 학설도 있다.

일부는 시베리아를 건너 북아메리카와 남아메리카까지 내려가서 아즈텍 문명과 마야 문명을 이루었거나 영향을 미쳤다고 이들 문명과 연관시키는 학설도 있다. 실제로 내가 출석하는 교회가 돕고 있는 멕시코 꼬찌미 인디오 어린아이들 엉덩이에 몽골반점이 있는 것을 발견할 수 있다.

부랴트족은 바이칼 호 근처에 약 40만 명이 살고 있고 샤먼(무당)도 있다. 칭기즈칸이 이들을 몽골 지배하에 편입시켰다. 부랴트족은 울란우데라는 곳에 자치공화국을 가지고 있으나 명목상이고 러시아가 자치공화국 형태로 지배권을 행사하고 있다.

이 공화국의 대통령도 러시아인이다. 러시아인이 60퍼센트이고 25퍼센트만이 부랴트족이다. 마치 중국이 내몽골을 동북공정을 통해서 흡수한 것처럼 러시아도 똑같은 소수민족 정책을 쓰고 있는 것 같다. 세월이 갈수록 젊은이들의 민족의식은 사라지고 러시아에 동화되어 가고 있다. 미국의 인디언들이 인디언 보호구역에 있지 않고 미국 사회에 흡수되는 것과 같다. 북한이 하루빨리 남한과 손을 잡고 통일의 길로 가지 않으면 중국이 북한을 흡수할 가능성도 있다는 것을 염두에 두어야 할 것이다. 정신 바짝 차려야 할 것 같다.

일행은 부랴트족 민속박물관에 들어가지 못하고 이르쿠츠크로 향했다. 도중에 시베리아 대초원에 자동차를 멈추고 들꽃들이 흐드러지게 피어있는 초원을 한 시간 가량 산책했다. 이름 모를 꽃들이 마침 불어오는 미풍에 살랑거리며 7월의 초원을 걷는 우리들에게 미소를 보낸다. 여름이 3개월 밖에 안된다는데 꽃들은 제철을 만나 하늘거린다.

오염되지 않은 대자연 속을 거닐다 보니 어느덧 자작나무 숲을 만난다. 소풍 나온 어린아이들 같이 옛 노래를 왁자하고 천진하게 흥얼거리며 걸었다. 한 시간을 숲속에서 노닐었더니 구슬땀이 이마에 배어난다. 이런 여행을 할 수 있는 기회가 앞으로 내 인생에서 얼마나 될까? 도시 속에 갇혀 사는 내가 이렇게 천혜의 자연 속에서 숨쉴 수 있는 여행 말이다. 나이가 들수록 자연과 벗하는 것이 얼마나 큰 기쁨인지 한층 절감한다. 우리는 이르쿠츠크에 도착해서 일식집에 들어가 오랜만에 일본식 도시락으로 저녁식사를 했다.

딸찌 민속촌과 리스비얀까 마을

2015년 7월 6일 월요일, 이 날은 딸찌 민속촌과 리스비얀까 노천 시장을 구경하는 날이다. 먼저 딸찌 민속촌에 있는 민속박물관을 찾아갔다. 이르쿠츠크에서 남쪽으로 47킬로미터 떨어져 있다.

가는 길이 아름답다. 아이젠하워 대통령과 흐루시초프가 이곳 별장에서 정상회담을 하려고 길을 잘 닦아 놓았는데 불발로 끝났다고 가이드가 전한다. 1991년 공산권이 무너진 이후로 도로를 더 넓히고 이르쿠츠크에 사는 부유층이 외곽으로 빠져나오면서 이 지역이 한창 뜨고 있단다.

양쪽에 즐비하게 들어선 자작나무가 운치를 더해준다. 자작나무는 천년이 지나도 썩지 않는다고 한다. 재질이 단단해서 가공하기가 매우 힘들단다. 불에 태우면 자작 자작 소리를 내어서 우리말로 자작나무라고 한다. 영어는 birch다. 이 나무에는 차가버섯이 자라는데 이를 수거해서 차를 만들어 마신다. 이곳 차가버섯은 유명하여 한국에도 수출을 많이 한다.

둘째 아들 현범(Ray)이 우즈베키스탄 선교를 마치고 돌아와서 아주 좋은 차라면서 차가버섯을 내밀었다. 내가 카자흐스탄 선교를 갔을 때도 귀한 손님에게 대접하는 차라며 마셔보라고 권하는데 내 입맛에는 별로였다.

아들 Ray는 미 전국에 있는 45개 대학에 재학 중인 학생들을 대상으로 선교하는 College Church에 소속된 목회자다. 1600명의 목회자가 있는데 아들은 버클리 대학교 앞에 있는 중학교의 체

딸찌 민속박물관

육관을 빌려 대학생들과 예배를 드린다. 헤드쿼터가 알라메다의 Industry Complex에 있다. 교회의 명칭은 Grace Point Church였는데 최근에 Acts2 Network로 바뀌었다.

한참 달리다 보니 자작나무들이 곳곳에 옆으로 누워있다. 겨울에 눈이 많이 내리면 눈 무게 때문에 나무가 지탱을 못해서 그렇게 쓰러진단다. 여름이나 가을에 산불이 나면 보통 일주일씩 타는데 인위적으로 끄지 않고 자연에 맡겨서 스스로 꺼지게 한다고 한다.

딸찌 민속촌으로 들어가 다양한 형태의 가옥구조를 만났다. 자작나무 숲속에 에벤키족이 나무껍질로 두르고 큰 서까래를 여러 개 둘러쳐서 만든 원시시대 최초의 집들이 인상적이다. 원두막처럼 통나무로 네 기둥을 세우고 벽을 모두 통나무로 막은 집도 있다. 입구는 원통형 통나무에 홈을 파서 양쪽으로 계단을 만들어 올라가게 만들어 놓았다. 야생동물의 습격을 피할 수 있도록 지상에서 2~3미터 위에 올려지 은 집도 있다.

동물을 우리에 넣어 기르는 가축 사육터도 있고 나무로 둘러쳐 놓은 놀이터도 있다. 사람이 죽으면 묻는 무덤도 통나무로 겹겹이 쌓아서 아담하게 만들어 두기도 했다. 동물을 잡아먹은 후 나무로 엮은 선반 위에 그 뼈와 두개골을 전시해 놓은 곳도 있다.

에벤키족이 살던 주거지를 구경한 후 자작나무 숲을 지났다. 17세기 러시아인들이 시베리아에 정착한 이후 생활상을 보여주는 목조로 만든 건물과 성곽들이 전시용으로 잘 보관되어 있는 곳에 잠시 멈췄다. 러시아인들은 통나무에 홈을 파서 방아도 찧고, 물을 저장하는 용기로도 사용했다. 모래로 유리세공도 하였다.

시베리아의 자작나무숲

나무껍질로 만든 에벤키족의
주거용 집

요새 안에 있는 정교회 건물도 목조로 잘 지어져 있다. 감옥도 있고, 마구간, 농기구, 마차도 전시되어있다. 당시 살던 집 안으로 들어가 보니 식당과 침실, 리빙 룸 등이 잘 갖추어져 있다. 건물 옆에는 매우 정교한 유리 세공품들을 진열해 두고 관광객에게 팔고 있다.

박물관에서 나오는 길에 36현으로 된 통기타 같은 러시안 악기를 연주하며 노래하는 여인을 만났다. CD를 팔고 있는데 자신이 작사 작곡한 CD가 있다기에 한 장 구입했다. 이 CD를 자동차에 두고 운전하면서 그녀의 애절한 노래를 가끔 듣곤 하는데 내 감정이나 상황하고는 무관하게 언제 들어도 마음이 서늘하고 애잔하다. 마음속 깊은 곳을 두드리며 호소하는 듯한 멜로디가 아련하고 이국적인 향수를 불러일으킨다. 마치 그녀가 있던 장소에 내가 다시 가있는 듯 생생한 느낌이 들곤 한다.

리스비얀까로 이동하는 중, 바이칼 호에서 유출되는 안가라 강 유역에 있는 샤먼바위(재판석)를 만났다. 아버지(바이칼 호수)가 가장 사랑하는 고명딸 안가라 강에 얽힌 슬픈 전설을 지닌 바위다.

336개의 강들(아들들)은 모두 다 바이칼 호로 흘러들어오는데 아버지가 가장 사랑하는 고명딸은 아버지를 버리고 떠나는 것에 대한 섭섭함과 안타까움이 범벅이 되어 고명딸을 향해 던진 돌이 안가라 강 한가운데 솟아있다. 누가 만든 전설인지 그럴듯하다.

리스비얀까 마을에 닿기 전 마을 식당에서 오물 생선 요리를 먹었다. 튀김이었는데 꽁치보다 조금 작았다. 맛도 특이한 점이 없어 그다지 기억에 남아 있지 않다.

바이칼 호수 유원지에는 관광용 보트들이 손님들을 기다리고 있다. 그 배 위에서 호수 관광을 할 수 있는 코스도 있지만 시간이 맞지 않아 그 유원지 호변에 있는 전통노천 시장에 들러서 한 시간쯤 전통공예품을 구경했다. 성 니꼴라이 교회가 아름답게 서 있었지만 안에는 들어가지 않고 밖에서 눈요기만 했다.

호변은 여름철이라 수영복 차림의 피서객들로 붐빈다. 그곳에서 멀지 않은 바이칼 호수 생태학 박물관에 들러 오물 생선과 물개 등 바이칼 호수에 서식하는 어족들을 수족관에서 볼 수 있었다. 체르스키 전망대에 올라가는 곤돌라를 타고 아래를 내려다보니 흐르시초프가 아이젠하워 대통령이 오면 숙박할 수 있도록 짓다가 만 숙소 건물이 보였다. 폐허가 되어 가는 중이라고 한다.

비가 부슬부슬 내리는 가운데 곤돌라를 타고 전망대로 올라가 아름다운 바이칼 호수의 풍광을 감상했다. 그곳 꼭대기에도 예외 없이 서낭당이 있다. 신앙심이 강한 민족이라는 생각이 새삼 들었다. 무엇이 이들로 하여금 이런 신앙심을 지니게 한 걸까. 신의 자비가 아니면 살 수 없는 극심한 환경 때문인가. 사실 우리 모든 인간에게는 신을 그리워하는 마음이 내재 되어 있다. 신이 그런 마음을 창조해 주셨다.

전망대에서는 곤돌라를 타지 않고 걸어 내려왔다. 함께 온 여행 동료들과 살아온 과거를 주고받으며 걷다 보니 어느덧 파킹장이다.

일행은 이렇게 몽골과 러시아 이르쿠츠크와 우리 민족의 시원지라고 알려진 알혼 섬, 불한 바위, 그리고 바이칼 호수의 물이 빠져나가는 안가라 강 출발점들을 둘러보았다. 일정의 마지막 날이 이렇게 저물었다. 민속촌 근처에 있는 식당에서 러시안 식으로 늦은 저녁

식사를 했다.

　새벽 3시 15분에 출발하는 대한항공을 타고 서울로 출발했다. 서울에 도착하자 11박 12일의 일정을 함께 한 여행 동료들과 헤어졌다. 회자정리라 했던가, 만나는 순간부터 언젠가는 반드시 헤어지는 시간이 다가온다. 이것이 인생이다.

다시 찾은 중국의 상해

상해 구시가지의 매력

나는 미리 계획된 중국 상해 여행을 하기 위해 공항을 벗어나지 않고 곧바로 환승구로 이동했다. 상해에 거주하는 고객 A 씨가 마중 나오기로 했다. 그는 내게 미국 들어가기 전에 꼭 들르라고 신신 당부했다. 4박 5일간의 일정으로 상해와 항주 관광을 안내해 준단다. 미국에서 다양한 부동산에 투자하고 상해에도 여러 부동산과 다량의 주식을 소유하고 있어 출퇴근하는 운전사와 재택 가정부를 두고 경제적으로 여유있게 사는 분이다.

상해는 내가 10여 년 전에 잠깐 지나쳤을 때와는 완전히 달랐다. 옛날 모습이 아니다. 황푸강을 끼고 현대식 고층빌딩이 양쪽으로 즐비하게 들어서서 완전히 국제도시로 탈바꿈했다.

상해에서 제일 볼거리는 중국의 전통 정원, 예원(豫園)이다. 명나라 때인 1559년에 나라 관리였던 아버지 반은을 기쁘게 하기 위하여 아들 반윤단이 공사를 시작해서 1577년에 완성되었다. 거의 20년에 걸쳐서 마쳤는데 그의 아버지는 완공되기 전에 세상을 떴고 본인도 완공 후 몇 년 안 되어 병으로 죽고 말았다. 인생무상이다.

상해의 구시가지

상해의 구시가지

1982년 이후부터 국가가 관리한다.

예원은 상하이 라오(상하이 옛거리)와 인접해 있어서 관광객이 인산인해를 이룬다. 정원이라는 이름이 붙어 있지만 그 규모가 엄청나다. 후신팅(호심정)과 구곡교가 가장 인상적인 구조물이다.

상하이 구시가지를 거닐면서 명나라와 청나라 때의 민속 문화를 체험할 수 있었다. 이곳에 오면 과연 중국 인구가 얼마나 많은지 실감하게 된다. 길이 보이는 것이 아니라 거리를 가득 메운 사람들의 머리가 물이 흐르듯 움직이는 모습을 볼 수 있다.

이 구시가지의 건축양식이 특이하다. 보통 4~5층의 높이에 처마를 하늘로 치솟게 해서 우아한 멋을 내었다. 그 당시 외국에서 온 사절들이 이 엄청난 구조의 건물들을 보고 정신이 아마 혼미해졌을 것이다. 건물마다 중국인들이 좋아하는 붉은색으로 기둥과 창문틀과 처마까지 단장해 놓았다.

상해에서 식당에 들어갔는데 한국 관광객이 얼마나 많은지 깜짝 놀랐다. 대형 한국식당이 성업 중이었다. 서울에서 비행기를 타면 한두 시간 안에 닿을 수 있는 곳이니 한국 관광객이 많을 것이라고 어느 정도 짐작은 했지만 대형 한국 식당들이 즐비할 정도이니 얼마나 많은 한국인 관광객이 중국 관광을 하는지 알 수 있다. 요즈음 메르스 파동 때문에 관광객이 조금 뜸하다고 하는 정도가 이 정도이니 평소에는 얼마나 많은 인파가 몰릴지 가히 상상이 가지 않는다.

서호(西湖) 보석을 품은 항주(杭州)

3일째 되는 날, 미니버스를 타고 상해에서 180킬로미터 떨어져 있는 항주를 향해 떠났다. 항주는 2200년 전 진나라 때 건립된 도시다. 10세기에는 남송의 수도로서 북쪽에 여진족이 세운 금나라와 대치상황에 있었다. 옛부터 미인들이 많이 난다는 항주는 중국에서 가장 아름다운 도시라는 명성을 지니고 있다. 천상에 천당이 있다면 지상에는 항주가 있다고 말할 정도인데 서호의 존재 때문이다.

항주에는 그 유명한 서호가 있다. 중국에는 서호라는 이름을 가진 호수가 무려 30개나 되는데 이 항주의 서호가 가장 아름답다. 남쪽에 있는 오산과 북쪽에 있는 보석 산을 막아서 만든 담수호다. 당나라 때(9세기 초)는 백거이가 제방공사를 튼튼히 하여 농사짓는 데 가뭄을 해갈 시켰고, 송나라 때(11세기 말)는 이 호수에 침전된 진흙들을 파내어서 호수가 넓어지고 길어졌다.

이 서호는 3개의 제방으로 분리되어 있고 10여 곳의 멋진 명소가 있다. 호수에는 길을 내어 유원지로도 사용하고 뱃놀이도 할 수 있다. 버드나무가 유원지 제방들을 덮고 있어 그 아름다운 경치를 감상하려는 시민과 관광객으로 연중 내내 상상할 수 없이 붐빈다.

서호에서 유명한 또 하나의 볼거리는 송나라 시대의 역사를 쇼로 만든 〈송성가무쇼〉다. 세계 3대 쇼 중의 하나라는 명성을 지닌 이 걸작은 그 규모가 대단하고 화려함의 극치를 이룬다. 황교령이라는 예술가가 총감독을 했다. 약 한 시간 정도의 공연이 하루 종일 계속해서 진행된다. 한창 방학철이어서인지 이 쇼를 보기 위해 대기한 인

남송의 수도 항주에 있는 서호

Qiuxia Garden, 1502년 명나라 때 만들어진 개인 정원

파가 인산인해다.

쇼 내용도 라스베이거스에서 공연하는 쇼처럼 지루하지 않게 잘 연출되었다. 긴 대기 줄을 기다려 관람할 가치가 있는 공연이다. 공연장 근처에 다양한 볼거리와 먹을거리도 많아서 중국의 색다른 면모를 그곳에서 만난다. 사람들이 발랄하고 생동력이 있다. 중국이 살아 움직이는 나라라는 느낌을 받기에 충분한 장소다. 여행을 마치고 상해로 돌아오니 밤 1시였다.

상해에서의 유유자적 일탈

다음날은 상해 시내에서 서북쪽으로 좀 떨어진 곳에 위치한 Qiuxia Garden을 찾았다. 1502년에 명나라의 Gon Hong이라는 대신(大臣)이 만든 개인 정원이다. 아름다운 정자와 고목들, 다리, 깊은 고궁에서나 볼 수 있는 원형출입문, 고풍스런 호수와 이름 모를 기화요초, 학과 산새들이 어울려 노니는 Secret Garden이다. 이곳에 들어서면 조용히 차를 마시면서 책을 읽고 정원을 하루 종일 유유자적 노니는 기분 좋은 일탈을 저절로 꿈꾸게 된다.

상해에서 스카리나를 만났다. 한때 로스앤젤레스 인근 하시엔다에서 부동산업을 하다가 은퇴한 후 상하이에서 거주하는데 70세를 코앞에 둔 노부인이다. 그녀의 남편은 미국에서 운동용 의류 사업을 하다가 지금은 상해에 자리잡고 여전히 풀타임으로 사업에 열중

한다고 한다. 그녀는 지난 사흘 동안 A씨와 함께 내게 상해 일대를 친절하게 안내해 주고 극진하게 대접해 주었다. 그녀가 로스앤젤레스에 방문하면 잘 보답해야겠다. 융숭한 대접을 받아서 감사하기도 하고 많은 빚을 졌다는 생각에 부담감이 들기도 했다.

오후에 예약된 고급식당 개인 특실로 안내되었다. 웨이추레스 두 명이 우리 세 사람을 극진히 돌봐주었다. 생전 맛보지 못한 요리가 계속해서 나오는데 아예 질려서 중간에 그만 내오라고 사양했다. 다 먹지도 못하는 음식이 자꾸 나오니 하나님께 죄스러웠다. 중국요리는 끊임없이 나온다더니 진정 헛소문이 아니다. 나처럼 소식(小食)하는 사람에게는 너무 지나치다.

오후부터 빗줄기가 뿌리는가 싶더니 다음날 서울 출국 계획이 무산되었다. 태풍이 아주 심해서 비행기가 뜨지 못한단다. A씨의 따님 나오미가 특별한 돼지갈비 요리로 대접해 주어 포식했다. 나오미는 미시간주에서 대학을 졸업한 후 같은 대학에 다니던 학생과 결혼했는데, 남편은 공인회계사다. 상해에 있는 중국 회사 재정담당관으로 해외 출장이 잦다.

할 수 없이 하루를 더 상해에서 체류하고 다행히 다음날 비행기가 떠서 서울로 들어왔다. 처음 계획은 4박 5일 일정이었는데 태풍 때문에 5박 6일이 되었다. 그러다 보니 다음 날 예정되어 있던 동해 항에서 소련의 동쪽 부동항인 블라디보스토크 DBS 크루즈 여행을 부득불 취소해야 했다. DBS는 동해, 블라디보스토크, 사카이미나토의 첫 글자를 딴 페리 회사 이름이다. 한국, 러시아, 일본으로 이어지는 환동해권(環東海圈)의 경제교류를 위해 출범했다.

블라디보스토크 테마

서울에 도착해서 하룻밤을 자고 다음 날 대한항공으로 블라디보스토크로 향했다. 서울에서 블라디보스토크까지는 약 2시간 반 비행거리다. 막상 한국 국적기를 타고 그곳에 내리니 멀다고 느꼈던 거리가 가깝기만 하다.

이번 블라디보스토크 여행의 테마는 확실하다. 1937년에 스탈린 치하에서 30만 명의 고려인들이 블라디보스토크에서 중앙아시아지역 우즈베키스탄과 카자흐스탄으로 강제 이주된 역사를 더듬어 보기 위한 여정이다. 카자흐스탄 단기선교를 과거 6번을 다녀오다 보니 블라디보스토크를 꼭 한번 탐방해 보아야겠다는 생각이 깊어졌다.

3박 4일 여정의 블라디보스토크 탐방 계획이 태풍 때문에 2박 3일로 줄어들었다. 과연 고려인들의 과거 흔적을 찾을 수 있을까 궁금해 하면서 공항에 내렸다.

아지무트 호텔에 여장을 풀고 저녁을 먹은 후 다음 날 영어를 구사할 수 있는 안내자를 찾으니 쉽지 않았다. 겨우 2시간 만에 대학을 졸업하고 옐로 택시를 운전하는 가이드를 찾을 수 있었다. 그의

블라디보스토크의 금각교(金角橋)

안내로 블라디보스토크 시내를 다니면서 고려인에 대해서 묻기도
하고 도서관에서 일하는 그의 친구에게 전화해서 궁금증을 풀기도
했다.

블라디보스토크에는 현재 고려인들에 대한 역사적인 흔적이 없다
고 한다. 나중에 여행을 마친 후에야 고려인들의 발자취를 더듬을
수 있었다. 처음 계획한대로 DBS 크루즈 선박으로 동해항에서 출
발하여 블라디보스토크에 들어갔더라면 단체 관광가이드를 만나
보다 자세한 정보를 얻을 수 있었을 것이다.

다음에 블라디보스토크에 다시 올 수 있다면 역사의 발자취를 따
라 이번에 들르지 못한 곳들을 찾아보아야겠다. 블라디보스토크라
는 러시아어는 '지배'라는 의미의 블라디와 '동방'이라는 뜻을 지닌

보스토크가 합쳐진 이름이다. 즉 '동방을 지배한다'라는 야심 찬 뜻을 담고 있다.

블라디보스토크에 우리민족이 맨 처음 발을 디딘 때는 조선 후기인 1863년이다. 기근에 굶주린 함경북도 농민 13가구가 이곳에 정착하면서 고려인 이주역사가 시작되었다. 이들은 갈대밭을 개간하여 벼농사를 지었다. 1874년에 이르러 최초의 한인촌 '개척리'가 형성되었다. 1910년에 정부가 주권을 잃자 만주와 상해, 블라디보스토크로 이주하는 한인이 늘어났다.

블라디보스토크에 콜레라가 창궐하자 한인들은 북쪽으로 75킬로미터 떨어져 있고 버스를 타면 약 1시간 반 정도 걸리는 우수리스크로 옮겨갔다. 소련인들은 이 마을을 신 개척리라고 불렀는데 고려인들은 '신한촌(新韓村)'이라는 이름을 붙였다. 새로운 한인촌이라는 뜻이다. 1937년 중앙아시아로 강제이주 당하기 전까지 해외 독립운동가들의 주요 활동 근거지가 되었다.

특히 1905년 을사늑약 체결 전후부터는 수많은 애국자들이 망명했다. 이곳은 곧 항일 투쟁의 중심지로 부상했다. 여기저기에 고려인들이 집단으로 거주하는 촌락이 생겨나기 시작했다. 이중에 신한촌의 규모가 가장 컸다. 독립운동과 외교활동, 의병 활동, 신문 발행, 학교 설립을 비롯해서 여러 단체 활동을 통한 민족 계몽운동이 활발히 전개되었다.

1901년 대한제국 러시아 공사로 이범진이 부임했다. 1905년 을사늑약으로 국가의 외교권이 박탈되자 항일 구국 활동이 활발히 일어났다. 1907년 그의 아들 이위종은 두 명의 특사 이준, 이상설과 함께 을사늑약이 일본의 강압에 의해서 이루어졌다는 것을 알리려 네덜란드 헤이그에서 열린 만국평화회의에 파견되었지만 영국과 일본의 방해로 회의 참석이 불가능하게 되었다.

1910년 한일합방이 되자 이로 인해 1911년에 이범진 공사는 목을 매 자살로 생을 마감했다. 그 후 항일 독립 투쟁이 지속적으로 일어났다. 1937년 7월에는 중일전쟁이 일어난다. 1937년 8월 21일, 중국과 소련은 불가침조약을 체결한다. 동시에 소련 연해주 일대에 거주하는 고려인이 일본과 내통할 수 있다는 이유로 고려인 강제이주에 대한 결의문이 이 조약에서 체결된다.

이 강제 이주는 스탈린의 수하 예조프가 총 지휘를 맡았다. 연해주에서 약 6천 킬로미터 떨어진 카자흐스탄 우슈토베 지역에는 2만 170가구에 총 9만 6천 256명, 우즈베키스탄 타슈켄트 지역에는 1만 6천 272가구에 총 7만 6천 525명으로 모두 합해서 17만 1천 781명이 강제 이주 되었다는 공식 보고가 있다. 우슈토베에서 만난 고려인들은 실제로는 그보다 많은 30만 명 정도라고 말한다. 우리 민족 수난사에 러시아에 살던 한민족의 강제 이주도 들어가야 한다고 믿는다.

현재 우수리스크에는 고려인문화센터가 있는데 고려인은 없고 소련어만 하는 문화원 직원이 근무하고 있다고 한다. 앞으로 한국말을 하는 직원이 채용되고 활발한 문화교류가 이루어지기를 바란다.

우수리스크는 발해의 유적지이기도 하다. 이곳에는 절벽을 방어

시설로 하고 수이픈 강을 해자로 이용해 적의 침입을 막은 흔적이 있다. 우수리스크는 발해 15부의 하나인 솔빈부의 소재지로 여겨지고 있다. 1937년에 강제 이주 당했던 고려인의 일부가 옛날에 거주했던 블라디보스토크 근교 우수리스크에 귀환하여 넓은 지역에 흩어져 살고 있다. 현재 약 3만 명 정도가 거주하고 있다고 한다.

운전기사의 안내로 약 5시간 정도에 걸쳐 블라디보스토크를 관광했다. 블라디보스토크는 19세기 말, 1858년에 무라비요프 동시베리아 총독에 의해 태평양의 군사 거점으로 탄생된 부동항이다. 러시아 제국이 청나라와 강제로 아이훈 조약을 체결한 후 블라디보스토크에 항구와 도시를 건설하기 시작했다. 1872년에는 니콜라예프스크에 있던 군항(軍港)도 이곳으로 옮겨왔다. 이로써 블라디보스토크는 중국의 태평양 진출을 봉쇄하는 원천적인 거점이 되었다. 블라디보스토크는 한마디로 요새화된 군사도시다.

1904년 러일전쟁에서 러시아는 쓰시마 해전을 고비로 패하고 만주에 대한 패권을 일본에게 넘겨주었다. 그 여파로 1905년 대한제국은 열강의 묵인 속에 일본으로부터 을사조약을 강요당하게 된다.

가이드는 당시의 방어진지로 안내해 주었다. 콘크리트 요새는 언덕배기 지하에 견고하게 지어져 있고 그 위에는 해안포가 웅장하게 장착되어 있다. 지금은 포에 녹이 슬고 주위에 잡초가 우거져있다. 관광객이 비포장도로인 이곳까지 들어오는 것을 보면서 러시아의 극동 팽창주의 활동이 얼마나 활발했는지 알 수 있었다. 청나라가 힘을 쓰지 못할 때, 여순과 대련을 조차(租借)하여 극동의 부동항으로 만주와 한국에 영향권을 미치다가 일본과의 충돌로 좌절되어 소련은 부동항을 잃고 퇴각했다.

이제 블라디보스토크를 극동의 유일한 관문으로 사용하고 있다. 1992년부터 블라디보스토크는 본격적으로 개발이 시작되어 전망 좋은 고지대에는 고층아파트가 계속해서 신흥재벌들에 의해서 지어지고 있다. 지금 러시아의 경기가 좋지 않다는데 그것은 서민들의 이야기이고 부동산은 계속 붐을 이루고 있다.

그곳에 세워진 금각교(金角橋)는 특이한 공법으로 지어져서 도시의 미관을 한층 아름답게 만든다. 블라디보스토크의 랜드마크로서 샌프란시스코 금문교와 비교할 만큼 관광객의 시선을 잡아끈다. 항구에는 군함과 상선들, 그리고 크루즈 선박이 빽빽이 서있다.

금각교를 건너서면 루스키라는 섬에 블라디보스토크에 있는 단과대학을 한데 합하여 2만 5천 명의 학생을 수용할 수 있는 새로운 캠퍼스, 극동연방대학교를 설립했다.

금각교 아래에 항구와 더불어 조성된 공원이 있다. 세계 제2차 대전 때 11대의 독일 전함을 침몰시킨 소련 잠수함 CV-56이 전시되어 있어 관광객의 눈길을 붙잡는다. 그 잠수함 내부를 돌아보며 얼마나 정교하게 잘 만들어졌는지 새삼 감탄했다. 전쟁영웅들을 기리기 위해 동상 아래 활활 타오르는 가스 불꽃이 24시간 꺼지지 않는 광경도 이채롭다. 일명 '영원의 불꽃(Memorial Vechnyy Ogon)'이다.

바닷가 절벽 위에 우뚝 솟아있는 독수리 전망대에 올라 도시 전체를 내려다보니 가슴이 확 트인다. 항구에는 아직도 많은 군함이 정박해 있고 언덕마다 공사 중인 신축건물들이 위용을 자랑한다. 블라디보스토크에서 모스크바까지 달리는 시베리아 횡단 철도의 시발점인 철도역을 가 보는 것도 좋은 체험이 되었다.

이곳의 전통 음식을 먹기 위해서 공원 옆에 있는 유명 식당에 들렀다. 가이드와 함께 생선과 양고기 요리를 먹고 미화 40불 정도를 지불했다. 생선국과 생선구이가 신선하고 맛이 좋았다.

떠나는 날 아침에 식당에 갔더니 큼지막한 이름표를 가슴에 달고 백팩을 맨 76명이 출발을 서두르고 있었다. 소위 유라시아 원정대다. 2015년 7월 14일부터 8월 2일까지 중국, 몽골, 러시아, 폴란드, 독일까지 시베리아횡단열차(TSR) 체험을 한다고 했다. 블라디보스

모스크바까지 가는 시베리아 횡단철도의 시발점, 블라디보스토크 기차역

토크는 6~7월에 여행하는 것이 좋을 것 같다. 겨울에 와서 살라 하면 노땡큐이지만 여름에 와서 지내라면 참 매력 있는 도시다. 한국과 중국에서 가깝기 때문에 두 나라의 관광객이 많이 몰려들고 있다.

바야흐로 유라시아를 여는 시대가 머지않아 올 것 같다. 북한의 김정은이가 큰마음을 먹고 결단을 해서 우리 한민족이 통일한국을 이루고 부산에서부터 평양을 지나고 북경을 지나 모스크바를 통과하고 베를린을 경유하여 런던까지 들어가는 대륙횡단 열차가 하루 속히 달릴 수 있기를 바란다. 남북한 종단철도(TKR)를 시베리아횡단철도(TSR), 몽골횡단철도(TMGR), 만주횡단철도(TMR)와 연결하여 유럽까지 화물을 실어 나르면 30일 이상 걸리는 시간을 14일로 단축하고 수송비용을 반 이상으로 줄일 수 있다. 김일성 주석도 이를 긍정적으로 받아들였다.

우리나라는 국제철도협력기구(OSJD)에 정회원으로 가입하려고 2003년과 2015년 두 번이나 시도했다. 그런데 정회원국인 북한이 반대를 해서 가입을 못하고 있다. 이 기구에 정회원으로 가입이 되어야 대륙철도 운행이 가능해진다.

블라디보스토크를 뒤로하고 택시를 타고 돌아오는 길에 깊은 생각에 잠겼다. 한민족이 살 길이 있다. 하루속히 통일하고, 유라시아를 통해서 철도를 연결하여 우리 민족이 아시아와 유럽을 활발히 오가면서 민족의 기상을 확대하고 국가를 부강 시키는 일이다.

러시아 비행기도 이제는 군용기를 개조해서 운행치 않고 신형여객기를 투입해서 서울까지 운행한다. 서비스는 대한항공보다는 못 하지만 가격이 3분의 2 정도이니 경쟁력이 있다. 비행 운행 횟수도 더 많아서 편리하다. 비행기는 중국 상공을 거쳐서 서해안으로 들어오는데 1시간 20분이면 인천공항에 닿는다.

이렇게 20일간의 여행을 마쳤다. 몽골과 바이칼 호 여행 12일, 상해와 항주 여행 5일, 블라디보스토크 여행 3일. 돌아오는 비행기 안에서 다음 여행지를 기획했다.

여행은 기다림이다. 이 기다림이 또 다른 여행으로 나를 유혹한다.

chapter 2

러시아, 중국, 대한민국

[2018년 6월 23일 ～ 7월 14일]

혼자 하는 여행이
어떤 때는 위험하게 느껴질 때도 있지만
약간의 불안과 기대 어린 호기심 속에서
몰랐던 사실을 새롭게 알아가는
재미가 크다.
특히 이곳 연해주를
두 번째 찾아온 이유가 남달라서인가.
우리 선조들의
발자취를 찾는 여정이라는 주제는
내게 보고 듣는 모든 것을
가볍게 넘기지 않는
마음가짐을 갖추게 해주었다.
언젠가는 꼭 다시 오리라
맘 먹었던 곳을
드디어 다시 찾아온
내게는 참으로
뜻 깊은 여정이다.

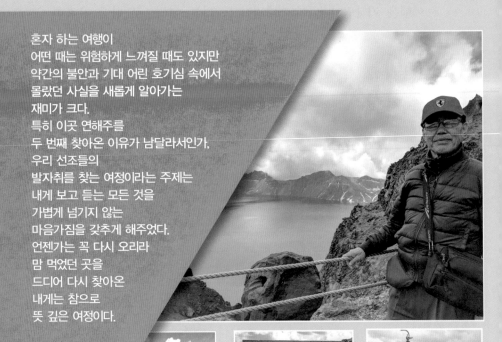

러시아

LA, 인천, 그리고 블라디보스토크

이번 여행은 오래전부터 나 홀로 외유(外遊)로 계획했다. 이 여행 루트는 누구와 동행하기에는 적절치 않다. 고려인들이 블라디보스토크 지역에서 우즈베키스탄과 카자흐스탄 등 중앙아시아로 강제 이주 당한 역사를 거슬러 올라가는 현장 답사가 목적이기 때문이다.

3년 전에 블라디보스토크에 혼자 들어갔다가 고려인들이 살았던 마을을 찾지 못하고 돌아왔다. 그런데 요즈음 우수리스크 지역 관광이 가능하고 그곳에 독립투사 최재형 선생의 생가를 복원한다는 기사를 읽고 다시 시도하기로 마음먹었다.

내가 블라디보스토크 한인 강제 이주에 관심을 갖게 된 동기가 있다. 2006년부터 카자흐스탄 단기 선교를 6번 다니는 동안 그곳에 거주하는 70~80세 고려인 노인들과 대화하다가 고려인들의 비극적인 역사를 구체적으로 알게 되었다. 언젠가는 이분들이 걸었던 여정을 추적하리라 맘먹었다.

6월 23일 LAX를 출발하여 인천공항에 도착한 후 서울에서 하루를 머물렀다가 블라디보스토크 행 대한항공에 탑승했다. 약 2시간 30분 후 블라디보스토크 공항에 도착하여 곧바로 택시를 타고 우수리스크로 들어갔다.

러시아의 고려인 문화센터의 고려인들

비가 부슬부슬 내리는데 약 1시간 남짓 동북쪽으로 올라가니 우수리스크 시내가 나온다. 운전기사와 영어 소통이 되지 않아서 애를 좀 먹었는데 다행히 그 지역에서 제일 좋다는 우수리스크 호텔에 투숙할 수 있었다.

마침 영어 소통이 원활한 호텔 직원이 있어 고려인 문화센터를 물으니 호텔에서 5분 거리에 있다고 한다. 가방을 방에 내려놓고 샤워를 한 후 곧바로 고려인 문화센터로 출발했다. 입구에 안내원이 없어서 일층 복도를 오가며 기웃거리니 건강정보센터가 시야에 들어왔다.

고려인 여성 두 사람이 사무실을 지키고 있었다. 릴리아 이씨와 따짜나 박씨다. 릴리아 씨는 1937년 할머니 세대가 우즈베키스탄으로 강제 이주를 당해서 그곳에서 살았다고 한다. 할머니는 1898년 생, 어머니는 1924년생, 릴리아씨는 1955년 생으로 63세란다.

그녀는 1998년에 우즈베키스탄에서 이곳 연해주 일대로 다시 돌

우수리스크 시내에 소재한 고려인 문화센터

아왔다. 남편은 다리가 아파서 집에서 쉬고 있어 연금으로 생활한다
고 한다. 딸은 카자흐스탄에 살고 있다. 그녀는 한국말이 아주 서툴
러서 띄엄띄엄 말했다. 그래도 의사소통을 할 수 있을 정도여서 감
사했다.

　따짜나씨는 54세로 우즈베키스탄에서 고등학교를 졸업하고 모스
크바 대학에서 5년간 식품학을 전공했다. 아들 하나 딸 둘을 두었
는데 다들 결혼했다고 한다. 남편은 서울에 있는 공장에서 일하고
있다. 아들은 비즈니스맨이고, 큰 딸은 하노이에 살고 있고, 작은 딸
은 중국에 있는 카지노에서 일한단다.

　이층에 고려신문사가 있다고 한다. 두 사람과 사진을 찍고 2층으
로 올라갔다. 입구에 '고려신문', '연해주 고려인 민족문화 자치회', 그
리고 '전국 러시아 고려인 협회 연해주 지역' 현판이 사무실 입구에

붙어있다.

사무실 안으로 들어가니 편집장 발레리아 김씨와 교육 담당 엘레나 조, 그리고 문화회관 관장 바렌틴 김남이 반가이 맞아준다. 고려신문사는 2004년부터 신문을 발행하고 있다. 이 세분도 조부모님들이 카자흐스탄과 우즈베키스탄에서 사셨다고 한다. 이들은 각자 다른 곳에 살고 있다가 선조들의 고향을 찾아 원동으로 다시 이주하였다. 편집장 발레리아 씨는 1981년에 사할린에서 이곳으로 이주하였다고 한다.

현재 고려신문은 월간으로 발간되는데 차츰 일간으로 바꿀 계획을 가지고 있다. 고려신문을 보니 '고려신문'이라는 신문 타이틀만 한글이고 모든 기사는 러시아어다. 고려신문 발행에 필요한 재정은 한국 정부에서 20퍼센트, 이 문화센터를 통해서 80퍼센트를 지원받는다고 한다.

2009년 10월 31일에 개관한 문화센터는 결혼식장 대여, 교실 임대료 등의 수입으로 운영하고 있다. 신문사 지도자들과 커피를 마시면서 대화를 나누었다. 앞으로 미주 한인들처럼 우수리스크에도 한인 사회를 형성하고 힘을 기르는 것이 좋겠다는 개인적인 희망도 피력했다. 한인 타운도 생기고 신문도 한글로 발행되는 날이 머지않아 오기를 바란다는 격려의 말도 남겼다. 신문 발행을 위해서 여행비를 쪼개어 금일봉을 드리고 내 자서전 《마이 웨이》도 선물로 주었다.

일 층으로 내려오니 나이 많은 러시아 여인이 문화센터 안을 둘러보고 있었다. 연해주의 한인 역사를 1910년부터 1990년까지 10년 단위로 만든 연대기가 진열되어 있었다. 우리 후손들이 소련 공산

치하에서 살면서 비록 한국말을 잃어버리고 러시아어를 쓰고 있지만 정신력은 살아 있어서 우리의 문화 보존에 노력하고 있다.

이 문화센터의 개선과 발전에 필요한 기금을 모으는 기부함이 있어서 이곳에도 기부했다. 이제는 미미하지만 한국 정부에서도 지원을 해준다고 한다.

문화센터 마당에는 안중근 의사의 기념비가 서 있다. 이곳에 한국 관광객이 일 년 평균 약 3만 명이 다녀간다는 설명에 놀랐다. 그만큼 민족의식이 살아있다는 의미로 해석되어 반갑고 기뻤다. 현재 우수리스크 인구 16만 명 중에 고려인이 약 1만 6천 명으로 약 10퍼센트를 차지하고 있다.

호텔에 돌아오니 식당을 소개해 주는데 상호가 '해적'이었다. 두 블록 거리라고 해서 슬슬 걸어갔다. 바다를 연상케 하는 음악이 흐르고, 실내 장식이 해적선 애니메이션으로 독특하게 디자인되어 인상적이다. 내가 좋아하는 해산물 요리가 메뉴에 들어있어 반가웠다. 식용 해초와 생선요리가 아주 일품이었다. 이렇게 낯선 곳에 와서 그 지방 특유의 전통음식을 맛보는 것도 여행의 묘미다.

혼자 하는 여행이 어떤 때는 위험하게 느껴질 때도 있지만 약간의 불안과 기대 어린 호기심 속에서 몰랐던 사실을 새롭게 알아가는 재미가 크다. 특히 이곳 연해주를 두 번째 찾아온 이유가 남달라서인가, 우리 선조들의 발자취를 찾는 여정이라는 주제는 내게 보고 듣는 모든 것을 가볍게 넘기지 않는 마음가짐을 갖추게 해주었다. 언젠가는 꼭 다시 오리라 맘 먹었던 곳을 드디어 다시 찾아온 내게는 참으로 뜻 깊은 여정이다.

고려인 강제 이주의 배경

고려인들의 역사를 보면 함경북도 경원에서 살던 농민 13가정이 1863년에 연해주로 이주했다. 1919년 3·1운동을 이곳 지도자들이 지지하였다. 1920년대에 들어와서 이 연해주에 신한촌이 생기면서 독립군이 자리를 잡고 일본군과 대치하면서 독립운동의 본거지가 되었다.

이후 소련은 연해주에 살던 고려인 중 약 2천 500명의 지식인들을 일본의 간첩이란 혐의로 1935년부터 3년에 걸쳐서 총살시켰다. 그리고 스탈린의 지시로 1937년 9월부터 다음 해 1월에 걸쳐서 연해주에 있던 고려인들을 우즈베키스탄과 카자흐스탄 지역으로 기차 화물칸에 태워 강제 이주시켰다. 일본과의 전쟁이 예상되는 시점이어서 외견상 구별이 되지 않은 고려인들은 일본의 간첩으로 오인할 수 있기 때문이었다. 이러한 사실은 명목상 이유이고 소련은 오래 전부터 이주 계획을 세워둔 상태였다. 소련은 이전에도 고려인뿐 아니라 여러 민족들을 강제 이주시키고 뿔뿔이 흐트러뜨리는 정책을 자주 써왔다.

6천 400킬로미터로 요즈음 같으면 기차로 일주일이면 갈 수 있는 거리이지만 그 당시에는 두 달이나 걸렸다. 고려인의 강제 이주 기간은 시베리아의 겨울이었다. 주거시설과 식량이 없는 황량한 벌판에 많은 고려인을 내몬 것은 비인간적인 처사의 극치라 할 수 있다.

이들을 기차에서 내려놓으니 우즈베키스탄과 카자흐스탄 지역 원

1937년 연해주에서 중앙아시아로 강제 이주 당하는 전경. 고려인 문화센터에 전시되어 있다.

　주민들이 고려인들은 사람을 잡아먹는 인종이라는 소문을 퍼뜨려 자기들 마을에 접근하는 것을 막았다. 고려인들은 야산에 ㄴ자 형태의 토굴을 파고 추운 겨울을 지내야 했다.

　열악한 열차 환경 속에서 장거리 이동을 하는 동안 많은 노약자들과 부녀자들이 죽고 그나마 살아남은 사람들은 땅굴 속에서 질식사하거나 굶어죽었다. 겨울이 가기 전에 강제 이주 당한 30만 명 중 40퍼센트가 사망했다.

　다음 해 봄이 되자 이들은 굶으면서도 먹어 치우지 않고 보관했던 볍씨를 논에 뿌렸다. 맨손으로 고랑을 파서 수로를 만들고 먼 곳에 있는 강물을 끌어들여 벌판에 논과 밭을 만들었다. 농기구도 변변히 없는 불모지 벌판에서 이들 고려인들은 기적을 만들어 나갔다. 이곳에서도 우리 민족의 근면성과 끈기가 나타났다.

몇 년이 지나자 고려인들은 체계적으로 벼농사를 짓고 한국식 온돌이 들어간 집도 지어서 생활 형편이 넉넉하게 되었다. 이 중에는 대규모 농장을 운영하여 부농이 된 사람도 있었다. 자녀들은 공부를 열심히 해서 모스크바나 대도시로 나가 높은 교육을 받고 훌륭한 지식인들이 되었다.

우슈토베에서 거주하다가 몇 년 전에 그곳에서 작고한 Alexander Kim씨에 대한 이야기는 유명하다. 일명 벼박사라는 별명을 지닌 그는 벼의 개량종을 만들어 벼농사에 획기적인 공헌을 하여 소련 공산 치하에서도 크게 대우를 받았다.

1991년 구소련이 붕괴된 이후, 강제 이주 당한 고려인들과 그 후예들이 차츰 연해주 지역으로 이동하기 시작했다. 고려신문 관계자들에 의하면 약 3만 명의 고려인들이 연해주에 살고 있는데 앞으로 계속 늘어날 전망이란다.

차제에 지역 명칭을 정리해 보자. 연해주(沿海州)는 블라디보스토크의 한국어 표기다. 통상적으로 블라디보스토크, 우수리스크, 학산, 하바롭스크 등 4개 지역을 통틀어 일컫는 명칭으로 상황에 따라 블라디보스토크 한 도시를 의미하기도 하고 인근 도시를 포함하기도 한다. 연해주 일대를 지칭하는 원동(遠東)도 같은 의미다. 연해주는 동남쪽 끝에 있는 동해 연안이라는 뜻이다.

소련이 러시아로 바뀌게 된 과정

한 나라의 이름이 소련과 러시아로 달라진 배경에 대해 정리해 보자. 다른 이름표기의 분기점은 정치체제의 변화다. 소련은 프롤레타리아 독재로 공산주의 사회이고, 러시아는 의회와 다당제(多黨制)를 도입하고 민주주의와 시장 경제 체제를 갖춘 사회다.

1991년 8월 공산당 보수파가 일으킨 8월 구테타가 소련 국민들의 반발로 실패한 뒤 그해 12월 미하일 고르바초프가 사임하면서 소련은 공식적으로 해체 붕괴되었다.

소련은 러시아, 우크라이나, 우즈베키스탄, 카자흐스탄, 아르메니아, 에스토니아, 리투아니아 등 15개 나라로 이루어진 공화국이었다. 이중 유럽 동부 및 아시아 중북부에 위치해 있던 러시아는 소련이 해체된 후 구성된 독립 국가 연합의 주축이 되었다.

러시아는 소련의 모든 대사관과 영사관을 고스란히 이어받고 국제연합안전보장이사회의 영구의석도 물려받았다. 러시아는 소련을 계승하는 공화국으로 21개 나라를 통치하게 되었다. 현재는 공화국 내 독립한 여러 나라를 가까운 이웃으로 지칭하며 멀고도 가깝게 지내고 있다.

고려인의 발자취, 블루 프린트(Blue Print)

6월 26일 아침이 밝았다. 오늘의 여행 테마는 이곳 연해주에 있는 고려인들의 발자취를 찾는 것. 고려신문에서 안내해준 운전기사를 만나기 위해 문화센터를 다시 찾았다.

이층을 기웃거리니 도서관이 눈에 들어왔다. 동화책이 책장에 가지런히 진열되어 있다. 마침 그곳에서 자원봉사자로 일하는 나스챠 김씨를 만났다. 그녀는 남편과 함께 2016년에 우즈베키스탄에서 이곳으로 역이주했다. 조상들의 고향을 찾아온 것이다. 어린 두 아들이 있는데 남편이 아직 여권을 받지 못해서 문화센터의 커피숍에서 일한다고 한다. 부모님은 아직 우즈베키스탄에 살고 계신다. 이곳으로 이주하려면 재정착 프로그램을 거쳐야 해서 쉽지 않다고 한다.

우수리스크에 도착한 이후, 내게는 질문 하나가 있었다. 왜 고려인 문화센터에 한국 안내원이 일하지 않는가. 그 의문에 대한 답을 오늘 얻었다.

한국어를 구사할 줄 아는 이곳의 젊은이들은 한국기업이 현지에서 사원을 채용할 때 취업이 용이하다. 대부분의 고려인 청년들은 돈을 많이 받는 한국기업에 들어간다. 그래서 문화센터 카운터 업무는 주로 나이 든 러시아인들의 몫이 되었다.

이곳 우수리스크에도 한국교회가 15곳이나 있는데 예배는 러시아어로 드린다고 한다. 이 문화센터에서도 매주 30~40명 정도가 예배를 본단다. 머지않아 한국 지·상사가 많이 들어오면 한국어로 예배드리는 교회가 생길 것이고 따라서 한국타운도 조성될 것이다. 한류를 따라 한국어를 유창하게 구사하는 사람들이 많이 늘어나서 미국 곳곳에 자리 잡은 한인타운처럼 이곳에도 고려인 마을이 조만간 탄생하기를 고대한다.

이곳의 특이한 현상은 미혼여성의 90퍼센트가 같은 고려인과 결혼하기를 원하는데, 청년들은 다른 민족 즉 러시아인과 결혼을 희망한다고 한다. 남성이 여성보다 신분 상승에 더 중점을 두기 때문이란다.

오늘 나를 안내하는 기사는 Danese Alexandrovich다. 나이는 34세인데 건축자재 회사에서 일하면서 파트타임으로 관광안내를 한다. 그가 고려인 유적지 일곱 군데를 안내해 주었다.

우수리스크의 고려신문.
타이틀만 한글이고 모든
기사는 러시아어이다.

4월 참변 희생자 추모탑

일본군이 1920년 4월 4일과 5일, 연해주의 러시아 혁명 세력과 한인 등 총 240명을 학살했다. 그들은 블라디보스토크의 신한촌과 이곳 우수리스크에 거주하던 한인 60여 명을 검거하여 학살했는데 이때 독립운동 지도자 최재형도 총살 당했다.

1917년, 러시아에 10월 혁명이 일어나자 일본은 시베리아에 거주하는 일본인들을 보호한다는 명목아래 군대를 파견했다. 볼셰비키 붉은 군대에 의해 일본군대가 전멸 당하자 일본군은 항일운동을 하면서 볼셰비키 군대에 가담한 고려인들을 검거한다는 명분으로 한인 거주민들을 잡아다 처형했다.

4월 참변 희생자 추모탑

이 추모탑은 한인과 러시아인을 막론하고 일본군과의 전투에서 전사한 러시아 병사들과 한인 희생자들을 위해 그 전투 현장에 세워졌다. 현 위치는 우수리스크에서 노니클스크로 가는 한적한 도로변이다. 나는 추모탑 아래 발걸음을 멈추고 우리나라 독립운동을 하다가 희생된 선열들의 영혼을 위해 기도했다.

이상설 선생 유허비(遺墟碑)

1907년 고종황제는 헤이그에서 열리는 만국평화회의에 특사 이준, 이상설, 이위종을 비밀리에 파견했다. 그러나 일본의 방해로 회의 참석이 좌절된다. 이후 이준은 샌 피터스버그에 있는 호텔에서 사망한다.

이상설 선생은 1908년 연해주로 망명한 후 독립운동을 했다. 47세의 나이에 병으로 사망하면서 자기가 죽으면 화장하고 자기 모든 유품도 소각하여 함께 수이픈 江에 뿌려 달라고 유언을 남긴다.

이상설 선생 유허비(遺墟碑)

나는 운전기사와 2001년에 수이픈 강가에 세워진 이상설 선생의 유허비(遺墟碑)를 찾았다.

누군가 유허비 위에 독일 나치 문양을 낙서해 놓았다. 광복회와 고려학술문화재단이 공들여 세워놓은 이 유허비를 이곳 고려인들이 다시 깨끗하게 보전하기를 기대한다.

나는 강가에 홀로 서있는 유허비 앞에서 묵념을 드리고, 우리 민족의 밝은 장래를 위해 기원했다.

첫 임시정부, 대한국민의회 건물

대한국민의회는 문창범이 주동이 되어 1919년 3월 17일 블라디보스토크에 첫 임시정부로 수립되었다. 망명정부 제1호이다. 3·1 운동의 33인 대표 중의 한 사람인 손병희 선생을 대통령으로 선임했다.

이후 1919년 4월 13일 대한민국 임시정부가 상해에 세워졌다. 상해를 해외 항일 투쟁의 중심축으로 해서 활동하다보니 블라디보스토크의 대한국민의회는 지역적인 한계를 벗어나지 못했다. 그러나 독립운동과 교육, 민족의식을 고취하면서 굳건한 고려인들의 구심점을 만들어 갔다. 특히 최재형의 지도력이 최근 역사가들에 의해서 밝혀지기 시작했다.

지금 이 건물은 어린이를 위한 교육기관으로 쓰이고 있다. 여행객들이 쉽사리 접근하지 못하도록 철조망이 쳐져있다. 언젠가 우리 정부가 이곳을 구입해서 역사기념관으로 보관했으면 하는 바람이다.

첫 임시정부,
대한국민의회 건물

신한촌(新韓村)

　3년 전 블라디보스토크에 갔을 때 가이드 겸 운전기사였던 분에게 고려인들의 발자취를 물어 보았지만 신한촌(新韓村)이 있었던 지역을 찾지 못하고 돌아왔다. 그런데 인터넷 검색을 통하여 블라디보스톡 외곽지대에 신한촌 기념비가 세워져 있다는 것을 알게 되었다.

　1873년부터 마무르만 바닷가에 고려인들이 "개척리"라는 거주지를 형성하고 살았는데 1911년에 콜레라가 창궐하니 정부에서 강제로 산기슭으로 거주지를 이전시켰다. 이곳에는 고려인과 중국인들을 위해서 거리를 만들어 주었다. 위생상 콜레라 예방을 위해서였다.

　고려인들은 중국인들과 구역을 달리해서 구획을 정해주었다. 1937년 스탈린의 강제 이주 명령이 떨어져 중앙아시아로 이주당하기 전까지 이곳은 항일 투쟁의 본거지가 되었다. 학교, 신문사, 극장 등이 들어섰다. 1920년 4월에 일본군이 쳐들어와 지도자들이 체포

신한촌(新韓村) 기념비

되고 처형을 당하는 비극도 이곳에서 발생했다. 지금은 이 산비탈에 신한촌의 흔적은 없고 기념비만 서 있다.

고려인들은 우즈베키스탄, 카자흐스탄 등 중앙아시아로 강제 이주 당했다가 1991년 이후 서서히 자기들의 할아버지, 할머니의 고향 원동으로 모여들기 시작하여 지금은 연해주 일대에 약 3만 명의 고려인들이 살고 있다.

블라디보스토크는 우수리스크 남쪽에 약 75킬로미터 떨어져 있는 러시아의 극동 유일의 항구 도시다.

발해 시대의 유물, 거북이 석상

가이드는 고물이 된 현대차를 몰아 돌거북 상이 있는 도라공원(Park Dora)으로 향했다. 공원 안에 들어가니 육각 정자가 나오고

도라 공원(Park Dora)에 설치되어 있는 발해 시대의 유물, 거북이 석상

그 안에 거북이 석상이 놓여있다. 발해 시대의 유물이라고 한다. 이 거북이 석상 위에는 글자가 적힌 비석이 있었다는데 지금 그 비석은 자취를 감추었다. 원래 이 거북이 석상은 두 개인데 그중 하나는 현재 하바로프스크 박물관 입구에 가져다 두었다고 한다.

마침 한국에서 온 20여 명의 관광객과 마주쳐서 한동안 대화를 나누었다. 이곳 발해의 유적들을 돌아보면서 우리 조상들의 발자취를 돌아보는 것이 참 유익하다는 것을 새삼 느꼈다.

최재형 선생 생가(生家)

최재형 선생은 노비인 부모를 따라 러시아로 귀화했다. 아버지는 노비였고 어머니는 기생이었다.

어린 재형은 거리를 배회하다가 항구에서 우연히 러시아 선장 부부를 만나게 된다. 그들 부부는 선생의 대부와 대모가 되어 적극적으로 도와준다. 부인에게서 러시아어와 서양학문을 배우고 선장한테는 해외 견문을 넓히는 지도를 받는다.

최재형 선생은 러시아에서 교육받은 최초의 조선인이었다. 선생은 러시아어를 자유자재로 구사하는데다가 이재에 밝아 군수 산업 분야에서 큰돈을 벌어 거부가 되었다.

그 후 선생은 자신의 재산과 능력을 항일투쟁에 썼는데 독립군에게 재정적 지원을 하고 소련제 무기를 독립군에게 공급해 주는 등 일본군과 대항케 했다.

선생의 항일 투쟁 역사는 제대로 알려지지 않았는데 최근 들어 조명되기 시작했다. 그는 안중근 의사가 일본 총독 이토 히로부미를 하얼빈역에서 저격하여 사살하도록 사전에 선생의 집에서 사격 연습을 하도록 했고 총을 제공하는 등 지대한 역할을 했다. 우수리스크 항일독립사에 대단한 영향력을 발휘한 주역 중의 주역이다. 결국 1920년 4월 일본군들에 의해 체포되어 총살당했다.

선생의 향년 63세였다. 그는 조국을 위해 값진 생애를 살았다. 최근 들어 한국 정부가 최재형 선생의 생가를 러시아인에게서 샀다. 내가 방문했을 때는 한창 수리 중이었다. 마침 거북이 공원에서 만났던 한국 단체 여행객과 또 다른 여행 그룹들이 참관하여 복작거리는 가운데 생가를 둘러보았다.

최재형 선생 생가

바깥채는 내부를 거의 다 부수고 단장 중이었고 안채는 수리가 완성 단계여서 신을 벗고 들어가서 구조를 살펴볼 수 있었다. 공사가 마무리되면 독립운동가, 사업가, 군인으로 살았던 선생의 활동과 업적을 상세히 알려주는 자료가 유물과 함께 전시될 것이다.

선생은 자신이 운영하는 사업체에 고려인 직원을 우선적으로 채용하고 또 어려운 고려인 이민자들을 많이 도왔다. 마을에 학교와 공원을 세워 읍민들의 칭송과 존경을 받았으며 도헌(都憲)이라는 공직에 선출될 정도로 러시아 사회에서 지위가 높았다. 도헌은 지금으로 말하면 군수 정도 되는 직급이다.

선생은 신분의 귀천에 앞서 조국을 진정 사랑했던 애국선열이다. 1962년에 대한민국 건국훈장 독립장을 추서 받음으로써 나라를 사랑했던 그의 단심을 세상이 알아주었다. 선생의 명복을 빈다.

솔빈부의 외성(外城)과 내성(內城)

시내를 빠져나와 외곽지역으로 향했다. 솔빈부를 찾아가는 길이다. 마무신스크 지역에 다다라 언덕으로 차를 몰아 올라가 완만한 산꼭대기에 닿았다. 제일 먼저 2011년 8월 6일에 우리나라 불교계에서 이곳에 세운 석불상을 만났다. 약 5미터 높이로 꽤 큰 불상이다.

늙은 개가 꼬리를 치면서 우리를 반긴다. 방문객이 많아서인지 사람을 무서워하지도 않는다. 바로 옆에는 허름한 농부의 집이 있고 주위 초원에는 방목된 소들이 풀을 뜯고 있다. 이곳은 발해의 5경 12부 중에 솔빈부가 있었던 성터다. 솔빈부는 현재의 러시아 연해주 우수리스크에 설치되어 금나라 때까지 존재했던 옛 행정구다.

토성(土城)이어서인지 성벽의 흔적조차 온데간데없다. 한쪽에 소복하게 쌓아놓은 기와 조각들이 옛 성터였다는 증거로 남아 있을 뿐이다. 언덕 아래 먼 거리에 수이픈 강(江)과 우수리스크 시내가 보인다.

내성이라고 표시된 곳에는 굵은 수목이 우거져 있다. 1860년에 베이징조약을 통해서 러시아가 이 땅을 가져가기 전까지는 중국의 영향 아래 있었다. 언젠가 우리 한국의 학자들이 러시아의 협조를 얻어 이곳을 발굴하고 성벽을 찾아서 복원한다면 우리 후손들에게 큰 유산이 될 것이다. 이 발해성터 여행을 끝으로 고려인들의 발자취를 찾고 싶다는 오랫동안의 염원을 이루었다.

이곳 농장에서 기른 닭으로 만든 요리로 늦은 점심을 했다. 아무도 없는 이층 식당 테이블에 앉아서 아래로 내려다보이는 아름다운 숲을 한동안 조망했다. 팁을 두둑이 주고 택시를 불러 타고 호텔로 돌아왔다. 다음 날은 이곳 우수리스크를 떠난다.

중국

훈춘 가는 길

2018년 6월 27일 6시에 호텔을 나와 버스 정류장으로 갔다. 7시 30분에 중국의 북동부에 위치한 훈춘시로 향하는 장거리 버스를 타기 위해서다. 매표소가 아직 문을 열지 않아서 줄을 서서 30분 정도 기다리니 매표소 창문이 열렸다. 이곳은 표를 살 때 여권을 보여주어야 한다.

두 여인이 난데없이 맨 앞줄에 새치기로 들어와 매표소 창구로 몰려가서 단체 표를 주문한다. 내 앞에 서있던 사람이 새치기 하지 말고 줄을 서라고 주의를 주어도 막무가내다. 나도 이 여인들의 무례한 행동을 보고 참다못해 뒤로 가서 줄을 서라고 했더니 눈썹 하나 까딱하지 않고 매표소 담당자에게 돈을 내민다. 이 두 여인들이 표 사는 것을 끝내고 나니 내 뒤에 줄을 서있던 사람들이 매표소 창구로 몰려가 돈을 내민다. 무질서가 질서다.

간이매점에서 아침에 먹을 만한 음식을 사 가지고 버스 타는 곳으로 가니 내 앞에서 새치기했던 뚱뚱한 여인이 그래도 아는 척을 한다. 30분을 기다리니 버스가 들어왔다. 이곳에서 훈춘까지는 약 8시간이 걸린다고 한다.

50여석 자리에 약 30여 명의 승객이 탔다. 버스는 꽤 속력을 내면서 달린다. 나는 좌석 둘을 혼자 차지하고 앉아서 차창으로 스치는 풍광을 즐기는 동안 편안하고 홀가분한 마음이 되었다.

버스가 시내를 빠져나가 시베리아 숲속을 달린다. 햇볕이 나는가 하면 또 구름에 가린다. 6월의 신록이 진초록이다. 에어컨을 아끼기 위해서 버스 지붕에 있는 조그마한 사각형 환풍구를 열어 놓아 조금 후덥지근하지만 차창 너머로 자연을 감상하면서 커피 한잔을 마주 하니 기분이 상쾌하다.

자작나무와 활엽수가 무성하고 산이 깊은가 하면 평지가 한없이 펼쳐지기도 한다. 강이 많아서 농사짓기에 좋은 지역이다. 카자흐스탄의 척박한 땅에 비하면 이곳 연해주는 농사짓기에 비옥한 땅이다.

카자흐스탄 선교지에서 만난 고려인 할머니들이 원동 원동 하며 고향을 그리워했던 심정을 짐작해 보았다. 그들과 함께 온천장으로 2박 3일 수양회를 갔을 때 생전 들어보지 못했던 권농가(勸農歌)를 그들이 흥얼거리던 기억이 또렷이 남아 있다. 이 넓은 연해주에서 농사를 지으며 풍족하게 살던 시절, 논밭에서 일하면서 불렀던 노래다. 소련연방이 무너지자 이들과 자녀손들이 연해주 쪽으로 하나 둘 이주를 시작하고 있다.

중국 국경에 가까워지니 아스팔트 길에 패인 곳(pot hole)이 많아서 버스가 이리저리 피하면서 달리느라 속력이 떨어진다. 러시아 연방정부와 지방정부가 재정이 고갈되어 제대로 길을 보수하지 못한다고 한다.

출발한 지 5시간 반 만에 중국 국경에 도착했다. 러시아 쪽에서는 검사원이 버스 안으로 들어와 승객들은 좌석에 앉은 채로 검문을 받았다. 제1차 관문은 그렇게 쉽게 통과 했다.

비가 차창을 적시기 시작한다. 한참을 달리다 또 체크포인트에 도착하니 300루블을 내란다. 지시대로 했더니 영수증을 준다. 승객들은 짐을 몽땅 가지고 내려 검색대를 거쳐 여권검사를 받은 후에야 다시 차에 올랐다. 그곳에서 훈춘시(市)는 그리 멀지 않은 거리다.

훈춘에 도착한 후 호텔 세 군데를 돌아 겨우 허름한 호텔에 들어갈 수 있었다. 한국에서 예약을 대행해 주었던 여행사가 제대로 일처리를 하지 못했기 때문이다. 한국 식당을 찾기 위해서 호텔에서 택시를 불러 타고 비 내리는 훈춘 거리를 이리저리 돌아보았다. 훈춘시의 한국타운에 있는 오리고기 집을 찾아 들어갔다. 식당 종업원과 이야기를 나누다 보니 식당 주인을 소개해 준다. 김창봉 사장님은 아주 친절했다. 그와 절친하게 지내는 김봉씨를 가이드로 추천해 주었다. 훈춘 치과 기공 회사에서 일하는 사람인데 내 여행 일정을 안내해준단다. 2018년 6월 28일 아침에 그를 이 식당에서 만나 방천에 가기로 약속했다.

훈춘의 인구는 약 26만 명으로 옛날에는 고구려 땅이었다. 발해 5경의 하나인 동경 용부가 위치했던 자리다. 훈춘에서 중국과 북한과의 국경까지는 약 1시간 거리다.

방천 가는 길에 있는 방천풍경구 표지석, 중국의 북동부 마지막 국경지역(조·중·러 3국 국경)

방천 변경 전망대, 용호각(龍虎閣)

방천은 오른쪽에 두만강을 끼고 동북쪽으로 계속 강을 따라 올라간다. 방천의 북쪽은 러시아 땅이고 남쪽은 북한 땅이다. 동해로부터 15킬로미터 떨어져 있는 내지다. 중국은 이곳에서 태평양으로 나가지 못하고 러시아와 북한에 막혀있다. 중국으로서는 태평양으로 나가지 못하는 아쉬움이 있을 것이다.

방천은 중국인들이 새해 해돋이를 보기 위해서 몰려드는 요지다. 놀이공원과 유락 시설이 들어서 있다. 이곳 풍습은 사람이 죽으면 100퍼센트 화장을 하고 납골당을 이용한다고 한다.

검문소를 지나가는데 김봉씨가 신분증을 내민다. 나는 미리 귀띔받은 대로 침묵했다. 아버지를 모시고 방천(防川) 구경 간다고 시나

중국 변경에 있는 방천 전망대, 용호각(龍虎閣)

리오를 쓴 것이다. 나는 김봉씨의 아버지가 되어 방천 들어가는 검문에서 통과가 되었다.

방천 가는 길은 도로를 넓히는 공사를 대대적으로 하고 있다. 관광객이 몰리니 관광수요에 맞추어 도로 재정비가 한창이다. 용호각에 올라가니 압록강이 흐르는 건너편으로 북한 땅이 손에 잡힐 듯 펼쳐져 있다. 용호각 전망대에는 층층 마다 역사적인 자료를 전시하고 있다. 개발이 제대로 되지 않아서 한적하다.

중국 땅에는 건물과 유락 시설이 들어서고 강변에는 요트와 관광용 보트가 줄줄이 정박하여 손님을 기다리고 있다. 방천을 빠져 나오는 길에 북한으로 들어가는 검문소와 다리가 있다. 건너편에 있는 북한 땅의 공장 건물이 보이고 중국 쪽에서 들어가는 대형 트럭들과 승용차도 보인다. 강가 들녘에는 단체로 나와서 농사일을 하는 북한 농민들도 보인다.

이곳 중국 땅에서는 차들을 세워두고 음료수를 마시면서 북한 땅을 건너다보고 있다. 한국인으로서 북한 동포들의 생활상을 바라보는 관광객으로 서있으려니 마음이 무겁다.

방천을 벗어나 도문으로 차를 몰았다. 도문은 북한 땅을 가까이에서 볼 수 있는 곳이다. 도문 강변은 유원지이기도 해서 주말이나 공휴일이면 인파가 모여들어 혼잡하다. 두만 강변에 조성된 공원에는 중국 할머니들이 음악에 맞추어 단체 라인 댄스를 한다. 온 몸을 움직여 춤을 추니 신명이 나서인지 얼굴 표정들이 밝다.

사람들이 강을 찾는 이유는 대동소이한 것 같다. 물이 지닌 치유력과 안정감이 자신도 모르게 물을 찾아가게 하는 것은 아닐까.

도문에서 건너다보이는 북한 땅

두만강변 관광보트 위에서

두만강변 관광보트 위에서

도문에서 만난 두만강은 우기라서인지 흙탕물이다. 더욱이 무산 탄광에서 철광 제련을 하기 때문에 상류에서부터 오염되어 탁류가 흐른다. 북한에서는 인민들이 도강(渡江)하지 못하도록 북한 땅 강변에 철조망을 쳐놓았다. 중국 쪽에도 철조망이 있다.

김봉씨는 자가용으로 나를 안내해 주면서, 이곳의 문화와 풍습 등, 현지인에게서만 들을 수 있는 생활상을 조곤조곤 전하면서 자기 집안 얘기도 풀어놓는다. 아버지가 생존해 계실 때 북한에서 조카 가족이 몽땅 탈북을 해서 자기네 집으로 왔는데 아버지가 잘 타일러서 북한으로 다시 되돌려 보냈다고 한다. 조카 가족은 다리를 넘어서 북한으로 돌아가는 도중에 아버지가 보는 앞에서 북한 군인들이 철사 줄로 조카 부부를 묶어서 데려가고 그 자녀들은 그대로 끌려갔다고 한다. 그 사건을 계기로 아버지가 충격을 많이 받고 일생 후회하면서 살다가 병을 얻어 돌아가셨다고 한다. 우리나라가 남북이 분단되어 겪는 설움이고 아픔이다.

할아버지는 6·25때 군대에서 공을 세워 북한에 있었더라면 대우받고 살 텐데 어쩌다가 연변으로 들어와 살다 보니 그런 특혜를 받지 못했다고 한다. 아무리 고급 장성이어도 하루아침에 배신자로 몰려 죽음을 보장할 수 없는 환경에 처할 수 있으니, 연변에 거주하는 것이 훨씬 낫다는 생각이 들었다. 자유와 안정감은 생존에 절대적인 가치다. 일인 독재체제 속에서 신음하고 있는 북한 주민들에게 물어보면 대답은 더욱 선명해질 것이다. 속마음을 드러내지는 않았지만

특수차량을 타고 백두산 정상을 향해 달리는 중에

백두산에 오르는 도중에 뷰 포인트에 서서

조카네의 비극을 알면서도 그런 생각을 하다니 살기가 그만큼 팍팍한가보다 라고 짐작해 보았다.

우리는 곧바로 백두산으로 가기로 했다. 도중에 식당에 들러 쌈밥을 맛있게 먹고 길을 재촉했다. 중국에서는 장백산이라고 부르는 백두산을 향해 산맥을 오르내리며 달렸다.

산은 깊고 길은 잘 포장되어 있다. 장백산 오르는 길도 아주 잘 닦아서 관광객들이 자유롭게 여행할 수 있게 되었다. 벌통을 다량으로 설치하고 꿀 농사를 짓는 사람들이 곳곳에 보인다. 양봉은 큰돈을 버는 비즈니스라고 한다. 부자가 자본을 축적해서 여기저기에 산장을 짓고 호텔을 크고 웅장하게 짓는다고 한다.

백두산 아래 마을에 도착하니 벌써 저녁이다. 호텔에 체크인을 하고 식당으로 들어가니 뷔페식이다. 음식을 남기면 음식값을 더 붙인다. 음식 낭비를 방지하기 위해서라고 한다. 뷔페의 특성상 식탐을 통제해야 할 필요가 있다고 판단했을 것이다. 좋은 규칙이라고 본다.

나는 수면 방해를 받지 않기 위해 김봉씨와 각방을 썼다.

백두산, 그리고 천지(天池)

2018년 6월 29일, 백두산 등정을 하는 날인데 새벽 3시 반에 잠이 깼다. 벌써 동쪽 하늘에서는 붉은 기운이 구름에 반사되어 환하

백두산으로 오르는 길 입구에 서있는 표지석, 신산성수(神山聖水)

백두산 정상이 보인다.

게 밝아오기 시작한다. 하지(夏至)가 얼마 남지 않은 이곳 북쪽 지역은 새벽이 일찍 찾아온다. 또 저녁에는 8시가 넘도록 어두워지지 않고 긴 하루가 이어진다. 그래서 이곳은 여름이 여행하기에 좋은 시기다. 칠팔월이면 이곳 백두산 여행이 절정에 이른다.

호텔에서 자동차로 45분 올라가니 백두산 아래 정류장이다. 김봉씨는 백두산을 4번 왔는데 올 때마다 날씨가 좋았다고 한다. 자기 친구는 백두산에 11번 올랐는데 천지 구경은 한 번도 하지 못했다고 한다. 조상의 음덕이 있어야 자손이 백두산 천지를 볼 수 있단다. 자기 조상님이 나라에 좋은 일을 했기 때문에 오늘도 운이 좋아 우리 두사람이 천지를 볼 수 있을 것이라고 장담한다. 어제는 날씨가 사나워 백두산에 올랐던 관광객들이 천지를 구경하지 못하고 되돌아왔다고 한다.

이왕 백두산에 왔으니 천지까지 보고 싶은 마음은 인지상정이리라. 비록 미신에 가까운 말이기는 하지만 그의 호언에 기분이 좋아지면서 천지를 만날 수 있다는 기대감으로 마음이 부풀었다. 백두산 아래 날씨가 아무리 좋아도 천지에 다다르면 기후변화가 무쌍하여 하루에도 여러 번 비바람이 몰아친다고 한다.

백두산으로 올라가는 구내 버스 승차권을 파는 매표소에 들어가니 줄을 선 사람들이 인산인해다. 개인 승용차는 이 지점부터 올라갈 수 없기 때문에 버스마다 사람들을 가득 싣고 산정을 향해 올라간다. 한참을 올라가서 중간에 작은 미니버스로 갈아탔다. 장백 폭포(비룡 폭포)를 구경하기 위해서다.

이곳에도 관광객으로 붐빈다. 미니버스에서 내려 계단을 따라 계

꿈에도 오르고 싶었던 백두산과 천지

백두산 정상으로 오르는 길에 있는 뷰포인트에서 천지를 배경으로

곡을 올라가니 천지연 폭포 밑에 유황온천이 있다. 이 온천물에 계란을 담가두면 반숙이 된다. 그 계란을 관광들에게 파는데 그냥 지나칠 수 없는 먹을거리다. 떡메로 쳐서 만든 떡도 판다. 기념품 가게들도 즐비하다.

온천 지점에서 비룡 폭포에 오르려면 한참을 걸어 올라가야 한다. 나무 계단을 놓아서 오르내리기 편하게 되어있다. 나는 비룡 폭포에 가까이 가지 않고 멀리서 바라보는 것으로 만족하기로 했다. 올라갔다 내려오려면 시간이 많이 소모되기 때문이다. 세계 3대 폭포에 속하는 나이아가라 폭포와 이구아수 폭포를 보았다는 생각으로 서운한 마음을 정리했다.

천지 가까이 가는 것도 마음을 접었다. 천지에 가려면 비룡 폭포 옆에 설치된 계단으로 30분 정도 올라가 터널을 지나야 하는데 그러자면 백두산 쪽으로 오르는 기회를 포기해야 한다. 차라리 백두산 위에서 천지를 내려다보기로 했다.

천지연 폭포를 내려오다가 양화교 인공폭포를 돌아보고 버스를 타고 또 다른 버스 정류장으로 향했다. 백두산 정상으로 오르는 특별한 사륜구동 승합차를 타기 위해서다. 정류장에 도착해서 여덟 명이 한차에 올랐다.

백두산 정상으로 가는 도로에는 가드레일이 설치되어 있어 충분히 안전하다고할 수 있지만 이 도로를 운전하는 사람은 특별한 훈련을 거쳐야 한다고 한다. 커브를 돌 때는 아찔할 정도로 위험하다. 오늘은 흰 구름이 간간이 떠 있으나 날씨가 매우 청명하고 기온도 적당하여 전혀 춥지 않았다.

백두산은 해발 2,744미터(9,003피트)로 매우 높은 산이다. 하지만 아래를 내려다보지 않으면 전혀 무섭게 느껴지지 않는다. 정상에서 멀지 않은 지점에서 하차했다. 정상에 오르는 인도도 돌로 잘 포장이 되어있고 식당을 비롯해서 우천에 피할 수 있는 건물 시설이 잘 되어 있었다. 그곳에도 관광객이 너무 많아 정상에서 천지를 내려다보는 것은 포기했다. 몸과 몸이 부딪치는 길을 한참 동안 올라가야 한다. 백두산이 영산(靈山)이라는 사실을 관광객을 보고 새삼 실감했다.

그래서 전망이 좋은 지점으로 가서 천지를 내려다보았다. 나의 뇌리 속에 언젠가는 꼭 이곳에 한번 와 보리라는 소원이 이루어졌다. 이곳을 찾는 남다른 감회가 왜 나 혼자뿐일까. 이 산을 오르는 모든 이들이 바라고 원하던 바다.

내려다보이는 천지 물빛이 짙푸르다. 최대 수심은 374미터라고 한다. 이 백두 천지는 화산이 붕괴되어서 가마솥처럼 생긴 공간에 물이 차오른 칼데라 호(湖)다.

백두산 정상에는 풀 한 포기 없다. 지층은 용암에 그을려 무너져 내린 검은 자갈과 바위, 흙으로 뒤덮여 있다.

고구려가 흥왕(興旺)했을 때는 백두산이 고구려의 중심부였는데 그 후 중국이 융성하면서 만주 땅을 내어 주고 우리 민족은 한반도로 제한되었다. 더욱이 고려와 이조로 넘어오면서 한민족의 영향권이 축소되어 시베리아와 만주 땅을 잃고 말았다.

해방 후에도 백두산은 우리 땅이었는데 1962년 북한이 중국과 조약을 체결하여 천지의 54.5퍼센트는 우리 땅, 45.5퍼센트는 중국 땅으로 백두산과 천지를 분할하였다. 이것이 약소민족의 설움이다. 우리는 이를 명심해서 남북한이 하나가 되고 국토를 수호해서 한 치의 땅도 외국에 내어 주어서는 안 된다. 그리고 경제적으로 강해져서 시베리아 일대 우리 조상들이 활개 치며 살던 땅을 우리의 영향권에 두어야 한다.

백두산 산정에는 '천지'라는 석판이 세워져 있다. 백두산 구경은 이곳 중국 쪽이 더 좋다고 한다. 오염되지 않은 천지 물은 비룡 폭포를 통해서 송하강으로 흘러든다.

중국인들이 말하는 장백산, 우리가 말하는 백두산은 중국 쪽에서 열심히 개발되고 있다. 도로가 잘 정비되고 호텔과 위락 시설이 들어서고 있다. 세계의 젊은이들이 백두산 등정과 트래킹을 하기 위해 몰려들고 있다.

북한 쪽에서는 백두혈통을 내세워서 백두산에는 아무나 들어갈 수 없다. 김씨 세 부자가 신적인 존재로 추앙을 받도록 만들고는 백두산을 신성시해서 북한 동포를 우롱하고 있다. 이 우상화의 고리를 끊어서 우리 민족이 서로 왕래하고 자유롭게 백두산 정상에 오를 수 있는 날이 오기를 고대한다.

백두산 관광을 마치고 연길로 향했다. 나를 연길에 내려주면 김봉씨의 임무는 끝난다. 우리는 백두산 관광의 흥분을 가라앉히고 식당이 몰려있는 먹자골목에 있는 한 식당으로 들어갔다.

젊은이들이 대낮인데도 북적인다. 돈 많은 젊은이들이 이곳 장백산에 들어와 휴가를 즐기는 것 같다. 고급 승용차를 타고 하룻밤

숙박료가 150달러를 호가하는 호텔에 머물면서 시간을 보낸다.

중국도 이제는 소비문화와 관광이 활개 친다. 유럽 여행이나 남미 여행을 가도 쉽게 중국인 관광단을 만난다. 경제적으로 넉넉하게 살 수 있다는 것은 참 좋은 일이다.

김봉씨는 부인이 미장원을 운영하는데 외동딸을 두었다고 한다. 그는 치과 기공업체의 사장 비서로 일하면서 회사 일도 총괄한다. 때로는 이렇게 시간을 내어서 자가용으로 자기 비즈니스도 하는 것을 보면 자본주의 속성을 잘 이해하고 열심히 살아가는 것 같다.

아름다운 장백산 고속도로를 달려 내려오면서 우리는 주거니 받거니 많은 대화를 나누었다. 내가 살아온 인생살이부터 시작해서 중국 조선족에 대한 내용까지 많은 생각을 교환할 수 있었다. 여행을 하면서 얻는 정보와 경험담을 통해 세상을 많이 배운다.

연변이 가까워지자 자연스럽게 연변에 관한 대화가 오갔다. 연변에 사는 우리 동포 중 많은 이들이 한국으로 진출해서 일을 하거나, 중국 현지에 들어온 한국의 대기업체에 입사해서 귀한 인력공급원이 된다는 반가운 소식을 들었다. 유창한 한국어와 중국어로 한국기업들에게 노동력을 제공하여 사업 확장에 큰 역할을 담당하고 있단다.

연길에 도착해서 호텔에 여장을 푸니 김봉씨가 호텔방에까지 가방을 가져다주었다. 친절히 대해주어서 참 감사했다. 일생동안 그를 기억할 것이다.

윤동주 시인의 고향, 용정 유감(有感)

2018년 6월 30일, 오늘은 윤동주 시인의 생가를 찾아 용정으로 떠난다. 아침에 식당에 들렀더니 한국에서 단체 손님이 와 있었다. 진주에서 25명이 3박 4일 일정으로 백두산 구경을 왔다고 한다.

그중에 우연히 동석한 노인과 대화가 시작되었다. 여행의 주목적이 백두산 관광이었는데 그제는 백두산에 올라가려다가 날씨가 좋지 않아 허탕을 치고, 어제 내가 올라갔던 날에 날씨가 아주 좋아서 천지도 보고 백두산 구경을 잘 했노라고 한다.

연길 시내에서 성업 중인 북한 식당, 해란강

먼저 내 나이를 말하고 가족 얘기를 꺼내면서 실례이지만 어르신 연세가 어떻게 되느냐고 물었다. 다리도 절고 나이도 들어 보여서 나보다 한참 웃어른이라고 생각했다. 1944년 10월생으로 75세란다. 나와 동갑내기라고 했더니 깜짝 놀란다.

한국에서는 으레 어머니 태중에 있던 나이를 세고 음력 나이를 계산해서 올린다. 이분의 경우에도 두 살을 더 올린 셈이다. 우리는 동갑내기 갑장이라고 서로 반갑게 다시 인사했다. 시골에서 농사를 짓는 분들은 아무래도 따가운 햇볕 아래 육체노동을 많이 하니 건강 상태가 좋지 않다. 건강한 육신을 잘 유지하는 것이 얼마나 중요한지 새삼 깨달았다.

택시를 타고 윤동주 시인의 고향, 용정으로 달렸다. 용정 가까이 오니 운전사가 지리를 잘 몰라 힘들어해서 그 지역 택시로 갈아탔다. 용정으로 진입하는 초입에 경찰초소가 있었다. 길 한가운데에 바리케이드를 치고 검문을 한다. 미국 여권을 내놓으니 들어갈 수 없다고 퇴짜를 놓는다.

마침 연변 동포가 와서 설명해 준다. 만일 같이 들어가는 중국 시민이 보증을 서면 들여보낼 수 있다고 한다. 할 수 없이 떨어지지 않는 발길을 돌려야 했다. 내가 다니던 학교 교정 옆 숲속에 '하늘을 우러러 한 점 부끄럼 없기를'로 시작하는 윤동주 시비가 서 있었다. 젊은 학도의 심금을 울렸던 그 시인의 고향을 찾는 것이 내게는 큰 의미가 있는데 그만 가지 못하니 실망이 컸다.

연길 시내로 들어와 해란강이라는 북한 식당을 찾아갔다. 연길에서 택시 기사에게 좋은 한국식당을 안내해 달라고 하면 이렇게 북한 식당으로 데려간다. 평양냉면과 불갈비를 주문해서 먹었다. 식당이 깨끗하고 음식맛도 좋다. 반찬 하나하나에 정성이 담겨있고 간이 잘 맞다. 남북한 정치싸움에 외화벌이로 낙인찍힌 북한 식당들이지만 고객에게 친절하다.

외국에 나가 있는 북한 사업체에 파견된 북한 직원들은 각 분야에서 뛰어난 재능과 실력을 갖춘 사람들로 엄격한 예법과 사상 무장 교육을 받고 강한 훈련과 시험을 거친 사람들이라는 얘기를 들었던 기억이 났다. 그렇지 않으면 북한 사회보다 자유롭고 경쟁이 불가한 경제력을 갖춘 외국 사회에 현혹되어 사상이 무장해제 되고 도망칠 여지가 있기 때문이다. 실제로 그런 사람들이 있는데 끝까지 색출해서 수용소와 탄광촌으로 보내거나 사형을 시킨다고 한다. 하루속히 남북 관계가 좋아지길 바란다.

스마트 폰에 인터넷 연결이 원활하지 않아서 연길 시내 여기저기를 다니며 해결해 보려 했으나 미국 것이라 안 된다고 했다. 훈춘에서는 김봉씨 친구 가게에 들러 인터넷을 연결할 수 있었는데 참 갑갑하기만 하다.

살아있는 고구려의 박물관 집안시(集安市)

2018년 7월 1일 연길에서 길장성 집안(集安, 지안)시로 떠난다. 광개토대왕릉을 보기 위해서다. 약 10시간 반이 걸리는 여정이다. 이번 여행 중에서 가장 긴 도로 여행이 될 것이다.

집안은 1400년 전에는 고구려의 땅이었고 4백년 간 고구려의 두 번째 수도였다. 고구려인의 무덤이 1만 2천기가 넘을 만큼 도시 전체가 고구려의 유적지로 가득 차서 살아있는 고구려의 박물관으로 불리는 도시다.

집안시로 들어가는 입구에 서있는 고풍적인 패루(牌樓)가 비를 맞으며 방문객을 반긴다.

아침 4시에 기상하여 버스 정류장으로 가서 9시에 버스를 탔다. 저녁 7시 20분에 집안시(集安市)에 도착할 예정이다. 버스가 정시에 출발해서 고속도로를 달린다. 고속도로가 편도 2차선으로 잘 정비되어 있다. 미국 내 고속도로 못지않다. 고속도로는 차들이 많지 않아 약 80마일로 달린다. 이 고속도로를 22개의 바퀴를 가진 대형트럭들이 질주한다. 나는 운 좋게 이층버스 제일 앞에 설치해놓은 4인용 특석에 앉을 수 있었다.

오늘은 구름 속에 햇빛이 반짝이는 날이다. 차가 속도를 내서 숲 속과 평야를 달리니 속이 시원하다. 처음 2시간 동안에는 내내 산이 많지 않은 평지의 연속이다. 고속도로 양편에는 드넓은 평야에 옥수수밭과 각종 채마밭, 벼가 무럭무럭 자라고 있는 논이 가도 가도 끝이 없이 이어져 나타났다 사라진다. 참 비옥한 땅이다. 우리 민족이 만주의 이 넓은 벌판, 비옥한 땅을 빼앗기고 한반도에 국한된 것이 참 안타깝다. 중국 농촌도 기계화 되어가고 있다. 잡초 제거도 경운기를 사용한다. 이곳은 5, 6, 7월에 강우량이 많다고 한다.

3시간 정도 달리니 연이틀 올랐던 장백산맥의 준령들이 왼쪽으로 나타난다. 이곳부터는 압록강이 서남쪽으로 흐르다가 집안을 거쳐 단동으로 빠져나가 서해로 흘러 나간다. 반면 두만강은 동북쪽으로 흘러 도문. 방천 쪽으로 빠져나가 태평양으로 흘러든다. 신록이 우거지고 계곡이 깊어 굽이굽이 돌아가는 도로 양편이 아름다운 풍광을 연출한다. 7시간 정도를 더 달리면 집안에 이를 것이다.

장백산맥을 지나 계속 서남쪽으로 달리니 여기저기에 비닐에 가려진 인삼밭이 눈에 띈다. 재배 규모가 엄청나다. 집안시에 가까이 오니 집집마다 만들어 놓은 화단에 꽃들이 만발하여 보는 이의 눈을 즐겁게 해준다. 꽃을 사랑하는 아름다운 마음씨를 읽을 수 있다. 집 양편에는 옥수수밭과 벼를 심어 놓은 논이 넓게 펼쳐져 있고 많은 집들이 복을 기리는 빨간 지붕을 이고 있다. 어느 마을은 동네 전체가 빨간 지붕에 빨간 대문이어서 중국인들이 얼마나 빨간색을 좋아하고 복을 바라는지 짐작할 수 있었다.

지린성 구역에 들어있는 통화시(通化市)에 이르자 비가 추적추적 내리기 시작한다. 아름다운 산길을 꾸불꾸불 돌아갔다. 안개가 자욱한 계곡을 지나가는데 마치 미로를 찾아 들어가는 것 같다. 고속버스 운전기사는 속력을 줄이지도 않고 이 험한 비탈길을 능숙하게 운전한다. 비속을 헤치고 산길을 달리는 것도 참 좋다. 집안까지 이런 길이 약160킬로미터 이어져있다.

내 옆자리는 연길에 있는 대학교에서 공부하는 학생이 앉았다. 고향 집안에 가는 길이란다. 서투른 영어지만 의사소통이 되어서 대화를 나누었다. 쉬는 시간에 간이매점에서 간식과 음료수를 사주었더니 자기가 가지고 온 빵을 나누어 준다.

왼편 좌석에 앉아 있는 50대 연변 동포는 연길에 있는 결혼한 딸을 방문하고 집안시에 있는 자기 집으로 돌아가는 길이라고 한다. 전화로 친구들과 통화하는 것을 들으니 마작하는 시간을 정하느라 바쁘다. 이 부인은 한국말이 통하는지라 집안에서 내가 머무를 수 있는 좋은 호텔 이름을 친절하게 알려주었다. 맛좋은 한국식당도 많다면서 추천해주었다. 성격이 활달하고 세상 정보를 잘 알고 있는 사람이다.

이 부인의 주장이 인상적이었다. 한국 관광객은 광개토대왕릉을 보고 이 땅이 자기들 땅이라고 하나 같이 주장하는데 그것은 잘못된 사고방식이란다. 조상이 이곳에 얼마나 오래 살았느냐고 물으니 여러 대를 살아서 자기는 태어나서부터 중국 시민이고 한민족으로서의 정체성보다는 중국에 완전히 동화된 중국인일 뿐이라고 말한다. 비록 한국말을 하고 한국 음식을 먹지만 자신은 중국 시민의 한 사람이고 그것이 당연하단다.

동북공정(東北工程)을 그대로 믿는 여인이다. 중국 체제에서 태어나고 자라 세뇌되어 역사적인 진실을 믿지 않는다. 그녀를 탓할 마음은 없지만 마음이 답답하고 씁쓸했다.

기사가 버스를 열심히 몰더니 예상보다 일찍 집안에 도착했다. 버스에서 내려 택시를 타고 부인이 가르쳐준 호텔에 찾아갔더니 만원이라면서 다른 호텔을 추천해 주었다.

2018년 7월 2일 아침 4시에 눈을 떴다. 러시안 월드컵 축구를 보다가 7시부터 뷔페로 서브하는 카페테리아에 갔더니 한국 관광객이 눈에 띄지 않는다. 이곳이 오지(奧地)라는 자각이 새삼 들었다, 이곳에서는 영어를 구사하는 호텔 안내원이 없다. 다행히 이 호텔에서 일하는 핸디맨이 조선족이라 도움을 받을 수 있었다. 그가 한국어로 제작된 지안 지역의 지도를 구해다 주고 방문해야 할 곳을 마크해 주었다.

택시를 잡아타고 광개토대왕비가 있는 국립중앙박물관에 도착하

풍화 작용을 피하기 위해서 유리누각 안에 보존되어 있는 광개토대왕비

니 8시 10분 전이다. 비가 추적추적 내리기 때문인가, 출입구를 지키는 관리원들 이외에는 관광객이 없다.

매표소에 갔더니 매표원이 내가 오늘 가고 싶은 곳의 입장권을 아예 한꺼번에 구입하라고 권한다. 그렇게 하면 저렴한 비용으로 광개토대왕비, 광개토대왕릉, 장수왕릉, 그리고 국내성까지 볼 수 있단다. 미화로 15달러 정도를 지불했다. 안내원을 따라서 광개토대왕릉으로 가는 길에 광개토대왕비를 먼저 만났다.

광개토대왕비와 왕릉을 찾아

광개토대왕비는 유리로 사방을 둘러싸고 지붕을 씌운 누각 안에 있다. 안내원은 밖에서만 사진을 찍게 하고 내부에서는 사진 촬영이 금지되어 있으니 육안으로 보기만 하라면서 열쇠로 문을 따주었다.

360도로 돌면서 비석(碑石)을 유심히 관찰했다. 높이 6.39미터, 폭 1.35~2미터로 웬만한 아파트 3층 높이다. 1,785자가 적혀있다는데 글자 하나의 크기가 어른 손바닥만 하다. 그의 위엄과 치적이 새롭게 다가왔다.

광개토대왕(374~412)은 고구려 제19대 왕으로 본명은 담덕(談德), 연호는 영락(永樂)으로 영락 대왕이라 불렸다. 고국양왕의 아들로 고국양왕 3년(386)에 13세의 나이로 태자에 책봉되고, 18세인 391년에 즉위했다.

광개토대왕릉

    그는 재위 기간 동안 소수림 왕대의 체제 개혁에 힘입어 활발한 정복 활동을 벌였다. 수많은 전쟁을 통해 영토를 크게 확장하여 만주 지방은 물론 한반도 북부 지방에 이르는 동아시아의 대제국을 건설하였다. 전쟁에 나가면 백전백승을 하여 영토를 확장하는 탁월한 장수(將帥)였다. 또한 지혜가 뛰어난 통치자로서 백성의 칭송을 받았다. 비문에 새겨진 국강상광개토경평안호태왕(國岡上廣開土境平安好太王)이라는 긴 시호는 그의 영토 확장과 더불어 국민들을 평화롭게 치리한 왕의 업적을 잘 보여준다. 마지막 세 글자, 호태왕(好太王)이란 왕중의 왕이라는 뜻이다. 광개토대왕은 재위 22년 나이 39세에 승하(昇遐)했다.

　내 평생에 보고 싶었던 비석이다. 초등학교 때부터 국사책에 빠지지 않고 등장하는 그 유명한 기념비가 아닌가. 비석을 바라보면서 말갈기를 날리며 대평원과 골짜기를 달리는 광개토대왕의 모습을 상상해 보았다. 얻었다가 잃어버린 광활한 영토에 대한 미련과 아쉬움으로 목울대가 따끔거렸다. 우리나라 국민에게 이 땅이 있었더라면 대륙에 매달린 약소국으로서 위아래로부터 수많은 외세의 침략에 설움 당하지 않았을 것이다. 섬나라의 지배를 36년간이나 받으며 신음하지 않았으리라.

　광개토대왕비는 그의 사후 2년째 되던 해인 424년 9월 29일에 그의 아들 장수왕이 세웠다. 만주족이 중국을 점령하여 청나라를 세운 이후, 만주 지역 중국인들의 통행금지령으로 인하여 이 비석은 오랫동안 외부와 단절되어 있었다.

　1844년에 산삼을 캐러 다니는 조선인 심마니들이 이 비석을 발견하였다. 그들에게는 관심이 없는 비석이었다. 그런데 좌종당이라고 하는 청나라 정치가이며 군인이 이 소식을 듣고 비석의 실체를 파헤쳤다. 광개토대왕비가 세상으로 나오도록 만든 사람이다. 지금은 중국의 동북공정에 밀려 철저한 보안을 유지하고 있다.

　2009년도에 두 아들이 결혼하기 전 우리 가족 네 사람은 남한 일주를 하면서 천안에 있는 독립기념관을 찾은 적이 있다. 그곳에 광개토왕비의 탁본(레플리카)이 있었다. 기억에 남아있는 비문 내용이 있다. 그는 왜의 침략을 당한 신라에 구원병을 보내 왜를 제압하고 굴복시키기도 했다. 왜가 백제와 동맹을 맺어 신라를 위협했을 때는 스스로 5만의 군대를 이끌고 내려와 왜를 물리치기도 했다. 각 고을마다 봉화시설을 만들어 연기를 피워 서로 교통하는 신호로 활용하기도 했다.

오늘 나는 그 비석의 원본을 보고 있는 것이다. 1500년 전에 제작되어 현존하는 비석 중 가장 오래되었다는 명물과 대면하니 가슴이 뭉클해진다. 비문은 세 부분으로 나뉘는데 고구려의 건국신화, 전쟁과 정복에 대한 기록, 그리고 이 비를 관리하는 법이 기술되어 있다고 한다. 고구려의 역사를 증언하는 실물로 비문 자체가 아름답다고 학자들은 말한다. 이 비석을 제작한 광개토대왕의 아들 장수왕의 신견지명을 느껴보았다.

비가 부슬부슬 내리는 이른 아침이라 경내에 인기척이 없다. 비석을 대면하고 감개무량한 마음을 나눌 대상이 없다. 그것도 괜찮다. 나 혼자 오랫동안 마음속 깊이깊이 간직하리라. 지금 이 느낌을 가볍게 발설하고 나면 느낌도 공기처럼 날아가 남아 있는 게 없을 것이다.

광개토대왕비에서 도보로 약 5분 거리에 왕릉이 있다. 왕릉으로 가는 길 양편에는 잘 가꾸어진 노란 들꽃이 활짝 피어 화사하다. 나무도 심어서 잘 관리를 하고 있다.

광개토대왕릉은 길이 66미터, 높이 15미터 규모다. 능의 상단부로 통하는 돌계단을 따라 올라가면 국내성이 있는 집안시 도심이 한눈에 들어온다. 죽어서도 국내성을 지키겠다는 그의 의지를 나타내는 걸까. 그렇게 아들 장수왕에게 유언했을까. 사방이 확 트인 명당임을 한눈에 알아볼 수 있다.

능 정상으로 오르는 돌계단이 끝나는 곳에 출입구가 있고 석실 내부에 안치되어 있는 커다란 석관 두 개가 보인다. 이 두 석관은 능 안에 있는 실물과 같은 크기의 관을 그대로 본떠 만들어 놓은 모형이라고 한다.

왕릉은 직사각형으로 깎은 큰 바위를 360도로 돌아가면서 가지런히 세워서 기단부를 만든 후 그 위에 자갈돌들을 7층 계단으로 쌓아 올린 적석총(積石冢)이다. 이 지역에 실재하는 왕릉 중 광개토대왕의 아버지 고국양 왕릉 다음으로 큰 능이기도 하다. 커다란 너럭바위들을 비스듬히 눕혀 놓아서 세월이 지나더라도 왕릉이 무너져 내리지 않도록 하는 지혜를 발휘했다.

왕릉 위에는 키 작은 관목들이 자갈과 엉켜 자라면서 왕릉을 감싸고 있다. 왕릉 주위는 관리가 잘 되어 있는 잔디밭이 넓게 펼쳐져 있다. 왕릉으로 가는 길은 잘 다듬은 돌을 타일 방식으로 깔아서 관광객이 편안히 다닐 수 있도록 잘 정돈되어 있다. 능 가까이 관리인이 살면서 공원을 관리하고 있다. 울타리를 쳐서 출입구를 통하지 않고는 일반인이 무단으로 접근할 수 없다.

동방의 피라미드, 장수왕릉. 일명 장군총

동방의 피라미드, 장수왕릉

우리 민족의 영웅 광개토대왕의 릉을 돌아본 후, 광개토대왕의 아들 장수왕릉을 찾았다. 장수왕릉은 아버지의 능과는 달리 능 전체를 돌로 잘 다듬어서 쌓아 올렸다. 안내문에는 동방의 피라미드라고 설명해 놓았다.

고구려의 제20대 왕, 장수왕(長壽王)은 394년에 태어나서 491년에 작고했다. 78년 동안 왕위에 있었고, 장장 98세까지 살아서 장수왕이라는 시호가 붙었다.

경내가 잘 관리되어 있다. 길도 잘 만들어져 있다. 이 장수왕릉도 지진이나 천재지변으로부터 보호하기 위해서 각 네 방면에 널찍하게 큰 돌을 두 개씩 맞대어 세워두었는데 유독 북쪽은 큰 돌 하나만 세워두었다. 북쪽은 지대가 높기 때문에 하중이 아래쪽으로 쏠리는 것을 방지하기 위해서인 것 같다. 우리 선조들의 지혜에 감탄한다.

장수왕릉 아래쪽으로 특이한 형상의 작은 능이 있는데 명확히 누구의 무덤인지는 밝혀지지 않았지만 고귀한 신분임에 틀림없다. 장수왕이 최애(最愛)한 여인인지도 모른다는 즐거운 상상을 해 보았다.

뒤쪽으로 올라가면 '장수수정(長壽水井)'이라는 우물이 있다. 이 우물은 팔각정자로 보호가 되어 있고 둘러앉아서 쉴 수 있도록 만들어졌다. 우물에서 조금 내려오면 제사를 지냈던 제단(祭壇) 유적이 있는데 터만 남아 있다. 여기까지 돌아서 내려오는데 비가 내리는 아침이어서인지 이곳도 방문자는 나 한 사람뿐이다.

장수왕릉은 언뜻 보아도 명당이다. 수려한 산세(山勢)에 감탄이
절로 나온다. 좌우 산자락이 흘러 내려오는 정중앙 동산에 위치하
여 계곡을 내려다보고 있다. 아버지 광개토대왕 릉은 넓게 트인 공
간에 자리 잡고 있는데 장수왕릉은 산속에 앉아 있다. 이유가 있을
것이다. 부자(父子)가 넓은 평지와 산으로 나뉘어 영면(永眠)에 든
것은 두사람이 세상에 나서 치국평천하(治國平天下)를 이루었음을
대변하는 은유가 아닐까. 오래전에 풍수지리설과 명당 이야기를 귀
동냥한 적이 있는데 이곳에 와서 보니 명당의 실물이 바로 이런 곳
이로구나, 라고 수긍할 수 있었다.

능에서 내려오니 기다리고 있어야 할 운전기사가 자동차와 함께
사라지고 없다. 한참을 찾다가 언젠가 오겠지 하고 기다렸다. 오디
를 파는 할머니에게 가서 오디를 사서 먹고 있으니 기사가 차를 몰
고 올라왔다. 잠깐 다른 손님을 태워다 드리고 왔단다. 잠시라도 일
거리를 찾아 부지런히 움직이는 그에게 측은지심을 느끼니 기다린
시간이 조금도 아깝지 않았다. 그의 차를 타고 약 20분 정도 거리
에 있는 고구려 국내성 터로 이동했다.

고구려의 수도 국내성 터

국내성 밖에 있는 수십 기(基)의 무덤 군(群)

고구려 국내성(國內城) 터

지린성 집안시에 있는 국내성 터에 도착하니 여전히 비가 내리고 있었다. 다섯 명의 중국 관광객이 동시에 입장한다. 학식을 겸비한 지식인들처럼 보인다.

국내성은 기원후 3년 졸본성에서 옮겨온 새로운 고구려 수도였다. 427년에 장수왕이 더 넓은 지역인 평양성으로 옮기기까지 425년 동안 고구려의 도읍지였다. 이 성은 지형이 좁아서 수도로서의 결점이 많지만 고구려는 이 압록 강변에 있는 수도를 통하여 만주 일대를 호령했다.

길을 따라 올라가면 산성고정(山城古井)이라는 우물이 있다. 계곡을 따라 더 올라가면 인공으로 만들어진 연꽃이 가득한 연못이 나온다. 석축 기술로 만든 연지(蓮池)다. 당시에는 잉어도 길렀다고 한다.

언덕을 올라가면 전망대가 나오는데 아직도 돌로 된 유적이 남아 있다. 이곳에 오르면 환도성 내에서 외적의 진입을 지켜볼 수 있고 국내성의 상태를 면밀히 관찰할 수 있다.

왕은 평상시에는 강가에 위치한 국내성에 머물다가 유사시나 전시 중에는 산골짜기에 있는 환도성으로 옮겨서 적의 침공을 막았다. 전망대에서 내려와 옛 궁터로 오르는 길에는 금빛을 띤 코스모스류의 야생화가 흐드러지게 피어있다. 참 아름답다. 희귀식물 보호구역인가, 야생화 단지에 들어가지 말라는 안내 표지판이 서있다.

궁터에 올라가면 깃대 유적이 있다. 당시에 이 축조물에 국기를 세워두었다. 표지판에 적힌 성의 구조와 설명을 보면 수졸들이 거주하는 지역이 따로 표시되어 있다. 궁궐이 서있던 곳에는 돌만 남아있고 건물들은 사라지고 없다.

우리 문화는 목조문화라서 전화를 입으면 귀한 유적들이 타서 깡그리 없어진다. 반면 유럽이나 서구 지역을 여행하다 보면 석조문화라서 오래되어도 돌들과 건물들이 그대로 남아 있다. 이 국내성과 환도성은 외적의 침입으로 폐허가 되고 남쪽에 있는 평양성으로 도읍지를 옮긴다.

여기 성터까지는 앞서거니 뒤서거니 하면서 중국 관광객 다섯 명과 다녔지만 비가 내려서인지 이들은 출구로 내려갔다. 나는 우산을 펴고 옛 성터를 따라 혼자서 산 쪽으로 난 계단을 올라갔다.

중국 정부가 성벽의 돌이 분산되어 허물어지는 것을 막기 위해서 철망으로 성벽 돌들을 묶어두었다. 높은 성벽 위 전망대에 올라가 아래를 내려다보니 성벽 밖에 수십기(基)의 무덤군이 보인다. 국내성이 폐허가 된 후에도 이곳에 왕족들이 무덤을 만들었음을 보여준다. 무덤의 하단 부분은 돌을 잘 다듬어서 기초를 하고 위에는 자갈을 덮어놓은 형태다. 어떤 무덤은 아주 크고 묘실로 들어가는 입구도 있다. 무덤의 주인이 왕족 중에서도 높은 신분이었음에 틀림없다.

성벽에서 내려오니 개찰구를 지키는 안내원 세 사람 외에는 아무도 없다. 넓은 파킹장에 내가 타고 온 택시만 덩그러니 서있다.

고구려 유적박물관

마지막 방문지, 고구려 유적박물관으로 향했다. 박물관 건너편에 있는 매표소에 소지품을 맡기고 빈 몸으로 나와서 아침부터 수고한 기사에게 돈을 지불하고 길 건너 박물관으로 들어갔다.

이곳에는 검색대가 있어서 철저히 몸수색을 한다. 입구에는 고구려를 소개해 놓았는데 마지막 부분에 '고구려는 중국의 일부로서 중국에 흡수된 나라'라고 기술하고 있다. 동북공정(東北工程)의 일환으로 우리 한민족의 위상을 한낱 중국의 속국으로 폄훼한 문장이다.

고구려는 문화적으로 중국과 밀접한 교류 관계가 있었다. 특히 의류를 많이 수입했다. 박물관에는 고구려인들의 생활상과 당시에 사용하던 농기구, 무기, 그림, 장신구 등 다양한 생활용품들이 전시되어 있다. 네다섯 명의 한국 관람객이 안내원의 설명을 들으며 한발 앞서 관람을 하고 있다.

한 시간 가량 돌아보고 나오니 배가 출출하다. 호텔 핸디맨이 소개해 준 '진달래'라는 식당에 찾아가 숯불고기 한 접시 반을 쌈해서 포식했다.

압록강 보트 유람

식후에 지척에 있는 압록강변으로 걸어 나갔다. '鴨綠江'이라는 표지석이 반갑게 맞아준다. 계단을 내려가 관광용 선박에 올랐다. 배가 강 상류를 거슬러 올라간다.

왼쪽에는 중국의 화려한 도시건물이 위용을 자랑하고 오른쪽에는 수풀과 논밭이 보인다. 산 위까지 올라간 천수답도 시야에 들어온다. 강가에서 자라는 무성한 수풀사이로 북한군 초소가 보인다. 두만강에서처럼 북한과 중국이 강변에 각각 철조망을 쳐놓았다.

북한 땅 들판에 농부 두 명이 허리를 굽히고 일하는 모습이 보인다. 강변길에는 북한 주민들이 자전거를 타고 오간다. 보트에 있는 관광객이 소리를 지르며 손을 흔드니 그들도 손을 흔들어 답한다. 그렇게 한참을 가다가 배가 기수를 돌린다.

동해로 흐르는 두만강보다 황해로 흘러가는 압록강의 수량이 더 많다. 물도 두만강보다 훨씬 맑다. 약 40여분 동안의 압록강 보트 유람을 하면서 안타까움에 가슴이 저려온다. 하루속히 남북통일이 되어서 못살고 탄압받는 북한 동포들이 자유롭게 살기를 기원한다.

오랜만에 호텔에 들어와 낮잠을 자고 저녁에는 낙지볶음으로 간단히 식사를 마친 후, 다시 강가로 나갔다.

방천 전망대 인근, 중국쪽에서 북한 쪽을 바라보는 압록강 표지석에서

압록강변의 밤 문화

밤을 맞은 강변이 화려하다. 휘황찬란한 가로등 불빛 아래 음식점, 호텔, 유흥업소가 즐비하다. 압록강 공원 한가운데 자리 잡고 있는 분수에서 뿜어 나오는 물줄기에 컴퓨터로 잘 프로그램된 조명을 비추어서 더욱 현란하게 만든다.

공원 바닥에 인공으로 연못을 파고 그 위에 유리를 덮은 다음 화려한 불빛을 연못 위에 쏘아서 관광객이 그 위를 걸으면서 금붕어와 잉어들이 한가롭게 유영하는 모습을 감상할 수 있게 디자인해

놓았다. 유리 바닥 아래에서는 물고기들이 유유히 노닐며 헤엄을 치는데 아이들과 젊은이들은 환호성을 지르며 그 위를 뛰어다닌다.

북한 땅에서는 개 짖는 소리가 요란하고 개구리가 개골개골 어두운 밤의 정적을 깬다. 한쪽은 풍요로움을 즐기고 있고 다른 한쪽은 어두움과 슬픔에 싸인 듯 고요하기만 하다.

활력이 넘치는 단동(丹東)

2018년 7월 3일 아침 7시 30분에 버스를 탔다. 집안(集安)시에서 출발하는 단동(丹東) 행이다. 6시간이 걸리는 거리로 승차비가 80위안이다. 승객이 만원이다. 일정 구간을 달리다가 정류장에 정차하여 승객이 승하차하는 것이 아니라 필요에따라 아무데나 세워서 사람들이 내리고 올라타는 완행버스다.

산과 강이 아름답고 깨끗한 집안시를 떠난다. 청소부가 종종 눈에 띈다. 집 앞 화단들이 잘 정돈되어 있어 오가는 행인들의 눈을 즐겁게 한다.

내 여정은 북동쪽에서 시작해서 남서쪽으로 계속 내려오고 있다. 러시아의 우수리스크에서 훈춘, 방천, 연길, 용정, 백두산, 집안을 거쳐 단동으로 향하고 있다.

두 시간쯤 달리던 버스가 휴게실에서 멈추었다. 동네 가정집에 있는 전통 화장실을 이용하란다. 승객들이 냄새나는 화장실로 들어가

단동에 있는 압록강 단교(斷橋). 6·25때 끊어진 철교다.

화려한 단동의 선착장

지 않고 뜰에서 방뇨를 하는데 조금도 주저하거나 부끄러워하지 않고 당연하게 행동한다. 화장실 한편에는 대여섯 마리의 오리가 우리 속에서 먹이를 찾아 분주하게 오가는데 불결하기가 이루 말할 수 없다. 이 오리를 쳐다본 후에 식당에서 오리고기 요리를 내온다면 아마 먹지 못할 것이다.

차도 양편 산자락에 비닐을 씌워서 인삼을 재배하는 광경이 연길에서부터 계속 이어지고 있다. 그 규모가 어미어마하다. 농가마다 추수한 옥수수를 철망 안에 넣어 마당에 저장한다. 쥐들이 들어와 갉아먹을 것 같은데 왜 그렇게 저장하는지 이해가 되지 않았다.

나중에 알고 보니 그렇게 저장한 옥수수는 동물 사료로 쓰이는데 건조를 시켜야 썩지 않기 때문에 철망 케이지를 만들어 바람이 잘 통하는 뜰에 저장한다고 한다. 버스는 달리는 방향에 있는 동네마다 들러 승객을 싣고 내리기를 반복하면서 마을 중앙을 지나간다.

시간은 다소 걸리지만 그 덕분에 중국인들이 사는 모습을 좀 더 가까이에서 볼 수 있는 기회가 되었다. 버스 안은 소리 지르며 이야기하는 사람들로 한시도 조용하지 않다. 옆 사람에게 실례가 되든 말든 전혀 신경 쓰지 않고 떠들어댄다. 중국인들의 발음은 마치 싸우는 사람들처럼 빠르고 억세다. 이들처럼 시끄러운 민족은 없을 거라고 자인한다. 귀가 따갑다. 정말 대단하다.

내 비즈니스 고객 중에 중국인이 있다. 그의 아버지는 92세인데 지금도 삶의 지혜를 한자와 영어로 매일 한 장씩 쓰신다고 한다. 그러고 보면 국민성이라고 가볍게 판단하기보다는 각 개인의 성향이라고 보아야 할 듯싶다.

이제 좌우를 돌아보면 옥수수 밭이다. 단동이 가까워오는가, 웬만한 건물에는 대형 간판들이 체계 없이 붙어있어서 외관이 그다지 세련되어 보이지 않는다.

단동 시내에 들어와서 좋은 호텔에 투숙할 수 있었다. 여장을 풀고 점심을 먹으러 밖으로 나오니 택시 기사가 데려다 주는 곳이 압록강 철교가 바라다 보이는 일월담이라는 북한 식당이다. 좋은 평을 받는 식당은 의례 북한 정부가 운영한다. 음식이 깔끔하다.

6·25 동란 때 끊어진 철교, 압록강 단교(斷橋) 관광에 나섰다. 입장권을 구입해야 들어갈 수 있는데, 인파가 이루 형용할 수 없을 만큼 많다. 유명한 관광지가 되어 버렸다.

끊어진 철교 옆에 있는 폭이 좁은 다리 하나가 놓여있다. 쌍방향이 아닌 외길 차선 도로다. 중국에서 북한으로 자동차들이 줄을 지어 한참 들어가고 나면 북한에서 중국으로 또 자동차가 줄을 지어 들어온다. 대형 트럭들도 다닌다.

압록강에는 망둥이, 잉어, 은어, 빙어 등이 잡힌다. 북한과 중국은 서로 적당한 선에서 압록강 바닥에서 모래를 파서 건축자재로 판다.

끊어진 철교를 돌아본 후 선착장으로 향했다. 단동의 압록강은 강폭이 넓고 수량이 많아 큰 선박이 드나든다. 단동 항은 건물들이 즐비하고 선박의 수효가 많고 관리가 잘 되어 있다. 유람선이 여러 채 오고가고 고속정도 날렵하게 강물을 가른다. 건너편 북한 쪽 강변에 정박된 선박들은 낡아서 녹이 슬어있다.

유람선을 타고 여행객들과 함께 강을 40여 분 돌아보았다. 중국

내지에서 온 가족이 함께 관광 온 사람들이 많다. 여기 단동도 북한과 중국이 크게 대조를 이룬다. 중국은 하루가 다르게 변화하고 있고 새로운 다리가 거의 완공 단계인데 반대편인 북한 쪽에서는 공사를 제대로 하지 못 하고 있는 실정이다.

단동 도시는 활력이 넘치고 여기저기 건축 붐이 한창이다. 거리는 차들로 붐빈다. 중국은 인구가 많아서인지 가는 곳마다 북적인다.

여순(旅順), 그리고 안중근 의사

2018년 7월 2일, 오늘은 대련을 거쳐서 여순으로 가는 날이다. 일제 강점기에 여순감옥에서 돌아가신 안중근 의사의 생애를 조명하고 그분을 추모하기 위해서다.

아침 7시에 호텔에서 택시를 타고 기차 정거장으로 향했다. 매표소 앞에 줄을 섰는데 마침 뒤에 계신 조선족 김명석 사장과 인사를 나누고 동무가 되었다. 이분은 조상 대대로 16대가 단동에서 살아왔다고 한다. 한때 친구들과 함께 북한 철강 사업에 공동투자를 했는데 하루아침에 북한정부가 철강무역을 차단시키는 바람에 그동안 구입했던 굴착기와 전기 동선 등을 다 포기해야 했다고 한다.

한국에 나가 사는 딸이 자녀 둘과 함께 대련으로 관광을 온다기에 마중하러 가는 길이란다. 연변의 많은 젊은이들이 한국에 나가 직장을 구해 살고 있다고 한다. 중국회사에서 일하는 것보다 훨씬 많은 돈을 벌 수 있기 때문이다.

기차가 시속 195킬로미터로 달리는데 철로에서 굉음이 나지 않고 아주 매끄럽다. 중국 철로의 성능이 아주 훌륭하다. 한국보다 더 우수한 것 같다. 후발 주자가 더 탁월하다. 단동에서 대련까지 2시간 반이 소요된다. 버스로 가면 6시간이 걸린다니 현명한 선택이다. 덕분에 시간이 절약되었다.

김명석 씨와 연변의 고려인 상황에 대한 얘기를 주고받다 보니 목적지에 금방 도착했다. 택시를 함께 타고 가다가 중간에 그를 내려드리고 대련으로 향했다.

대련 시내에 들어가니 거대한 조선소가 시야에 들어온다. 한국이 선박 수주 경쟁에서 일본을 뛰어넘었는데 이제는 중국이 조선업에도 비집고 들어와 선박 건조 수주에서도 한국을 능가하고 있다. 중국은 무서운 속도로 성장하고 있다.

대련은 국제도시라서 건물들도 화려하고 서구 어느 도시에 못지않게 잘 개발되어 있다. 이곳으로 오기 전에 호텔 예약을 하지 않아 걱정했는데 다행히 택시 운전사가 잘 안내해주어서 시설이 좋은 Shangri-La Hotel에 여장을 풀 수 있었다.

호텔 뷔페식당에 점심을 먹으러 갔는데 음식이 아주 다양하다. 서구식 메뉴는 물론이고 동양식도 없는 게 없다. 손님들도 외국인들이 많다. 크레딧 카드를 사용할 수 있어서 좋았다. 그러나 미국에서 가져간 전화기는 이곳에서도 인터넷이 여전히 불통이다.

식사 후 택시를 타고 한 시간 걸리는 여순으로 향했다. 택시 기사가 영어를 몰라서 한문을 써가며 겨우 의사소통을 했다. 그가 여순 감옥으로 가는 지리를 몰라서 지나가는 사람에게 물어서 찾아갔다.

여순감옥은 역사 유적으로 지정되어서 일반에게 공개되고 있다. 의외로 관광객이 북적인다. 여순에서 그리 멀지 않은 대련에 사는 운전기사도 한 번도 이곳에 와 보지 않은지라 신기한 듯 호기심을 가지고 둘러본다.

이 감옥은 한꺼번에 2천 명을 수용할 수 있는 시설을 갖추었다. 일제 강점기부터 1940년까지 한인뿐만 아니라 중국인, 만주인이 자그마치 44만 5천 517명이나 이곳에 투옥되었다. 이들은 인쇄소, 농장, 방적소, 벽돌 공장, 요업장 등에서 강제 노역을 당했다. 바깥 농

교수형에 처한 죄수를 나무통에 넣은 후 이렇게 땅에 묻었다.

안중근 의사가 갇혀있던 여순 감옥 앞에서

안중근 의사가 수감되었던 감방

이토 히로부미를 암살한 안중근 의사와
연해주에서의 활동

장에서 일을 할 때는 두 사람씩 쇠사슬에 묶어서 내보냈다고 한다. 관동청 요람이 이러한 통계를 잘 보여주고 있다.

이렇게 강제 노역을 시켜서 벌어들인 수입을 일본 대장성에 바쳤다. 이곳 감옥 소장으로 오는 관리는 수익을 최대한 올리기 위해서 죄수들에게 강제노역을 심하게 시켰다. 이들은 매년 예산을 세워 예상 수입을 초과 달성하여 본국에 보고하고 운영자금을 제외한 나머지 모든 금액을 일본으로 송금했다.

이 형무소는 1945년 러시아 군대가 대련에 주둔하면서 사용 중지되었는데 1942년부터 1945년까지 3년 동안 약 700명이 형장의 이슬로 사라졌다. 신채호 선생 등 10여 명의 순국열사들도 이곳에 투옥되거나 이곳에서 순국하였다.

안중근 의사는 간수부장 당직실 옆에 있는 감방에 단독으로 구금되었다. 그는 1909년 10월 26일 하얼빈역에서 일본제국주의 중심인물로 조선의 초대 통감을 지낸 이토 히로부미를 사살했다.

다음 해인 1910년 3월 26일 오전 10시 교수형으로 순국하였다. 구금된 지 144일 만으로 그의 나이 32세였다. 그의 시신은 통 속에 넣어 땅속에 파묻혔을 것으로 추정하는데 아직도 발굴되지 않아 그 유해를 찾지 못하고 있다.

그는 감옥에 있으면서도 간수들에게 붓글씨를 써주었다. 죽기 전까지 2천여 점의 붓글씨를 남겼다. 그는 죄수들과 간수장들의 존경을 받았다.

이곳에는 '의무계'라고 하는 건물이 있는데 감옥소에서 환자가 발생하면 치료한다는 목적도 있었으나 많은 죄수의 생체 실험도 이루어졌을 것으로 추정한다.

나는 운전기사와 함께 한국관에 들어가서 우리 순국열사들의 행적을 일일이 돌아보았다. 일제의 강압에도 굴하지 않고 자기희생을 통해서 대의를 굳건하게 지킨 우리 선열들의 애국심에 다시 한번 감사했다. 이들이 있었기에 오늘의 대한민국이 있다. 이번 여행에서 다시 한번 우리 한민족의 얼과 기상을 느끼고 확인하였다.

나와 함께 여순 감옥을 일일이 둘러본 운전기사도 일본군에게 당한 조선민족과 중국인의 참상을 보면서 나름대로 느낀 점이 많았을 것이다. 우리는 동병상련(同病相憐)을 느꼈다. 관광이 아니라 애달픈 여행이었다.

여순 감옥에서 나온 우리는 대련으로 향했다. 길가에서 파는 앵두 맛이 좋아서 운전기사에게 따로 한 봉투를 사주었더니 무척 고마워했다.

2018년 7월 5일 대련에서 기차를 타고 다시 단동으로 돌아가는 길이다. 챨스 콜슨과 헤럴드 프게트 공동저서 《Good Life》 읽으면서 가끔씩 차창 밖을 바라본다. 《이것이 인생이다》라는 표제로 한국어 번역본이 출간되었는데 둘째 아들 현범이가 아내에게 선물했다. 이 책의 저자는 과연 어떻게 해야 값진 인생을 살 수 있는가라는 질문을 독자에게 던진다. 내 인생을 다시 한번 재점검해 볼 수 있는 양서다. 시골의 드넓은 농토와 푸른 산천을 바라보면서 하는 기차 여행이 참 즐겁다.

고국, 대한민국에서

페리를 타고 인천항으로

단동에 도착하니 오후 4시에 Dandong Ferry가 인천으로 출항한다고 한다. 서둘러서 택시를 타고 동항으로 달렸다. 단동에서 택시로 약 30분 거리에 있는 항구다.

침대칸에 4명이 들어갔다. 보따리 장사를 하는 분, 중국을 오가며 사업하는 고낙천 사장님, 도를 닦는 오동언씨, 중국에서 공부하고 있다는 학생을 만났다.

연길에서 집안으로 오는 버스 안에서 연변에 관해서 친절하게 얘기해 주시던 50대 부인이 같은 배에 오르는 것을 보고 인사를 나누었다. 이 부인은 중국과 한국을 오가며 보따리 장사를 해서 재미를 톡톡히 보고 있는 듯하다.

일반 객실에는 수십 명의 보따리 장사 아주머니들이 승선하여 특유의 거센 발음으로 왁자하다. 이들은 큰 가방과 짐들을 몇 뭉치씩 배에 싣고 한국으로 가는 중이다.

다음날 아침에 인천항에 도착했다. 마침 썰물이어서인지 수심이 매우 낮은 것을 알 수 있었다. 인천항은 간만의 차이가 8미터나 되

Dandong Ferry로 함께 여행한 Daekwang-TK 고낙천 사장님과 함께

인천항으로 입항하고 있는 Dandong Ferry 위에서

는데 대체로 서해안의 수심은 썰물과 밀물에 상관없이 매우 낮다.

중국의 쌍끌이 어선들이 낮은 수심을 이용하여 그물로 바닥까지 훑어서 조그마한 피래미 새끼까지 잡아대는 남획(濫獲)을 하니 서해안에 고기 씨가 말라 가고 있다. 또 비행기로 어류를 쫓아다니며 포획(捕獲)하니 물고기가 남아 있지 못한다. 중국어선이 북한은 물론 남한의 해역 가까이까지 침범해서 어업활동을 하다가 종종 분쟁이 일어나기도 한다.

인천항에서 이루어진 입국 수속 절차는 대체로 간편했다. 인천에서 포항까지 KTX로 이동하면 좋다는 택시 운전기사의 조언에 따라 KTX를 탔다. 인천에서 포항까지 걸리는 시간은 약 2시간 반이다.

포항 도착 한 시간 전에 포항제철 견학실에 전화했다. 예약을 적어도 3일 전에 해야 견학이 가능하다고 한다. 게다가 견학은 원칙적으로 내국인에 국한되어 있다고 한다. 그 말만 듣고 돌아서기에는 너무 아쉬웠다. 그래서 내 사정 이야기를 하고 부탁했다.

나는 한국에서 태어났고 포항제철을 견학하기 위해서 KTX로 내려가고 있다. 한 시간 후 도착하니 견학할 수 있도록 선처해달라.

다음 날 마침 한 사람이 예약을 취소했다면서 토요일 오후 2시 견학을 하도록 조치해 주었다. 단체 견학은 월요일부터 토요일까지 가능하지만 개인 견학은 토요일 10시와 오후 2시 두 차례 밖에 없다고 한다. 참 다행으로 견학할 수 있는 기회를 얻었다.

기차에서 만난 백선생의 전언에 의하면 2017년, 지난해에 이곳 포항에 6.4도의 지진이 나서 큰 피해를 입었다고 한다. 여진이 오래 지속되어서 지금까지도 공황장애를 느끼는 분들이 많다고 한다.

영일만 해수욕장 모래 톱 위에 만들어놓은 모래조각 작품 앞에서

'철강왕' 박태준
'King of Steel' Park Tae-joon

큰 뜻, 곧은 의지
A Grand Dream and an Iron Will

포항제철을 탄생시킨 두 인물, 박정희와 박태준

포항에 도착하여 Galaxy Hotel에 여장을 풀었다. 영일만 해수욕장 앞이라 전망이 멋지다. 주말에는 빈 방이 잘 나오지 않는다는데 운이 좋았다.

포항은 물회가 유명하다. 카운터에서 좋은 맛집을 추천해 주었다. 그런데 택시 기사가 그집보다 더 잘하는 식당이 있다면서 데려다주었다. 여남 동해횟집이다.

수수한 주인 부부가 처음 먹어보는 물회를 정성껏 만들어 내온다. 여러 가지 해초와 채소를 생선회와 버무려 초고추장을 넣어 먹는다. 나처럼 매운 것을 잘 먹지 못하는 사람은 초고추장을 알아서 적게 넣으면 된다. 미국 생활 45년이 되고 매운 음식을 자주 먹지 않다 보니 너무 맵거나 짠 음식에 익숙하지 않다.

오랜만에 고국에 와서 먹는 물회는 감칠맛이었다. 영일만에는 폭풍주의보가 발령되었다. 폭풍을 피해 모여든 큰 배들이 항구에 꽉 차있다.

산업의 쌀 공장, 포항제철 견학

2018년 7월 7일, 오후 2시에 포항제철을 견학하는 날이다. 호텔에서 방으로 가져다주는 아침 식사가 격조 있다. 토스트 2개, 바나나 1개, 커피 한 잔, 요구르트, 그리고 호박죽이다. 갈대로 엮은 쟁반에 담겨 있어서인지, 음식이 더욱 깔끔해 보인다.

창문을 열고 영일만 해수욕장을 바라보면서 아침식사를 한다. 파도가 해변 모래사장에 몰려와 모래톱 위를 휩쓸며 합주한다. 세 겹의 파도가 계속해서 밀려오며 교향곡을 연주한다. 밀려오는 파도소리에 귀를 기울이며 자연을 음미한다. 귓전에 들려오는 파도소리가 내 귀를 즐겁게 하고 내 마음을 자연의 품에 안기게 한다.

어제 오후에는 비가 부슬부슬 내리더니 오늘은 구름은 끼었지만 비는 그쳤다. 해변에는 세찬 해풍을 피하느라 머플러로 머리를 감싸고 걷는 여인들, 반 팔만 입고 거니는 젊은 커플, 모자를 잔뜩 눌러쓴 노인들, 모래톱에 몰려든 해초와 쓰레기를 치우는 청소부 아주머니들이 오간다.

모자를 눌러쓰고 해변 산책로로 나섰다. 기분이 상쾌하다. 산책로에는 아기자기하게 여러 가지 조형물을 만들어 놓았다. 모래 위에 만들어 놓은 조각상들이 이채롭다.

여름이면 이곳 영일만 해수욕장과 먹거리를 찾아서 많은 여행객이 몰려온다. 포항제철이 가까이 있어서인지 해변에는 호텔이 즐비하게 늘어서 있고, 식당과 상점들이 빼곡히 들어서 있다.

점심을 간단하게 하고 포항제철로 출발했다. 견학센터에 도착하니 너무 이른 시간이어서 경내를 산책했다. 포항제철소는 친환경을 강조하여 숲으로 둘러싸여있다. 연꽃을 심은 연못도 있고 산책로도 있어서 견학 오는 사람들에게 제철소라는 기분이 들지 않도록 삼림조성을 잘해 놓았다.

약 30명씩 세 그룹으로 나누어 안내양의 설명을 들으면서 투어를 했다. 포항에 있는 포스코와 광양에 있는 광양 제철소가 후발 제철소로 쌍벽을 이룬다. 광양제철소는 세계 1위이고 포스코는 세계에서 두 번째로 큰 제철소란다. 석탄을 써서 제선, 제강, 압연 공정을 거쳐서 철제품이 나온다.

이곳에서는 사진촬영을 할 수 있는 곳이 있고 금지된 곳이 있다. 철제품 생산에는 고도의 기술이 요구되므로 포항제철이 보유하고 있는 신기술을 보호하기 위해서 보안을 철저히 한다.

약 한 시간 반에 걸친 견학을 하면서 놀라움을 금치 못했다. 포항제철소의 제철생산과정, 직원 교육, 그들을 위한 복지 시스템, 제철소내의 연구기관 등에 대한 설명을 들으면서 감동했다. 특히 포항제철의 철저한 생산관리와 판매과정 등이 돋보였다. 포항제철에는 우리나라에서 가장 오래된 삼화제철소 고로(高爐)가 있다.

포항제철을 만들 수 있었던 것은 두 영웅의 첫 만남부터 거슬러 올라간다. 1948년에 육군사관학교 탄도학 교관으로 근무했던 박정희 대통령과 사관생도 박태준의 첫 만남이 이루어진다. 사제지간으로 서로의 존재를 마음에 각인시키는 계기가 되었다.

1967년에 박정희 대통령은 포항제철을 박태준 사장에게 맡겼다. 두 사람은 틈만 나면 만나서 머리를 맞대고 제철보국의 꿈을 꾸었다. 오늘날, 제철 생산으로 대한민국은 자동차와 컴퓨터 등에 선두 주자로 뛰면서 세계 10위권에 드는 경제 대국으로 성장하는 기적을 만들었다.

포항제철은 기존의 용광로를 쓰지 않고 Posco제철공법, 즉 수소환원제철 공법으로 철을 제련한다. 이것은 화석연료 대신 수소를 사용해 철을 생산하는 기술로, 가루 상태의 철광석과 수소를 사용해 쇳물을 제조한다. 이제 Posco는 세계적인 기업으로 성장했다. 우리 견학 팀은 마지막으로 Posco Museum으로 안내되었다.

영상을 통해서 우리의 선배들이 얼마나 피눈물을 흘리며 경제개혁과 국가 재건에 매진했는지, 맨땅에서 오늘의 포스코를 세우기 위해 철인들이 얼마나 분투했는지 피부에 닿아왔다.

60년대 우리 학생들은 박정희 대통령의 독재정부 물러가라, 대일청구권 반대한다 등등, 하루가 멀다 하고 데모를 했는데 박태준, 박정희, 정주영, 이병철 씨 등 대기업 총수들과 기성세대들은 경제건설에 피땀을 흘리고 새마을 운동을 하면서 잘 살아보자고 밤낮없이 뛰었다.

이 영상을 보는 동안 나도 모르게 두 눈에서 눈물이 주르륵 흘렀다. 나는 1973년에 미국에 유학하여 45년 동안 열심히 살아서 나름 자부심을 가지고 있었는데, 우리 조국에서는 그 어려운 시절에 오직 하면 된다는 일념 하나로 밤낮을 뛴 선배들이 있었다는 자각이 들었다. 그분들에게 새삼 경의를 표하고 싶다.

호텔에서 짐을 찾아 안동행 버스를 탔다. 82킬로미터 거리이다. 약 두 시간 후에 안동 시내에 도착했다. 기사가 좋은 호텔을 정해주었다.

저녁을 먹으려고 호텔 카운터에 물으니 친절하게 갈비골목에 있는 단골집을 소개해준다. 초저녁인데 손님이 만원이다. 먹자골목이라서인지 삼삼오오 몰려와서 저녁을 먹는다. 오랜만에 한우갈비구이로 포식했다.

나를 태워다준 택시기사에게 다음 날 하루 종일 차를 빌리기로 하고 단잠을 잤다. 아침에는 옛 마을이라는 식당에 들러 콩나물국을 먹었다. 이 동네에서 콩나물국으로 유명한 집이란다. 아주 오래된 식당인데도 맛을 아는 사람들은 이 집을 찾는다고 한다. 오늘 스케줄은 도산서원 견학과 하회마을 방문이다.

안동 먹자 골목에 있는 갈비집

도산서원 입구에서

과거시험을 치렀던 시사단(試士壇)

도산 서원과 시사단(試士壇)

도산서원은 퇴계 이황선생을 기리기 위해서 선조 7년(1574년)에 시작하여 2년 후인 1576년에 완공이 되었다. 이후 이곳은 영남유생들의 본산이 되었다. 이황 선생은 1502년 1월 3일에 출생하여 1571년 1월 3일, 만 69세로 타계했다. 16세기 이조 중기 역사의 인물 중 거목으로 불린다.

이황이 태어난 지 7개월 만에 부친이 돌아가셔서 홀어머니 슬하에서 자랐지만 집안이 경제적으로 윤택하여 그는 학문에 심취할 수 있었다. 그는 겸손하고 청렴하였으며 서얼의 차별을 두지 않았다.

그는 결혼 생활에서 부인 둘과 첩을 앞세워 여의는 어려움이 있었지만 학문에 정진했다. 조정에서 중종과 선조의 존경을 받으면서 여러 직위의 관직을 받아 임금을 보필하였다. 나이 들어서는 임금이 주는 관직을 완곡하게 사양하고 도산서원에서 후학을 양성하는 일에 더욱 힘을 쏟았다.

그는 우주와 인간의 마음은 서로 다른 두 가지(理와 氣) 원리로 이루어졌다는 이기이원론(理氣二元論)을 주장했다. 그는 도덕적 가치를 논함에 있어 理는 순선무악(純善無惡)한 것이고 氣는 가선가악(可善可惡)한 것이라고 갈파했다. 즉 理는 절대적인 가치를 가졌고 氣는 상대적 가치를 가졌다고 보았다.

그는 영남학파의 시조로서 문하생으로는 류성룡, 김성일, 박승임, 김효원 등이 있다. 이들 중에는 저명한 학자들과 10명의 정승, 30여명의 판서가 배출되었다. 심지어는 일본에 반출된 그의 저서를 통해

하회별신굿탈놀이

서 발전한 일본성리학이 막부세력의 사상적 기반이 되었다.

도산서원 앞으로 강이 흐르는 시사단(試士壇)이 있다. 노송 사이로 보이는 시사단은 퇴계 이황이 얼마나 존경받던 학자이며 국가의 충신이었는지를 보여준다. 퇴계 이황을 기리기 위해서 정조의 어명으로 1796년에 과거시험을 이곳 시사단에서 치렀다. 7천여 명의 응시자가 이곳에서 지방별과 시험을 치렀다고 한다.

1974년 안동댐을 건설하기 전에는 멋진 소나무 숲이 우거져 있었다고 한다. 지금은 안동댐 때문에 소나무 숲이 수몰되어 사라지고 54개의 마을과 2만여 명의 주민들이 흩어졌다. 도산서원에서 일하는 직원들이 자긍심을 가지고 방문객들을 대하는 모습이 참 보기 좋았다.

기다리고 있는 운전기사와 하회마을로 향했다. 점심때가 되어서 하회마을 먹자골목을 찾았다. 전통마을에서 맛있는 닭고기 요리를 맛보았다.

일요일이라 관광객이 많을 줄 알았는데 다행히 붐비지 않아서 입장이 용이했다. 기사는 파킹랏에서 기다리고 나는 '하회별신굿탈놀이'를 한 시간 반에 걸쳐서 관람했다.

엘리자베스 여왕과 하회마을

하회마을에는 한국 전통의 문화유산이 그대로 남아 있다. 나는 오늘에야 유생들이 사는 모습과 풍산 유(柳)씨 600년의 역사가 고스란히 담겨있는 이곳을 찾았다.

이곳은 1999년 4월 21일 영국의 엘리자베스 여왕이 다녀간 이후로 세계적인 각광을 받기 시작했다. 외국관광객이 이렇게 외진 시골까지 들어오는 것을 보고 깜짝 놀랐다. 브라질에서 단체로 온 관광객이 가이드의 설명을 진지하게 듣는 모습이 보기 좋았다. 가족 단위로 여행 온 미국인도 만났다. 외국인 관광객이 10~15퍼센트는 되는 것 같다.

하회마을 하면 서애 류성룡(西厓 柳成龍)을 떠올리게 된다. 류성룡(1542년 11월 7일~1607년 5월 31일)은 임진왜란이 발발하기 직전에 선조에게 이순신을 천거해서 전라좌수사로 임명하도록 한 명재상이다. 그의 과감한 정치적 결단으로 조선을 구할 수 있었다.

당파싸움에 찌들어 무능한 선조에게 이처럼 출중한 인재가 있어서 임진왜란을 잘 버틸 수 있었다. 그의 집안이 하회마을에 있어 그는 퇴계 이황 선생에게 사사받았다. 열심히 학문을 닦고, 의술에 능통하며 오랜 정치경륜을 쌓아 훌륭한 국가의 동량이 되었다. 그는 말년에 고향에 머무르며 《징비록(懲毖錄)》이란 거작을 썼다. 7년 동안 벌어진 임진왜란에 대한 고찰로 전란(戰亂)의 원인과 전황(戰況)을 기록한 책이다.

하회마을은 낙동강이 S자 형으로 굽이쳐 흘러가는 가운데에 자리 잡고 있다. 풍산유씨 집안의 발상지이며 아직도 70퍼센트의 주민이 풍산 류씨 자손들이다. 씨족사회와 명문가족의 대표적인 사례다. 이곳에는 고택(古宅)들이 잘 보존되어 있다. 국가민속문화재로 지정된 것은 물론이고 유네스코 세계문화유산으로도 등재되어 있다.

회회마을 구경을 마치고 고속버스를 타고 서울로 향했다. 다음날 고등학교 친구들과 점심을 하면서 오랜만에 얘기꽃을 피웠다. 요즈음은 이렇게 식당에서 만나 함께 밥을 먹고 담소하는 만남을 갖는 것이 서로에게 부담을 주지 않아 좋다.

저녁에는 비가 내리는 중에도 둘째 며느리 부모님을 강남에 있는 일식집에서 만나 좋은 시간을 가졌다.

다음날은 대학 친구 15명과 함께 저녁을 하였다. 51년 만에 처음 만난 친구도 있다. 내가 대학 일 년을 마치고 군에 입대하고 헤어진 후 처음 만나는 친구들도 있다. 한 사람 한 사람 살펴보면 다들 훌륭하다. 반세기가 지나서 만나는 친구들과 함께 하는 시간이 감회 깊었다.

내 막둥이 동생 스텔라 수녀

다음날은 연천에 있는 내 막둥이 동생 수녀를 찾았다. 연천은 서울에서 지하철을 타고 1시간 40분이면 닿는다. 동생 수녀는 수녀원 '멜 베아트릭스의 집'에 거주한다. 이 수녀원에는 여섯 분의 이북출신 수녀가 은퇴하여 조용히 지내고 있다. 이 수녀님들은 공부도 많이 하고 일생동안 하나님의 사랑을 실천하고 베풀면서 헌신하는 삶을 살아왔다.

멜 베아트릭스 수녀님(1874~1950)은 1948년 한국관구장으로 임명되어 한국에 왔는데 6·25 동란 때 공산군에게 체포되어 죽음의

아! 38선 표지석 앞에서 동생 스텔라 수녀와 함께

행진을 걸었다. 1950년 11월 3일 중강진 부근에서 총살되었다. 그 수녀님은 한국수녀들에게 "성 바오로회 규칙을 잘 지키라"는 마지막 유언을 남기고 순교당하셨다. 그를 기려 이름 지은 수녀원이다.

동생 수녀를 만나니 반가웠다. 신앙적으로는 하나님께 서원한 사람이지만 동생을 보면 하나님께 감사하면서도 혈육의 정이 묻어나와 오빠로서 마음 한구석이 아련하게 아파온다.

수녀님 여섯 분을 뷔페식당으로 모셨다. 밭에서 갓 따온 상추, 오이, 고추 등으로 쌈을 만들어 먹을 수 있는 식당이다. 된장에 싱싱한 채소를 대하니 식욕이 절로 난다.

시골 농부들이 외국인 노동자들을 대여섯 명씩 데리고 와서 식사를 한다. 한국의 농촌풍경이 달라졌다. 실제로 힘든 농사일을 하는 사람들은 한국 농부가 아니라 외국노동자들이다. 농토를 가진 한국 농부는 땅이 부자를 만들어 주어서 자신이 직접 농사를 짓지 않고 외국인 노동자의 도움을 받는다. 웬만한 농부들은 자가용을 타면서 여유 있는 생활을 하고 있다. 7월의 한국농촌 모습이 참 아름답다. 산천은 녹음이고 들판은 녹색정원이다.

찻집으로 가는 도중에 신라의 마지막 왕 경순왕의 능으로 가는 표지판을 보았다. 경순왕은 935년에 고려 왕건에게 나라를 바치고 왕건의 딸 안정숙 공주를 맞이해서 살다가 세상을 떴다. 그의 능은 경주가 아닌 이곳 경기도 연천군 장단(長湍)에 있다.

임진강을 따라 가다가 호로고루가 바라다 보이는 찻집에 들러서 수녀님들과 함께 차를 마셨다. 호로고루는 임진강을 사이에 두고 고구려와 신라가 남북으로 대치해서 세워진 산성이다. 이곳은 북쪽에서 내려오는 임진강과 한탄강이 만나서 강화도로 강물이 빠져나가는 지점이다.

신라의 김유신 장군과 당나라 설인귀가 이끄는 나당 연합군이 평양성을 공격하다가 663년 정월 추운 겨울에 퇴각하던 중 호로고루성에 주둔하던 고구려군에게 추격을 당해서 한때 고전하던 지점이기도 하다. 종내에는 668년 고구려가 망하는데 고구려군이 이곳 호로고루에서 마지막까지 저항했다. 통일 신라 후 이곳 호로고루는 신라의 영토가 되었다. 호로고루의 성터에는 고구려와 신라의 기와 조각들이 출토되었다.

아침에 서울행 전철을 탔는데 등에 백팩을 메고 삼삼오오 등산을 가는 은퇴자 그룹을 만났다. 어느 정도 경제적인 뒷받침만 되면 한국의 은퇴 생활이 행복해 보인다. 지하철도 무임승차다. 마음 맞는 친구들과 전국을 돌아다니면서 심신을 단련한다. 좀 더 여유가 있는 분들은 동남아나 멀리 해외여행을 한다. 가히 은퇴자의 천국이라 할 만하다.

나는 아직도 풀타임으로 일하면서 틈틈이 세계 여행을 한다. 건강이 허락하는 한 계속해서 일을 하면서 노년을 바쁘고 유익하게 보낼 생각이다. 내가 쌓아온 지식을 좀 더 필요한 사람들에게 나누어 주고 도우며 살 생각이다.

스윗 홈, 로스앤젤레스로

서울에 들어와 저녁을 먹기위해 호텔 밖에 있는 골목길을 거닐다가 찾아들어간 곳이 추어탕 집이다. 추어탕 맛이 별미다. 다음날 89세 되신 동갑네기 처 고모부와 고모님 두 분을 식당에서 만나 출국보고를 한 후 나의 스윗 홈이 있는 로스앤젤레스로 향했다. 이렇게해서 벼르고 벼렸던 여행을 마무리했다.

고려인들의 강제이주의 시원지였던 블라디보스토크, 두만강과 압록강을 낀 만주 지역 일대와 백두산, 안중근 의사가 돌아가신 여순감옥, 포항제철, 도산서원, 그리고 안동 하회마을을 21일 동안 동행없이 홀로 하는 여행을 마쳤다. 시간이 흐를수록 더욱 의미 있게 다가오는 여행이었다.

강남에 있는 유명한 추어탕집

chapter · 3

네팔과 인도
– 삶과 죽음의 명상록을 마음판에 새긴 여행

[2017년 10월 9일 ~ 10월 24일]

영롱한 아침 햇살 아래
흰 천년설을 뒤집어 쓴 에베레스트 산정이
그 자태를 드러내고 있다.
해발 8,848미터(29,028 피트)의 정상이
내 눈앞에 펼쳐진다.
인간 최상봉(崔相奉)이
세계의 최상봉(最上峰)
에베레스트를 만났다.
최상봉끼리의
조우가 이루어진 것이다.
가슴이 벅차오른다.
아, 드디어
나를 재발견하는
순간이다.

네팔 여행

삶과 죽음의 명상록을 마음판에 새긴 여행

이번에는 한국을 경유하는 장거리 여행이라 아내 애니가 특별 주문을 했다. 비즈니스 클래스가 아니면 함께 가지 않겠단다. 애교 섞인 엄포에 할 수 없이 비행기 1등석을 예약했다. 애니 덕분에 나도 덩달아 쾌적한 비행시간을 즐겼다.

우리 부부는 일행보다 하루 먼저 출발하여 인천 영종도에 있는 Nest Hotel에서 하룻밤을 머물렀다. 실미도(實尾島)에 들어가기 전, 무의도(舞衣島)에 가서 브런치를 먹고 모처럼 바닷바람을 쐬면서 두 사람만의 시간을 가졌다.

우리 부부는 무의도로 향하는 페리 위에서 갈매기의 묘기를 구경하며 여기 저기 펼쳐져 있는 섬들을 둘러보고 서해안을 바라보았다. 이

무의도에서 브런치로 먹은 조개찜

섬을 육지와 연결하는 다리 건축공사가 한창이다. 영화 '실미도'의 촬영지로 유명해진 특수를 맞이한 것 같다.

아낙네들이 갯가에서 굴을 따고 고깃배가 개펄에 얹혀있는 한가한 어촌에 이제는 각 지방에서 몰려오는 단체 관광객들로 붐벼서 한적한 바다가 주는 낭만도 사라지겠다 싶다. 어촌의 생활 향상에는 도움이 되겠지만 상업화되고 망가진 자연이 원래대로 회복하기란 쉽지 않다. 고국의 옛 정취가 사라져가는 것을 볼 때마다 아쉽고 안타까운 마음이 들곤 한다.

밤 8시 10분에 출발하는 인천 발 인도 델리 행 비행기를 타기위해서 공항으로 나갔다. 대합실에서 이미 도착한 일행 몇몇과 반갑게 인사를 나누었다. Glen 유씨와 부인 Janet 유씨가 반갑게 인사한다. 나의 오랜 고객이자 여행 동료다. 근래에 비즈니스를 접고 틈만 나면 여행을 즐기는 부부다.

박평식 아주투어 회장 내외도 해맑은 미소를 짓는다. "행님 예!"로 시작하는 박회장님의 밝은 인사는 상대방으로 하여금 늘 즐거운 여행을 기대하게 만든다.

정재영 장로님 내외분을 만났다. 장로님은 후학들에게 치과기공을 가르치고, 부인은 40년 동안 병원 중환자실에서 근속하다가 은퇴했다. 은혜한인교회에 출석하면서 해외선교 활동을 많이 하는 부부다.

텍사스에서 오신 노승국 의사선생님 부부도 만나 반가웠다. 닥터 노는 은퇴한 이후 14년간 세계역사를 섭렵하여 박학다식하다. 여행

내내 틈만 나면 역사얘기를 하는데 그 지식이 놀랍기만 하다. 독서를 하다가 중요한 내용은 암기하려고 노력한단다. 역사적인 인물과 사건을 시대별로 세밀하게 기억하신다. 그의 뛰어난 기억력에 다들 경탄할 뿐이다. 닥터 노는 하나님을 믿지 않는다. 모든 사물의 생성은 16억 년 동안 진화해서 오늘에 이르렀다는 진화론자다.

월셔감리교회 장로님이신 이평안, 이순희 권사 내외도 합류했다. 아주의 오랜 고객으로 세계 여러 곳을 여행하는 부부다. 철공업을 하는 이장로님은 광주가 고향인데 해병대에 복무하는 동안 대구가 고향인 부인을 만나 다정하게 산다. 처음에는 아르헨티나로 이민을 갔다가 미국으로 다시 이민했다.

지나씨는 젊은 싱글이다. 전에는 타 여행사를 이용했는데, 2년 전부터 아주관광 단골이 되었다. 앞으로 5년 계획을 세워 계속 여행할 예정이라고 한다.

이렇게 총 13명이 이번 여행에 팀을 이루었다. 북한 김정은의 행보가 유난해서 삼팔 휴전선이 긴장고조 상태인지라 한국에 전쟁이 날 것을 우려해서 여행을 엄청 좋아하는 여러 사람이 여행을 취소했다고 한다. 신청 인원에 맞춰 호텔과 비행기 예약을 마친 여행사로서는 난감한 일이다. 여행사의 큰 애로점 중의 하나라고 한다.

우리 일행은 미국 LA에서 서울까지 약 12시간, 인천에서 인도 델리까지 약 8시간 비행했다. 인도 델리 공항에 도착한 후, 네팔 행 비행기에 탑승하기 전 현지인 여행 가이드와 수인사를 나누었다. 인도인 마헨드라인데 한국이름은 김대성이다. 한국에 유학해서 한국어를 배우고 13년간 한국 여행객을 위한 투어가이드로 일하는 사람이다. 박평식 회장님은 마헨드라의 조상이 한국계가 아닐까 생각된다고 말한다.

한국의 역사, 문화, 풍습 등을 한국사람 못지않게 잘 알고 있다. 한국어가 아주 유창해서 소통에 불편함이 전혀 없다. 한국으로 유학할 당시에는 총각이었는데 어머니가 출국 전에 결혼하라고 한사코 권해서 결혼했다고 한다. 그의 나이 21세, 신부는 16세였단다.

많은 인도 청년들이 결혼하지 않고 떠나면 고국에 돌아오지 않고 한국에서 결혼해서 눌러 앉는 경우가 종종 있다고 한다. 현명한 어머니는 그렇게 해서 아들을 다시 어머니 곁으로 돌아오게 했단다. 착한 아들이다. 가족은 네팔 카투만두에 두고 관광 시즌 6개월 동안에는 인도와 네팔을 오가면서 지낸다고 한다. 네팔의 수도 카투만두에는 유네스코에 등재된 세계문화유산이 7군데 있다.

네팔 카투만두 가는 길

2017년 10월 12일 목요일, 마헨드라가 델리 공항에서 네팔 카투만두 공항으로 가는 길에 익살을 부린다. 미국은 살기 좋은 천국, 한국은 놀기 좋은 천국, 인도는 재미있는 지옥이란다. 농담도 한다. 만두 중에 못 먹는 만두는? 네팔의 수도 카투만두!

그는 조언한다. 네팔과 인도 여행 중 혹 불편한 상황을 만날지라도 즐거운 마음으로 여행하라고. 인도 사회에 대한 얘기는 수없이 들어서 익히 알고 있지만 가이드의 따끔한 일침에 살짝 긴장되었다. 하루하루 안전하고 즐거운 여행을 할 수 있다면 더 이상 바랄 것이 없겠다고 기대에 부푼 마음을 가라앉혔다.

인도의 공용어는 힌디어와 영어이고 22개의 지정언어가 있다. 인도는 여러 민족으로 구성되어 있는 인도 공화국으로 출발한 특성 때문에 언어도 다양하다. 인도의 힌디어는 11개의 모음과 33개의 자음으로 이루어져 있다. 우리 한국인이 익히기에는 난해한 언어다. 글자가 글자 위에 혹 달리듯 달라붙기도 해서 영어나 스패니쉬보다 훨씬 어렵고, 아라비아어나 카자흐스탄 등의 언어 못지않게 까다롭다. 카자흐스탄에서 20년 가까이 활동하고 계시는 선교사님 한 분은 지금도 언어 소통에 어려움이 많다고 한다.

가이드 김대성씨는 강황을 먹으라고 강권한다. 감기에 걸리지 않는단다. 카레라이스를 만드는 재료라고만 생각했는데 우유나 과일주스에 타 먹어도 좋다고 한다. LA에서는 Norwalk에 있는 인도마켓에서 구입할 수 있다고 친절하게 알려준다. 암예방, 관절염, 치매에도 좋은데 임산부는 피하란다.

그래서인지 인도는 암 발병률이 세계에서 가장 낮다. 인도에서는 딸을 시집보낼 때 이 강황으로 목욕을 시키는 풍습이 있다고 한다. 여러 가지 질병을 방지하는 효과가 있단다.

소 오줌을 마시면 황달이 낫는다는 말에 하마터면 웃음을 터뜨릴 뻔 했는데 그는 매우 진지하다. 소 오줌 1 리터가 인도 화폐 100루피에 팔린다고 한다. 미화로는 1.57달러다. 소 오줌에는 나쁜 바이러스를 죽이는 요소가 있단다. 또 소 오줌을 뿌리면 그 장소가 정결해진다고 믿어서 성수로 쓰인다고 한다.

이른 아침인데도 델리 비행장 대합실이 몹시 붐빈다. 내국인과 관광객이 반반이다. 비행기가 약 30분 연착했는데 이 정도면 양호한 편이라고 한다. 미국과 비교하면 공항 시설이나 시스템이 열악하다.

비행기가 이륙하여 뉴델리를 빠져나가는데 스모그가 아주 심하다. 한참을 비행하고서야 푸른 하늘이 나타난다. 하얀 구름이 기분 좋게 맞이한다. 카투만두 가까이에 이르니 아름다운 고산준령이 시야에 들어온다. 유난히 흰 구름이 산들을 덮고 있다. 하얀 구름 사이로 히말라야의 준봉들이 설핏설핏 고개를 내밀고 있다. 아래를 내려다보니 구름사이로 청록색 숲과 눈이 녹아내리면서 드러난 맨 땅들이 산 아래까지 이어져 있다.

카투만두 시 상공에서 착륙대기를 하라는 관제탑의 지시가 떨어졌다. 공항에 이착륙하는 비행기가 많아서 안전을 위한 통제다. 약 20여 분 동안 마치 한여름에 호변을 맴도는 고추잠자리처럼 상공을 빙빙 돌았다. 그 덕분에 우리는 아름다운 히말라야 산맥의 지형들을 맘껏 감상할 수 있었다.

공항 활주로에 착륙한 뒤 트랩을 내려와 버스를 타고 공항 건물로 달려갔다. 25달러와 사진, 입국서류를 내고서야 건물 내부로 들어갈 수 있었다. 내 칼라 사진을 공항직원에게 주고받는 과정에서 분실되어 작은 소동이 일어났다. 결국 찾지 못하고 증명사진 없이 통과가 되었다.

일행 13명은 중형 버스를 타고 우리가 머물 Hotel을 향해 길을 떠

낯다. 공항에서 1시간 30분 걸리는 곳으로 해발 2,250 미터 높이의 나갈코트(Nagarkot)라는 고지대에 있단다. 해발 2,190미터의 카투만두 경계에 자리 잡고 있어서 히말라야의 전경을 한눈에 바라볼 수 있다고 한다. 일몰과 일출을 잘 감상할 수 있는 전망 좋은 곳이라니 기대가 크다.

카투만두 시내를 관통하는데 도로가 교통지옥이다. 흙먼지가 자욱하게 이는 비포장도로가 1950년대 우리나라의 시골길 같다. 조잡한 가게들, 엉킨 실타래처럼 얽혀있는 전깃줄이 즐비하고 소들이 사람들과 함께 걸어 다닌다. 체계 없이 지어진 집들이 역시 규모 없

카트만두 시장 풍경

이 서 있다. 마무리 되지 않은 채로 방치된 건물들도 눈에 자주 뜨인다. 사람들은 맨발로 걸어 다닌다. 젊은이들은 그나마 샌들을 신었다. 차들은 교통법규를 무시한 채 좁은 길을 잘도 비집고 다닌다. 오토바이들은 또 그 틈을 용케도 잘 빠져나간다.

한참을 달리니 농촌을 지난다. 천수답에서 자라는 벼들이 고개를 숙이고 추수를 기다리고 있다. 남부 인도는 적도에서 가까워서 기후가 따뜻하기 때문에 삼모작 벼농사가 가능하다고 한다. 다랑이 논두렁이 산자락 높은 곳까지 이어져 있다.

차창으로 바라본 시장 풍경 속에 가장 많이 눈에 뜨이는 상품이 좌판 위에 쌓여있는 바나나다. 일행 중 한 분이 바나나 얘기를 꺼내자마자 눈치 빠른 김대성 가이드가 버스에서 재빨리 내려가 바나나를 사가지고 올라왔다. 맛이 상큼하다.

시골을 벗어나자 버스가 재(岾)를 넘는다. 유난히 구불구불하고 낭떠러지가 많아 높고 험한 산길을 버스는 아슬아슬 곡예를 하듯 계속해서 올라간다. 한참을 올라가더니 얼핏 보기에는 길도 아닌 것 같은 샛길로 들어선다. 비포장도로를 한참 달려 마침내 우리가 머물 Hotel Mystic Mountain에 도착했다. 경사가 아주 가파른 언덕위에 지어진 현대식 호텔이다. 2017년 7월 28일에 개장했다고 한다.

7층 높이인데 히말라야 계곡이 잘 내려다보이는 전망 좋은 곳이다. 이 호텔 업자는 비즈니스 마인드가 매우 탁월한 사람 같다. 외국인 관광객의 취향을 잘 헤아린 시설을 갖추었다. 이런 산중에 이토록 훌륭한 호텔이 있으리라고는 상상하지 못했다. 수영장도 잘 만들었다. 야외에서 여러 사람들이 즐길 수 있는 데크(Deck)와 개인 침실에서 나가서 두 부부가 앉아 해돋이를 감상할 수 있도록 발코니가 설계되어 있다.

음식도 수준급이다. 뷔페로 저녁을 했는데 유럽이나 세계 여러 나라 여행을 자주 하는 사람들에게 전혀 부담이 가지 않는 메뉴여서 음식에 대한 우려와 불안감을 일시에 불식시켜 주었다.

동남쪽으로 확 트인 계곡을 내려다보면 다랑이 논이 계곡 저 아래까지 이어져 있고 고개를 들어 산야를 보면 산맥이 병풍처럼 펼쳐져 있다. 그 장관이 말로 표현할 수 없도록 아름답다. 어떻게 이렇게 아름다운 곳에 이러한 호텔을 지을 구상을 했는지 참 기발하다. 분명히 호텔주인은 관광과 호텔운영에 탁월한 감각을 지닌 사람이다. 침실과 샤워시설도 최신식이다. 미국이나 선진 유럽의 호텔구조를 현지에 맞게 응용해서 운영하고 있다.

식사를 맛있게 하고 일찍 잠자리에 들었다. 내일 아침 해님을 맞이하기 위해서! 5시 15분에 해가 돋는다고 한다.

나갈코트에서 맞이한 일출

2017년 10월 13일 금요일, 히말라야 산등성이로 떠오르는 해를 보기 위해서 새벽 4시에 기상했다. 해 뜨기 전에 호텔 발코니로 나가니 밭 밑 저 아래에 깔려있는 구름이 아름다운 처녀의 자태로 새벽잠을 자고 있다.

동쪽으로는 인드라 와티 강(江) 계곡이 절경을 이루고 히말라야의 산맥들이 아침 햇살에 수줍게 모습을 드러낸다. 천년설로 덮인 준령에 태양광이 붉은 빛을 비추면서 해돋이의 신호를 보낸다.

해 뜨는 장면을 여러 번 보았지만 이런 장관은 처음이다. 인드라 와티 계곡에서 새벽잠을 자고 있는 구름이 일출 광경을 더욱 아름답게 만들어준다. 히말라야 산맥에 서식하는 이름 모를 새들이 새벽을 깨우는 노래를 부르기 시작한다. 매미 떼도 합창으로 새벽을 찬미한다. 어젯밤 굵은 소나기가 지나간 후여서인지 아침이 더욱 싱그럽다.

"임금님 나가신다! 길을 비켜라!" 동편 하늘이 붉어지면서 태양광이 히말라야 산에 호령한다. 태양의 빨간 광명이 빠끔히 산위에 모습을 나타내는가 싶더니 용솟음을 치듯 힘차게 산 정상위에 우뚝 서며 잠자고 있는 늦잠꾸러기 구름을 일깨운다. "늦잠 그만 자고 일어나거라!" 해가 영봉들의 모습을 적나라하게 밝히니 그제야 구름들이 잠을 자다 마지못해 일어나 기지개를 켠다.

게으름뱅이 구름은 더 이상 꾸물거릴 수 없는지 단잠을 포기하고

나갈코트 지역의 해돋이 장관

Hotel Mystic Mountain 발코니에서 일출 광경을 지켜보는 일행

슬그머니 저 아래 계곡에서부터 산 정상을 향하여 서서히 기어오르기 시작한다. 검푸른 숲들도 덩달아 깨어나고 간밤에 머물렀던 빗방울도 더는 잎들 위에 머무를 수 없는지 수증기라는 이름으로 변신하여 모습을 감춘다. 새들은 이 미스티 산안개 속을 날아다니며 아침 세수를 하고 몸매를 가다듬는다. 하얀 눈으로 단장한 준봉들은 아리따운 자태를 뽐내기 시작한다.

하나님! 조물주인 당신께서 만드신 이 아름다움을 어찌 이 하찮은 존재가 필설로 다 표현할 수 있겠나이까! 부끄럽고 죄송하고 황망합니다.

"아름다운 히말라야의 장관이여! 안녕하세요!" 하고 인사를 드리니 찬란한 자태로 말없이 나를 영접한다. 이 해돋이 장관을 보려고 일행들이 창가 베란다에 나와 탄성을 지르더니 조금이라도 가까이에서 해를 맞이하고 싶은가, 삼삼오오 수영장 앞으로 뛰어나와 능선 위로 솟아오는 태양과 수영장 수면 위에 비치는 해돋이 광경을 카메라에 담느라 분주하다.

네팔의 역사와 문화

호텔에서 나와 스와얌부나트 사원을 향해 달렸다. 다랑이 밭 근처에 옹기종기 모여 있는 시골집 지붕 위로 연기가 모락모락 오른다. 집집마다 단란한 가족들이 잠에서 깨어나 아침을 짓느라 분주하겠지. 가을 수확 철이라 옥수수가 영글고 붉은 감이 주렁주렁 달렸다. 토란도 보인다.

이 산골에 오토바이를 타고 달리는 네팔 젊은이들이 눈에 들어온다. 길은 꼬불꼬불하고 낡은 차들이 많은데 그 사이사이를 잘도 피해서 달린다. 이 높은 히말라야 산맥은 등반을 즐기는 세계 젊은이들에게 매우 매력적인 장소로서 한국의 많은 젊은이들도 이곳으로 몰려오다 보니 대한항공이 일주일에 세 차례나 네팔에 들어온다.

네팔에는 거지는 많지만 노숙자가 없다고 한다. 가난하여 거지 생활을 하는 사람이 많지만 열심히 일해서 시집 장가를 가고 가족을 이룬다고 한다. 그러나 선진국인 미국은 노숙자들이 많은데 이들은 우울증 환자, 마약중독자들이고, 시집 장가도 가지 않고 그저 약에 취해가지고 동냥만 한단다. 즉 정신적으로 죽어있다는 말이다. 고개를 끄덕일 수밖에 없었다.

이렇게 험난한 고산지역까지 다랑이 밭에 농사를 짓는다. 젊은이들은 대부분 도시로 나가고 늙은이들만 시골에 머문다. 채소밭이 잘 가꾸어져 있고, 대나무 숲이 장관을 이루고, 키 큰 소나무들이 탐스럽게 서있다.

산정에서 맞는 상쾌한 아침 공기가 도시의 매연에 찌든 폐를 정갈하게 씻어준다. 자연과 벗하는 것이 얼마나 좋은가! 내가 살던 시골 집이 그리워진다. 수년 전에 고향을 방문했을 때만 해도 내가 태어난 집이 여전히 있었는데, 그 후 고향에 가 보니 형체도 없이 사라졌다. 현재 주인이 집을 허물고 채소밭으로 전용해 쓰고 있었다. 그는 채소밭 한편에 컨테이너 집을 들여놓고 주말에만 와서 머문다고 한다.

막둥이 동생 수녀가 그 집을 다시 구입하자는 제안을 한 적이 있다. 생각날 때 와 보면 좋지 않겠느냐는 것이었다. 미국에 사는데 일 년에 몇 번이나 올 수 있겠니, 라고 대답했는데, 후회가 된다. 우리 가족의 역사를 간직한 집을 오래 추억할 수 있었을텐데.

이제는 마음의 집으로 간직하며 살아가고 있다. 우리 집만 그런 줄 알았는데 동네를 둘러보니 옛날에는 번듯했던 기와집도 주인이 다 도시로 나가고 비워 놓아 지붕이 무너지고 폐허가 된 집들이 여러 채 있었다.

회상에서 깨어나니 자동차는 여전히 달리고 있다. 소와 염소를 키우는 외양간이 심심치 않게 눈에 띈다. 나이 드신 꼬부랑 할머니가 바구니에 과일 몇 알 담아두고 손님을 기다린다. 이렇게 살아도 행복지수는 미국에 사는 사람들보다 더 높다고 한다.

가끔 가다 눈에 들어오는 깃발이 있어서 가이드에게 물으니 선거철이라 입후보자의 광고 플래카드라고 한다. 옛날 우리나라 선거철에 기호 1번, 기호 2번 하던 생각이 난다. 적지않은 문맹인들을 위한 전략으로 이들은 깃발 칼라로 후보자를 택한다고 한다.

갓 추수한 후라서 탈곡을 마친 볏단들이 논두렁 위에 널려있다.

겨울에 소여물로 쓰인단다. 우리나라에서도 겨울철에는 볏짚을 썰어 소여물로 사용했다. 옥수수밭에는 누렇게 갈변한 옥수수 대마다 잘 익은 옥수수가 주렁주렁 매달려있다. 논가에 심어놓은 콩작물이 풍성하게 열매를 맺어 수확을 기다리고 있다. 유채꽃이 흐드러지게 핀 들판과 각종 야채밭이 펼쳐져있는 풍경이 목가적이다.

마을버스 지붕 위에는 사람들이 짐 보따리와 함께 올라타 있다. 보는 사람 마음이 위태한데 그들의 표정은 마냥 태평하다. 교복을 입은 학생들이 산골 비탈길을 오르내린다. 네팔 민족은 성격이 개방적이라고 한다. 반면에 인도 민족은 보수적이다. 네팔인의 평균 수명은 70세이고 인도인의 평균 수명은 65세라고 하는데 아마도 이런 성향이 영향을 주는 것은 아닐까. 긍정적이고 오픈된 마인드로 살 일이다.

네팔에는 다양한 민족들이 어울려 산다. 각자 자기 민족의 고유 언어가 따로 있지만 이들의 심성에는 피차 하나라는 의식 속에 더불어 살아야 한다는 생각이 들어있다. 사람 뿐만 아니라 소, 개, 원숭이 등 동물과도 조화를 이루어 공존해야 한다고 여긴다. 인구의 87퍼센트가 힌두교도이니 그럴 만도 하겠다.

네팔의 용병은 세계적으로 유명하다. 네팔의 3대 수입원이 마약, 관광, 그리고 용병이라고 할 정도로 타국에 용병으로 많이 내보낸다. 스위스 용병 못지않게 네팔의 구르카 용병은 끝까지 싸우는 것으로 유명해서 영국, 인도, 싱가포르, 부르나이 등지에서 채용하고 높은 급료를 준다.

네팔의 전통 칼 쿠크리를 착용하고 다니는 구르카 용병이 출동한다는 말만 들어도 적군들은 전의를 상실하고 아예 손을 들고 만다. 그만큼 용감무쌍하다. 이들은 2차 세계대전, 포클랜드 전쟁, 카길 전쟁 등에서 그들의 용맹성을 증명했다. 특히 근접전에서는 어느 나라군대도 감히 접전하기를 겁내는 존재가 되었다.

이 용병 선발 시험이 얼마나 엄격한지 한때는 700대 1정도의 경쟁률이 있었다고 한다. 용병으로 뽑히면 가난한 네팔인이 상상할 수 없는 급료를 받을 수 있기 때문에 이 좁은 문을 통과하기 위해서 애를 쓴다. 특히 체력, 영어, 수학 등의 테스트에 합격해야 한다. 카투만두에는 이를 위한 사설 학원이 20여 개나 있다고 한다.

영국은 인도를 점령했지만 네팔은 산악지대라 식민지로 삼지 못하였다. 식민지로 삼을 만큼 영양가가 없었기 때문이라고 세간에서는 얘기하지만, 나는 그 이유 중의 하나가 네팔 남성들이 용맹하기 때문이라고 나름 결론을 내려 보았다.

네팔에는 이렇게 외국에 수출까지 하는 용병 이외에도 특별한 민족 하나가 있으니, 흔히 말하는 셰르파족 즉 히말라야 산악 안내인이다. 셰르파(Sherpa)는 동쪽에 사는 사람들이라는 뜻이다.

400년 전 무렵부터 티베트 쪽에서 넘어와 네팔 고산지대에 사는 민족으로 현재 약 8만 명으로 추산된다. 이들은 히말라야 등반을 하는 세계 산악인들을 위해 자신의 몸을 아끼지 않고 헌신적으로 일해 왔다. 히말라야 등반인들은 이들에게 안내와 등짐 운반을 의탁하면서 산을 정복한다. 많은 셰르파들이 산악인들과 함께 험준한 히말라야 산악의 눈 속에 희생당했다. 그래도 산악인들은 해마다 늘어난다.

네팔은 지리적으로 17퍼센트가 평야지대이고 83퍼센트가 산악과 구릉지대. 주로 인도 국경 가까이에서 벼농사를 짓는다. 젊은이들이 돈을 벌기 위해 외국으로 나가서 점점 농사짓는 인구가 줄고 있다. 가족 중 적어도 한 명은 미국, 한국, 일본 등으로 빠져 나간다. 현재 네팔 인구는 3천만이다.

이곳 시골 여인들은 이마에 빨간 물감을 찍는데, 기혼자라는 표시란다. 도시 여인들은 이 표식 없이 다닌다. 어쨌든 빨간 점을 찍고 다니면서도 바람을 피운다고 한다.

네팔은 박정희 전대통령 시대 이전에는 한국보다 더 잘 살았다. 1854년에 벌써 현대적인 학교가 있었는데 한국은 1886년에 선교사들에 의해서 학교가 세워졌다. 교육이 한국보다 선재된 나라가 지금까지 가난한 이유에 대하여 학자들의 논리가 구구하다. 내 소견에는 국민들은 자립심이 강하고 자존심도 세고 손재주도 많아서 잘 살아보려고 노력하지만 정치의 부패 때문이 아닌가 싶다.

네팔은 개인들은 잘 살고 나라는 가난하다고 한다. 주택 현황을 보면 집이나 아파트, 상가 등을 주로 월세를 주고 장기 리스는 주지 않는다. 하도 가난하고 생활이 안정적이지 않기 때문에 장기간 약속을 보증할 수 없기 때문이다. 계약이 의미가 없다고 하겠다. 각도가 다르기는 하지만 한국의 주택 사정도 비슷한 맥락이라고 할 수 있다. 미국은 장기 계약을 중요시 하고 이를 통해 개인의 크레딧이 쌓인다. 신뢰를 기반으로 한 계약이 존중을 받을만큼 사회가 안정적이라고 말할 수 있겠다. 네팔에서 필요한 모든 물자는 인도를 통해서 들어온다.

네팔은 가난하지만 자존심 하나만큼은 세다. 거지가 없는 것이 단적인 예다. 지대가 높아서 타민족의 침략을 받은 역사가 없기 때문에 굽실거림에 대한 개념이 없기도 할 것이다. 침공해보았자 너무 가난해서 취할 이익이 없으니 물자 낭비 인력 낭비를 해가며 이 나라에 쳐들어갈 이유가 없기 때문인데 이들은 자신들이 용감해서라고 생각하는 것은 아닌지 모르겠다.

같은 세속이라 해도 하늘하고 가까워서 위를 우러러 올려다보는 것이 아니라 굽어 내려다보는 나라 지형도 큰 몫을 하는 것은 아닐까, 나름 즐거운 상상을 해보았다.

네팔은 전기가 턱없이 부족하다. 수력발전을 통해서 8만 4천 메가와트의 전력을 생산할 수 있는 능력이 있지만, 현재 겨우 1,400 메가와트의 전력을 생산한다. 정부가 가난하여 돈이 없고 정치도 부패하여 엉망진창이라 전기 생산량을 늘릴 수가 없기 때문이다.

이곳 네팔은 토요일이면 모든 관공서가 쉰다. 가게도 문을 닫는다. 금요일에는 오후 2시까지 일하고 일요일에는 일을 한다. 토요일을 안식일로 지켜 모든 산업 활동을 멈추는 이스라엘처럼.

그 이유가 흥미롭다. 토요일은 토성 별자리에 해당하는 날로 화를 잘 내는 힌두의 샤니(Shani) 신(神)의 날이란다. 그를 달래기 위해 사원에 가서 그에게 예배해야 하므로 이날은 사업 거래를 하거나 다른 사람을 초대하지 않고 근신한다.

비행기 안에서 카투만두 시내를 내려다보면 분지여서인지 공기 오염이 심해서 대기가 뿌옇다. 국회의사당 건물이 커서 눈에 띈다. 이곳 국회위원 수는 601명이라고 한다.

카투만두의 강물은 썩어있다. 하수 시설이 안 돼 있거나 열악해서다. 하수도 공사를 하기 위해 여기저기에 땅을 파놓았는데 흙먼지가 날아다닌다. 도로에 아스팔트를 깔 재정이 없어서 흙길이다. 공사가 완료되면 강물이 제대로 흘러서 수질이 좋아질 텐데 공사가 언제 완료될지는 미지수란다.

이곳의 이혼율은 2퍼센트밖에 안 된다. 여성들이 순종적이어서 남성이 하자는 대로 따르기 때문이다. 이스라엘이나 중동처럼 이곳 여성들도 인격적인 지위가 없다고 하겠다. 카투만두의 인구는 현재 3백만이다.

힌두교의 사상과 실제

가이드 김대성씨가 힌두교에 대해 익살을 늘어놓는다. 인도와 네팔은 섬기는 신들이 무척이나 많은데 사람들이 하도 신들에게 소원을 빌고 어려운 문제들을 풀어 달라고 보채니 신들이 난감해서 도망을 간단다. 그의 말을 들으면서 도망간 신의 대타를 찾다보니 신이 많아진 것은 아닐까, 나도 익살 수준으로 정리해보았다.

힌두교에는 약 3억 3천의 신이 있단다. 첫 번째 큰 신이 엄마이고, 두 번째 신이 선생님이고, 세 번째 신이 아버지라고 한다. 누군가가 나보다 낫고 나에게 잘 해주는 사람을 신이라고 믿는다. 자신에게 유익한 대상도 신이다. 자동차도 신이다. 그러다 보니 소도 섬기고 사람도 섬기고 기어 다니는 동물도 섬기고, 거의 모든 대상을 신으로 섬긴다. 근본적으로 힌두세계에서는 세상에 존재하는 모든 사물과 생명체들이 신이다.

힌두교에는 가장 중요한 신 셋이 있는데 브라흐마, 비슈누, 시바다. 브라흐마는 창조의 신, 스스로 존재하는 신이다. 비슈누는 유지와 자애의 신으로 10가지 화신이 있다. 이를 아바타라고 하는데 신이 인간의 몸을 입고 이 세상에 나타난다.

시바신은 힌두교에서 가장 윗자리에 있는 신으로 파괴와 재생의 신이다. 푸르스름한 몸에 호랑이 가죽을 두르고 있고, 3개의 눈으로 세상을 항상 주시하고 있다. 그의 목은 용의 독을 마셔서 검푸른 색을 띠고 있다. 용이라는 상상의 동물은 동양이나 서양에서도 회자된다. 인도에서는 '모든 존재는 끊임없이 윤회한다', '죽음이란 곧 새 생명의 탄생을 의미한다'는 관념을 가지고 있다.

힌두교 신앙의 출발 설화가 재미있다. 하늘에 있는 천신이 지구를 내려다보니까 너무나 부패가 많고 가난해서 이들을 구제할 방법을 고안했다. 천신은 인간의 몸을 입은 10명의 아바타 신으로 변신해서 지상에 내려왔다. 힌두교의 교의에 따르면, 인류가 진리를 잊고 악과 부정에 빠졌을 때 진리를 가르쳐 악으로부터 인류를 구원하고 정의를 회복하는 일을 하기 위해 신의 대리자로서 아바타가 출현한다고 한다.

우리에게 익숙하게 잘 알려진 아바타 신들이 있다. 여덟 번째 아바타로 꼽는 크리슈나(Krishna) 신은 예수 그리스도이고, 석가는 아홉 번째 비슈누의 화신이란다.

힌두교인들은 사원을 잘 찾지 않는다. 마음에 우러나서 가고 싶을 때 간다. 그러나 종교는 있어야 된다고 믿는다. 우리 인간은 행복할 때는 신을 찾지 않다가 어려워지면 신을 찾는다. 종교는 그 안에 좋은 점을 많이 품고 있기 때문이다. 이러한 힌두교의 입장에서 보면 불교는 특색 있는 종교로서의 근거를 상실하는 셈이다.

힌두교는 언제 태동하였을까? 실질적인 출발점은 철기시대다. 그러나 그 기원을 살피면 인도의 청동기시대 즉 기원전 1900년, 선사시대까지 거슬러 올라간다. 그러고 보면 인류가 존재하기 시작하면서부터 인간은 인간 이외의 대상을 종교로 삼고 숭배하기 시작했다고 봄이 타당할 것이다.

힌두교 외의 인도 종교

한국에서는 띠를 중요시 하는데 인도에서는 별자리를 중요시 한다. 해의 행성 9개와 별자리 수 12개, 이 두 숫자를 곱하면 108개가 된다. 불교이론은 98결(結)과 10전(纏)을 더하면 108개의 번뇌가 된다고 해석한다. 이 108개라는 숫자는 우주에도 수없이 많다고 한다.

별자리 이론이 흥미롭다. 별자리는 2시간마다 해를 돈다. 별자리는 한 달에 30도씩 움직인다. 12달이 지나면 365일이 된다. 사람이 에너지를 유지하려면 시계방향으로 돌아야 한다는 말이 있다. 행성들이 시계방향으로 돌기 때문에 역으로 돌면 필요 이상으로 더 많은 에너지를 잃게 된다. 우리가 비행기를 타고 동쪽에서 서쪽으로 갈 때와 서쪽에서 동쪽으로 갈 때 걸리는 시간이 다르다.

이 현상도 별자리 이론과 상관관계가 있다. 지구와 별자리, 태양과 다른 행성들의 상호 활동이 지구에서는 편서풍이라는 기류의 흐름을 만들어 낸다.

편서풍, 일명 제트기류(Jet Streaming)는 위도 30~60도의 중위도 지역 상공에서 일년내내 서쪽에서 동쪽으로 부는 바람이다. 시속 60~100 킬로미터인데 지상에서 이 속도의 태풍은 큰 나무를 뿌리째 뽑고 가옥을 파괴할 만큼 엄청난 위력을 발휘한다. 상공에서 이 속도로 부는 편서풍의 힘을 짐작해보라. 캘리포니아는 편서풍의 영향권 안에 들어있는 지역이라 한국에서 미국 쪽으로 항상 바람이 분다. 그래서 서울에서 LA로 올 때는 편서풍을 탐으로써 10시간 50분, LA에서 서울로 갈 때는 역풍을 타고 가기 때문에 13시간이 걸린다. 무려 2시간 10분이 차이 난다.

라마교와 밀교라는 이름은 인도에서 7~8세기에 시작되었다. 라마교는 티베트 불교의 다른 이름으로 종교적 스승인 라마를 중시한다 하여 라마교로 불린다. 라마교는 티베트와 네팔 몽골 등지에서 믿는 대승불교의 한 종파다. 잘 알려진 지도자는 딜라이 라마다.

밀교는 힌두교의 영향을 강하게 받은 인도 대승 불교의 한 종파다. 밀교란 붓다가 깨우친 진리를 은밀하게 전하는 비밀불교라는 의미에서 비롯되었다.

불교는 12세기까지 인도에서 활발하게 성행하다가 이후 점점 쇠하여 이웃나라들로 퍼져나가기 시작했다. 현재 인도에는 불교신자가 약 1~2퍼센트에 불과하다. 이슬람교가 13퍼센트, 기독교가 1~2퍼센트 정도이고 나머지는 힌두교인들이다.

이후 이슬람이 712년 인도를 점령하고 델리술탄 왕조를 세워 이슬람 국가로 변한다. 2만 5천 명의 군대가 쳐들어왔는데 인도에서는 두 개로 나뉜 종교가 세력 약화를 부추겼다. 힌두교인들은 싸우는데 불교도들은 전쟁을 피했다.

인도에서 불교가 망한 원인이 있다. 이슬람 세력이 철저히 불교사원을 파괴한데다가 불교가 힌두교 이론을 교리에 받아들임으로써 힌두교와의 차별화를 없애려다가 오히려 불교 고유의 신앙적인 정체성을 잃어버렸기 때문이다.

이로써 불교는 미얀마, 태국, 한국, 일본 등지로 피해가고, 산속으로 숨어들어가면서 마침내 인도에서 불교가 사라졌다. 고려시대의 한국불교도 처음에는 민중 속에서 공존했으나 이조시대에 들어오면서 억불숭유(抑佛崇儒) 정책에 의해 불교가 산으로 들어갔다. 한국불교는 이를 극복하기 위해서 최근에는 사바세계로 내려오려는 시도를 하고 있다. 이곳 LA에서는 불교사원들이 우리가 사는 교포사회 안에 들어와 다양한 프로젝트를 통하여 포교활동을 하고 있다.

현재 인도의 힌두교는 종교자체의 문제보다 지도자들이 혹세무민(惑世誣民)하여 사회문제를 일으키고 있다.

현지 가이드 김대성 씨의 강론(講論)

그는 코란 경전이 기독교와 불교를 융합한 결과물이라고 강변한다. 무슬림이었던 무함마드는 아라비아 상인이었던 삼촌을 따라 낙타를 타고 다니며 사업하던 사람이었단다. 돈 많은 아랍상인의 과부와 결혼함으로써 불교와 기독교를 자연히 접하게 되고 코란이라는 경전을 쓰게 되었다는 것이다.

인간은 고생했던 경험은 오래 기억하고 행복했던 시절은 잘 기억하지 않는다. 삶이 힐들수록 생각은 깊어진다. 인간은 원래 채식주의자였는데 어느 때부턴가 무엇이든지 다 먹는다. 육류를 섭취하기 시작하면서부터 병이 찾아들었다.

동물이 우리 인간보다 더 낫다. 소, 사자, 새 등 모든 동물은 먹는 것이 있고 먹지 않는 것이 있다. 사람은 가리지 않고 다 먹는다. 인간은 먹고 살기 위해서 열심히 일한다. 인간에게 위가 없거나 지금보다 크기가 작다면 욕심도 그만큼 줄어들 것이다. 인간은 이기적이다. 내 배가 부르면 모든 사람들이 배가 부를 것이라 생각하고 내 배가 고프면 다른 사람들도 배가 고플 것이라고 생각한다.

그의 얘기를 듣는데 마치 제자가 스승의 가르침을 공손히 받드는 자세가 되었다. 설득력 있는 그의 논리에 반박하지 못하고 고개를 끄덕이고 있지 않은가. 부처님이 보리수나무 밑에서 그의 제자들에게 설법하던 분위기가 이렇지 않았을까 싶다.

김대성씨는 젊지만 인생관과 종교관이 통상의 관념을 뛰어넘는다. 이번 여행에 그를 투어 가이드로 만나서 배우는 것이 많다. 사람은 죽을 때까지 배운다.

카투만두 시내에 들어서니 김대성씨의 말대로 엉망진창 개판 5분 전이다. 이곳에서는 무질서가 질서다. 건물이 제멋대로 지어져 있고 자동차와 오토바이, 소와 개, 그 외 여러 종류의 가축이 같은 길에서 엉키듯 함께 어우러져 오간다. 길가와 노상을 구분하기 어려울 만큼 어수선하고 먼지투성이다. 상인들이 헝클어진 자세로 앉아서 장사를 한다.

2015년 4월에 이곳에 큰 지진이 났는데 옛날 허술한 집들은 다 무너지고 현대식 건물들은 무사하였다. 이 지진으로 8천 명이 사망했다. 한국에 메르스 병이 들어왔을 때 34명이 죽었다. 한국 사람은 이 때문에 전국이 소용돌이 쳤다. 밖에 나가기를 꺼려하고 사람 만나는 것을 포악한 짐승 만나는 것보다 더 무서워했다.

사람은 잘 살수록 죽음에 대한 두려움이 많아진다. 그럴수록 정신적으로 강해져야 한다. 암에 걸린 것을 알면 빨리 죽고 모르면 오래 산다. 정신적인 공포 때문에 빨리 죽는다. 공포 속에 살면 이는 곧 살아있는 시체다. 어차피 인간은 죽음을 피할 수 없다. 마음을 편하게 가져라.

중국에 거부(巨富) 한사람이 있었다. 그는 돈을 쓰지 않고 열심히 모으기만 했다. 젊은 운전기사는 주인이 누구를 위해서 저렇게 돈을 모으나, 항상 궁금했다. 어느 날 이 부자가 심장마비로 갑자기 죽었다. 이 젊은 청년은 그 부자의 부인과 결혼하게 되었다. 이 청년은 마침내 깨달았다고 한다. 이 부자는 자신을 위해서 돈을 열심히 모았다는 것을. 그는 일생을 감사한 마음으로 행복하게 살았다.

이 일화의 주제가 가볍지 않다. 사람은 자신이 번 돈을 20퍼센트 정도 자기가 쓰고 나머지 80퍼센트는 남기고 간다고 한다. 사는 동안 멋지게 살아야 한다.

우리는 하나다, 원숭이 사원

스와얌부나트 사원(원숭이 사원)에 도착했다. 스와얌부나트란 '스스로 나타난 스님'이라는 의미란다. 원숭이들이 많아서 붙여진 이름이다. 1979년에 유네스코에 세계문화유산으로 등재되었다. 이곳에서는 카투만두 시내를 한눈에 바라볼 수 있다.

스모그 대기 오염이 심하다. 불상과 석탑, 사원과 여러 조각품들을 파는 가게들이 즐비하다. 원숭이들이 뛰어 놀고, 개들이 분주히 오르내리는 행인들을 상관하지 않고 돌계단 한가운데 엎드려 낮잠을 잔다. 아무도 이 견공들의 단잠을 방해하지 않는다.

이 사원은 2천 5백 년 전에 지어졌다고 한다. 한때는 주위가 온통 물로 싸여 이 사원만 물 위에 있었단다. 티베트 승려들이 이곳에 거주하며 수행했고 이 사원에서 사리도 발견되었다고 한다.

인도의 마우리아 왕조에서 뛰어난 아소카 왕(BC 268-232)도 이 사원을 다녀갔다고 한다. 아소카 왕은 인도 역사를 통하여 가장 넓은 통일 제국을 건설하였다.

그는 지금의 인도 아쌈 지역과 께릴라따밀 나두 일부 지역을 제외

스와얌부나트 사원

원숭이와 애니의 만남

한 인도, 파키스탄, 아프가니스탄, 네팔 등을 포함한 인도 대부분의 지역을 지배했다. 처음에는 포악하고 방탕했다. 그는 101명의 왕자 중 가장 뛰어났는데 부왕이 죽은 후 왕위 쟁탈전에서 수십 명의 형제를 살해하고 5백 명의 신하를 죽였다.

킬링가 왕국을 무력으로 점령하면서 수십만 명이 전쟁으로 희생되는 것을 보고 참회하여 문화정책으로 전환했다. 전국에 44개 바위와 수천 개의 석주 위에 법칙문을 적어 불교의 가르침을 전파했다. 성지순례를 통해서 불국정토의 실현을 꾀하기도 했다. 다른 종교도 배척하지 않고 포용했다. 또 후세들을 위해 어떻게 정치를 해야 하는지 그 방법을 돌에 새겨 남겼다. 그는 세계역사에 남는 위대한 성군이 되었다.

5세기경에 이곳은 벌써 유명해져서 불교의 순례지로 널리 알려졌다. 이곳은 스투파(佛塔)와 힌두교 사원이 공존한다. 불탑에는 두 개의 눈이 그려져 있고 미간에 제 3의 눈이 있는데 이는 우주의 눈, 지혜의 눈, 통찰의 눈을 상징한다. 이 눈은 세상만물의 이치를 꿰뚫어 보고 사람들의 모든 생각과 번뇌를 내려다보고 있다. 또 양 눈 밑에 물음표처럼 생긴 코는 1이라는 숫자를 형상화한 것이다. 이는 진리에 도달하는 길은 결국 하나이고 스스로의 깨달음을 통해 가능하다는 것을 의미한다.

이 불탑은 입과 귀가 없고 눈 두개가 제일 먼저 눈에 뜨인다. '우리는 하나다'라는 사상을 나타내는데, 말하지도 않고, 듣지도 않고, 남을 도와주는 것을 중시한다.

원숭이 사원을 돌아 나와 다운타운에 있는 식당 서울집에서 점심을 했다. 이곳에도 산악인들이 자주 들르고 한국 사람들의 왕래가 빈번하여 한국식당이 꽤 큰 규모로 운영되고 있다. 우리는 김치찌개, 삼겹살, 된장찌개, 쌈으로 배를 채운 다음 공항으로 향했다.

비행기로 30분 걸리는 포카라로 가기 위해서다. 호텔에 여장을 풀고 부페식으로 저녁을 한 후 새벽 4시에 기상하여 데비스 폭포 관광이 계획되어 있다. 40분간 산정을 향해 올라가 히말라야의 일출을 구경할 예정이다. 최종 목표는 포카라 시 인근에 있는 안나푸르나 베이스 캠프에서 출발하여 에베레스트 등반체험을 짧은 시간 동안 경험하는 것이다.

공항으로 가는 길에 김대성 가이드가 영국이 인도를 통째로 지배할 수 있었던 이유를 설명해준다. 영국이 인도를 지배하기 위한 책략으로 무슬림과 힌두교도가 대립하게 하여 종교전쟁을 획책하고 이간질했단다. 이슬람 사원에는 힌두교에서 보내는 것처럼 위장시켜 죽은 돼지를 보내고, 힌두교 사원에는 모슬림이 보내는 것처럼 속여 죽은 소를 보냈다. 이렇게 한 지역 한 지역 힘을 약화시켜 마침내는 전 인도영토를 식민지화 했단다.

로컬 국내 공항 터미널 도착해서 오래 기다리다가 드디어 비행기에 올랐다. 비행시간 30분이면 도착할 수 있는 거리인데 약 20분 후, 갑자기 기체가 심히 흔들리기 시작했다.

잠시 후 기장이 안내방송을 통하여 포카라 공항에 착륙할 수 없다고 한다. 비가 너무 많이 내려서 비행기가 구름 속을 뚫고 내려가기가 불가능하단다. 결국 기수를 카투만두로 돌려 회항했다. 공항에 내려서 의논한 결과 다음 날 오전에 경비행기를 타고 에베레스트 산정을 공중 관광하기로 결정했다.

우리는 Himalia Hotel에 급히 예약하고 체크인했다. 마침 호텔 가든에서는 결혼식이 진행되고 있었다. 이 호텔은 옛날부터 정부 고위 관리나 외국 귀빈들이 자주 사용해온 유서 깊은 곳이란다. 신랑 신부의 옷이 화려하다. 우리는 저녁을 뷔페로 하고 일찍 잠자리에 들었다.

에베레스트 최상봉(最上峰)과 인간 최상봉(崔相奉)의 조우(遭遇)

2017년 10월 14일 토요일, 아침 5시 30분에 기상하여 6시에 공항에서 비행기를 탔다. 가운데 좌석은 비워두고 양쪽 창가로 좌석이 배정되었다. 승객은 30여 명으로 전세 낸 비행기를 탑승한 기분이 들었다.

아침 태양이 구름 사이로 얼굴을 내민다. 연속적으로 이어지는 히말라야 영봉들을 구름 위에서 내려다보면서 기내 여기저기서 감탄사를 쏟아낸다. 소리도 질러댄다. 기장이 콕핏(cockpit), 기장실 문을 열어놓고 한 사람씩 일어나서 비행실을 들여다보게 한다. 안내원이 방송으로 영산인 세계 최고봉 에베레스트 산이 가까워지고 있음

세계의 최상봉(最上峰) 에베레스트를 마음에 새기고

을 알린다.

　구름 위로 저 멀리 에베레스트 산정이 보이기 시작한다. 간밤에 구름이 비를 뿌린 후여서인지 산을 덮고 있던 하얀 구름이 좀 엷어졌다고 한다. 영롱한 아침 햇살 아래 흰 천년설을 뒤집어 쓴 에베레스트 산정이 그 자태를 드러내고 있다.

　이렇게 비행기를 타고 올라와도 제대로 보지 못하고 회항할 때가 많다는데, 우리는 다행히 그 성스러운 모습을 보게 되었다. 해발 8,848미터(29,028 피트)의 정상이 내 눈앞에 펼쳐진다. 인간 최상봉

(崔相奉)이 세계의 최상봉(最上峰) 에베레스트를 만났다.

최상봉끼리의 조우가 이루어진 것이다. 가슴이 벅차오른다. 아, 드디어 나를 재발견하는 순간이다. 나는 흥분하여 박평식 회장에게 내가 최상봉을 발견했노라고 소리를 질렀다. 그가 화답한다. 아 그렇구나! 최상봉! 하고 일행도 내 이름을 되풀이해서 합창한다.

비행기는 360도로 슬슬 돌면서 에베레스트 산정의 장관을 20여분에 걸쳐서 보여주고 기수를 서서히 돌려 회항한다. 기념 티셔츠를 한 장 샀다. "I did not climb Mt. Everest, but I touched it with my heart!(에베레스트를 직접 등반하지는 않았지만 나는 에베레스트를 보았고 가슴에 담았다!)"라는 문구가 새겨있다. 감격적인 순간이었다. 에베레스트 이외에도 높은 산들이 줄줄이 존재하지만 세계의 최고봉을 육안으로 보았다는 의미가 컸다.

4백년 역사를 지닌 파탄 왕궁

우리 일행은 카투만두 시내에서 5킬로미터 떨어져 있는 구도시 파탄소시(파탄 왕궁)를 찾아갔다. 400백 년 전에 힌두교 양식으로 지어진 목조 건물인데 왕이 살았다고 한다. 90년 전에 지진으로 인하여 건물이 많이 파괴되었는데 독일정부가 보수공사를 위해 지원해주었다고 한다. 15년 전에 지진이 또 다시 발생하여 현재까지도 보수공사 중이다.

파탄 왕궁

　이 지역에는 왕궁이 3개나 산재해 있고 사원도 서너 개가 있는데
우리는 선별하여 몇 군데만 들렀다. 이곳에는 아직도 말라족이라는
원주민이 살고 있고, 그림을 그리는 사람들이 많다.

　네팔의 힌두교 문화는 이삼백년 전부터 동물을 제물로 바친다.
인도에서는 육류를 먹지 않기 때문에 동물을 바치지 않는데 네팔에
서는 염소와 물소 등의 동물을 바친다. 육지에 다니는 소는 신성시
하는데 물에서 사는 물소는 신의 대상이 아니기 때문이다.

　인도가 돌 문화인 반면 네팔은 목재 문화다. 목재 건물은 우리나

라도 마찬가지지만 외적이 침범해 들어오면 다 불타버려서 문화유산
으로 남기가 어렵다. 네팔은 지진피해로 많이 파괴되었지만 다행히
외적의 침범이 없어서 본래의 문화유산이 오랫동안 전해 내려오고
있다. 전란을 당하지 않아서인지 오래된 나무로 된 왕궁이나 건물
들이 잘 보존되어 있다.

신당에 있는 신(神)들은 여러 개의 손을 달고 있는데 이는 사람들
에게 여러 가지 문제가 있을 때 잘 처리하기 위해서란다. 신이 지닌
여러 개의 손은 곧 힘의 상징을 표현한다.

불교 사원 앞 정문 양쪽으로 해태 상(像)을 만들어 놓았다. 해태
는 사악한 사람들이 건물 안으로 들어오지 못하게 지키는 수문장
역할을 한다고 믿는다. 해태의 형상은 한국, 티벳, 중국 등 나라마
다 조금씩 다르다.

일설에서는 해태가 아니라 흰사자라는 설도 있다. 흰사자 일가족
이 죽임을 당한 새끼 여섯 마리의 생명을 돌이켜 살려낸 부처님의
은덕에 보답하기 위해 부처님의 발이 땅에 닿지 않도록 받쳐서 보좌
했다는 것이다.

실제로 부처님이 앉아있는 좌대를 사자좌(獅子座)라 하는데 그
아래에는 8마리의 사자 형상의 짐승들이 좌대를 받들고 있다. 이런
형상은 불교 탑 여러 곳에서 발견된다.

신(神)의 형상이 가득한 카탄순 왕궁

카탄순 왕궁을 둘러보았다. 박터풀 더르바르 광장에는 카탄순 왕궁 이외에도 여러 왕궁과 사원들이 겹쳐 있다. 건물 벽에는 남녀가 성교하는 장면들이 조각으로 잘 표현되어 있다. 갖가지 에로틱한 성교 형태와 묘사가 이채로웠다. 카마수트라 조각 건물은 현재는 무너져 있는데 보수 중이다. 붉은 벽돌로 된 건물들이 많아서 경내가 화려하다.

중세기에 지어진 이 건물들은 아직도 건재하다. 이곳에 가면 여러 신들의 모습을 볼 수 있는데 어떤 신은 팔이 여러 개 달려 있다. 강한 능력을 지닌 신이란다. 뱀 신도 있다. 이곳에서 뱀 같은 여자란 똑똑하고 예쁘다는 뜻이다. 뱀이 잔뜩 있다는 것은 남자들에게는 곧 보호한다는 의미를 갖는다. 발이 여러 개인 신은 여성 신들이다. 칼리신은 건강의 신, 라치미 신은 부(富)의 신이다. 신들의 모습이 가지각색이다.

살아있는 소녀, 쿠마리 신(神)

이곳에는 살아있는 신, 쿠마리가 있다. 쿠마리는 힌두교의 신 탈레쥬의 화신으로 여겨진다. 카투만두 왕실과 느와리 족 공동으로 아직 초경이 시작되지 않은 3~8세 나이의 샤키 성을 가진 소녀 중에서 후보를 선출한다. 여러 가지 시험에 통과해야 최종 합격을 한다.

카탄순 왕궁

　쿠마리로 선택된 여아는 사제에게 엄격한 교육을 받는다. 쿠마리
는 상대방의 나이에 상관없이 반말을 하는데 신이기 때문이다. 또
땅을 밟으면 안 된다고 한다. 일 년에 한번, 인드라 자트라 축제에
금색으로 치장한 거대한 수레를 타고 나타나 대중에게 인사한다.
　쿠마리 신을 접견하기 위해 여러 왕궁이 모여 있는 컴플렉스 한쪽
에 있는 건물을 향해 걸어갔다. 궁(宮)이라고 말은 하는데 궁이라고
표현할 만큼 화려하지 않다. 건물로 들어가는 문머리(문미, 門楣)가
낮아서 어쩔 수 없이 고개를 잔뜩 숙여야 했다. 문이 낮고 좁은 이
유는 신에 대한 겸손과 공경을 나타내기 위한 것이란다.
　문을 통과하니 조그마한 정원이 나오고 사면으로 둘러싸인 건물
이 보이는데 이층 창문이 모두 열려 있다. 꼭 정해진 시간에만 살아

있는 신을 잠깐 볼 수 있는데 헌금을 약간 해야 한다. 사진 촬영 금지구역이다. 우리가 한참이나 창을 쳐다보고 있으니 한 소녀가 잠깐 얼굴을 내밀더니 곧바로 창문 저편으로 사라진다.

쿠마리는 초경이 시작되면 그곳에서 나오고 다른 쿠마리가 선출된다. 신은 피를 흘리지 않는다. 쿠마리는 신이므로 피를 흘려서는 안 된다. 그러므로 초경으로 피를 흘리는 소녀는 쿠마리에서 물러나야 한다. 평민으로 돌아온 쿠마리는 결혼도 할 수 있지만 대부분 독신으로 산다고 한다. 대개 결혼해도 남편이 일찍 죽는다는 둥 여러 속설이 있기 때문이다.

나무 한 그루로 만든 건물도 보인다. 꽤나 큰 건물이다. 나무가 얼마나 크면 이 큰 건물을 지을 수 있었을까 생각하니 수긍이 잘 가지 않는다. 옛날 나무들은 참 크기도 했나보다. 나무껍질로 만든 집도 있다.

네팔 카투만두에서 인도 델리로

2017년 10월 15일 일요일, 아침 9시 40분에 비행장에 도착해서 인도 델리로 향했다. 상공에서 히말라야 산맥에서 미처 만나지 못했던 영봉들을 내려다보면서 다시 한 번 탄성을 질렀다. 아름다운 네팔의 산들을 바라보면서 이제부터 시작하는 인도 여행에 또다시 가슴이 설레기 시작한다.

인도 여행 (1)

이슬람 사원(Islam Mosque)

712년에 아랍제국을 다스린 이슬람 제국 우마이야 왕조의 노예출신 장군, 무함마드 빈 카심이 인도 북부에 쳐들어왔다. 그는 오늘날의 아프가니스탄 구르에 있는 투르크계 이슬람 왕조인 고르왕조의 왕 무하메드에게 점령 보고를 했다. 왕에게서 회신이 오기를 "네가 왕이 되어 그곳을 다스리라."고 해서 이슬람 국가가 세워지게 된다. 빈 카심 뿐만 아니라 노예출신으로 이슬람 세계의 왕이 된 사람들이 인도에 많아 왕조를 이루었다.

그 한 예로 이란 동북부에서 중앙아시아 일대에 군림하는 사산조 페르시아에서 벼슬을 하고 있던 터키 노예출신의 장수 알라프트긴(Alaptgin)도 반란을 일으켜 962년 아프가니스탄의 가즈니(Ghazni)를 근거로 독립을 꾀하였다. 이 터키계 왕조는 수도 명을 따서 가즈니 왕조(현 아프가니스탄 지방)라 부른다. 가즈니 왕조는 제7대 왕 마하무드(Mah-mud, 재위 998~1030) 시대에 전성기를 맞이하여 그 영토가 서쪽의 이라크 부근부터 동쪽의 갠지스 강 상류에까지 이르렀다.

인도 뉴델리에 있는 이슬람교 사원은 1192년에 건축되었다. 이 사원은 원래 힌두 사원이었다. 노예 왕조는 인도인의 콧대를 꺾기 위해 힌두 사원에 조각되어 있는 모든 사람의 코를 베어버리거나 망치로 부스러뜨렸다. 그리고 힌두 사원을 파괴한 터 위에 이슬람의 왕권을 나타내기 위해 이슬람 사원을 세웠다.

인도 지역에 정착한 대부분의 이슬람 왕조의 특징은 이 나라의 전통 힌두교를 용납하지 않고 그 문화재를 함부로 파괴했다는 점이다. 대표적인 피해 문화재 중의 하나가 이름까지 바뀐 뉴델리 소재 이슬람 사원이다.

철주(Iron Pillar) 와 쿠툽 미나르(Quitb Minar)

이슬람 사원에 들어가면 높이 24피트짜리(7.2 미터) 철주가 하나 서 있다. 이 철주는 인도 고대국가 4세기 초에 굽타제국 챤드라 굽타 2세가 힌두의 신 비슈누를 위해서 세웠다. 챤드라 굽타 2세가 통치하는 동안 영토가 확장되고 예술의 꽃을 피워 금화를 발행하기도 했다.

이 철주에는 산스크리트어로 역사적인 사실들이 기록되어 있어서 매우 귀중한 자료라고 한다. 원래 이 철주 위에는 새 모양의 조각이 있었는데 지금은 없다. 한때 무슬림들이 이 철주를 없애려고 시도하였으나 아주 단단히 만들어져서 부수지 못하고 실패하여 그대로 방

오파즈(OOPATTS), Out of Place Artifacts, 녹슬지 않는 철주. 뉴델리 동남쪽, 이슬람 사원에 있는 탑으로 기원 전 철기시대에 고대 힌두교도들이 만든 휴먼랜드 마크다.

쿠툽 미나르(Qutb Minar). 높이 72.5미터의 석탑으로 기단부의 지름은 15미터, 탑이 높아짐에 따라 점점 가늘어져 정상부의 지름은 3미터다.

치했다.

참고로 이슬람이란 유일신 알라에게 절대복종한다는 의미이고 무슬림이란 이슬람 신도를 지칭한다.

이 사원에서 또 하나 빼놓을 수 없는 구조물은 석탑 쿠툽 미나르(Qutb Minar)다. 아프가니스탄의 잠무탑을 모델 삼아 사암과 대리석으로 건축되었으며 높이 72.5미터로 기단부의 지름은 15미터이지만 탑이 높이 올라감에 따라 점점 가늘어져 정상부의 지름은 3미터다. 이슬람 세력이 들어와 인도북부를 다스리면서 힌두교 사원이 있던 자리에 이 이슬람 사원을 세웠기 때문에 이 사원에는 힌두교 건축물과 이슬람 건축물이 공존한다. 이 탑도 무슬림이 인도 정복을 기념하여 세운 기념탑으로 힌두교와 이슬람교의 건축 양식이 혼합되어 있다.

이 높은 탑은 주위에 모래를 쌓아올리면서 축조했다고 한다. 처음 탑을 쌓은 사람 Gutab Ud-Din-Aibak이 완성하지 못하고 죽자 그의 사위 Litutmish가 완성시켰다. 내부에 총 379개의 계단이 있어서 꼭대기까지 올라갈 수 있는데 요즈음은 이를 허락하지 않는다고 한다.

이슬람의 조각들이 문 위에 새겨져 있다. 또 사원 밖에는 알라미나르 탑을 다른 후임자가 더 크게 짓다가 죽어서 미완성인 채로 남아 있다. 사원 주위에는 이슬람교 묘지들이 산재해 있다. 여기에 탑을 세운 목적은 첫째 기도드리기 위해서, 둘째 권위를 나타내기 위해서, 세째 당시의 건축양식을 조각과 함께 보여주기 위해서라고 한다.

이슬람교는 신의 모습을 돌이나 나무에 조각하지 않으나 힌두교는 돌에다가 사람의 모습을 조각해 두었다. 그런데 이슬람교도들이 들어와 조각된 사람들의 얼굴을 지워버려서 힌두 사원에 있는 조각들은 눈, 코, 귀 등이 망가진 모습들을 많이 접할 수 있다.

몇 년 전, 이라크의 과격 테러 집단 IS들이 고대 유물들을 다이너마이트나 드릴로 파괴하는 장면을 TV에서 본 적이 있다. 어느 민족의 문화 유산이든 파괴되는 것을 보면 참 안타깝다. 고대 유물을 파괴하면서까지 자기 사상과 신앙을 관철해야 하나, 회의가 든다. 신의 이름으로 치르는 전쟁이나 분쟁이 가장 처절하고 악랄하다. 한 치의 양보도 할 수 없고 단 한 발자국도 물러날 수 없는 명분이 확실하기 때문이다. 종교전쟁은 상대방의 종교를 인정하지 않는 데서 시작된다.

식민지 통치자들의 목적을 보통 3 GGG라고 표현한다. 첫째는 Gold(황금), 즉 수탈하기 위해서이고 둘째는 Glory(영광), 즉 본국의 지배자로서의 영광을 나타내기 위해서다. 셋째는 God(종교), 즉 자기들이 믿는 종교를 가지고 들어와 피 지배자에게 전하거나 강요하기 위해서다. 인도는 덩치는 크지만 통일된 나라가 아니라 700여 개의 소규모의 제국으로 할거되어 있었기 때문에 외국의 침입을 많이 받았다.

일행은 해가 뉘엿뉘엿 서산으로 지자 아쉬움을 달래며 인도에서의 첫째 날 일정을 마쳤다.

왕관의 보석, 인도의 문화

우리가 인도를 방문한 때는 디왈리(Diwali)라는 명절기간이었다. 힌두교의 불의 축제기간으로 농부들은 파종기를 맞이하는 제사를 드리고, 상인들은 신년제사를 드린다.

인도는 명절이 매우 많은 나라다. 또 모든 종교를 존중하는 나라여서 종교 축제도 많다. 크리스마스도 큰 명절로 경축한다.

세계 3대 유일신 종교는 유대교, 기독교, 이슬람교를 들 수 있다. 이 세 종교의 공통점은 성지가 예루살렘이라는 점이다. 유대교와 기독교의 발원지는 당연히 이스라엘이다. 이슬람교는 사우디아라비아에서 무함마드를 통해서 만들어졌지만 역사를 거슬러 올라가면 아브라함의 첫째 아들, 이스마엘에서 시작한 종교다. 무함마드의 주장은 유대교는 하나님의 분노를 샀고, 기독교는 진리를 잃어버렸으므로 이슬람교가 알라, 즉 하나님의 가르침을 올바르게 세웠다는 것이다.

인도에서는 힌두교의 전신인 브라만교가 선사시대 때 제일 먼저 존재했다. 그 뒤에 석가모니((BC 624~544년)를 통해서 불교가 인도에서 가장 먼저 태동했다.

델리(Delhi)는 인도의 가슴 부분으로 심장이라는 뜻이다. 인도 지도는 마치 춤추는 여인의 모습을 하고 있다고 묘사한다. 지질학자들에 의하면 인도는 원래 아프리카 대륙과 붙어 있었는데 지각 변동으로 갈라져 나와 아시아 대륙으로 점차 붙어서 오늘의 인도가 되었다고 한다.

남쪽에 사는 인도인은 피부가 검다. DNA를 조사해 보면 남쪽에 사는 인구의 99퍼센트가 아프리카인의 DNA와 일치한다고 한다. 인도 전체 인구의 35퍼센트는 생김새와 피부가 아프리카인과 흡사하다. 남쪽에 위치한 스리랑카 섬나라도 아프리카 흑인과 비슷하다. 북쪽으로 올라갈수록 피부색이 하얗게 나타난다.

인도에서 여성이 남성을 초대하면 그날 밤에는 모든 게 가능하다는 신호라고 한다. 그런데 요즘에는 인도 여행을 하는 여성은 조심해야 한다는 경고가 잇따른다. 강간사건이 많이 발생하기 때문이다. 특히 시골에 가면 상황이 더욱 나빠서 여성의 출입을 엄격히 제한한다. 멋모르고 배낭여행하는 대담한 한국 여성들이 인도에 갔다가 당하는 경우가 많다고 한다.

여성이 길을 걸어가면 오토바이를 타고 가던 청년이 다가와 목적지를 묻고 오토바이로 데려다 주겠노라고 친절하게 제안한다. 그 오토바이에 타면 여성의 의지와는 상관없이 먼 시골이나 자기네들 아지트로 데리고 간다. 또 요가를 가르쳐 준다고 접근한 뒤 최면을 건 다음 심지어 옷까지 모두 강탈해서 오가지도 못하고 한국영사관에 도움을 요청하는 경우도 있다고 한다. 용감하고 무모하고 계획성이 없는 여성들이 크게 당하고 심지어는 살해당하기까지 한다니 인도를 여행하는 여성들이여, 제발 조심하시라.

필히 안내를 잘 하는 하이 앤드 여행사를 통해서 관광해야 인도의 진수를 음미할 수 있다. 하이 앤드 여행을 하면 음식 걱정, 강도 걱정, 납치당할 걱정을 하지 않고 단체로 안전하게 다닐 수 있다. 호텔도 일류이고 특히 음식과 잠자리 걱정을 하지 않아도 된다. 또 좋은 가이드를 만나 역사, 문화, 정치, 풍습 등 다양한 정보를 풍부하게 얻을 수 있다.

인도에는 한국에서 흔히 접할 수 있는 술문화가 없다. 이곳에서는 술을 사가지고 집에 가져가서 마신다. 공공장소에서는 술을 마실 수 없다. 캐나다도 마찬가지지만 특정 가게에서만 술을 살 수 있다. 그런데 한국관광객 중에는 이곳에 와서도 한국적인 술문화를 찾는 사람들이 더러 있다고 한다.

나는 개인적으로 일생에 꼭 한번은 인도여행을 하라고 권하고 싶다. 인도여행 경험자들의 기록을 읽어보면 큰 도움이 될 것이다.

알렉산더 대왕과 포루스 왕의 배포(排布)

기원 전 326년, 알렉산더 대왕은 페르시아 정복 후 인도 정복도 꿈꾸었다. 그러나 함께 따라온 장군들과 병사들이 원정을 원치 않고 본국으로 돌아가고 싶어 했다. 그는 고민 끝에 아시아인 병사들로 군대를 재편성해서 인도 점령에 나섰다.

그가 인더스 강에 도착하니 강폭이 자그마치 800미터나 되었다. 그는 인더스 강의 한 지류인 젤롬 강가에 있는 양안에서 인도의 포루스 왕과 대치하였다. 그 당시 인도는 여러 부족 국가들이 산재해 있었는데 포루스 왕은 고대인도 북서부에 위치한 파우라바 왕조의 왕이었다. 알렉산더 대왕은 쉽게 강을 건널 수 없음을 알고 군사들을 소규모로 나누어 강 아래 위에서 산발적으로 파상 공세를 하는 척했다.

그러나 알렉산더의 작전을 눈치챈 포루스 왕은 그들의 작전에 휘말리지 않고 대군을 대치만 시키고 움직이지 않았다. 이에 알렉산더 대왕은 밤중에 도하(渡河)할 지점을 찾아서 강을 무사히 건넌다.

포루스 왕이 생각하기를 소수의 병력만 건너왔을 것이라고 가볍게 생각하고 아들과 소규모 병력만을 보내서 적을 물리치도록 명한다. 그러나 그것은 오산이었다. 알렉산더의 주력부대가 도착한 것이다. 포루스 왕의 아들과 함께 갔던 군대가 전멸 당한다.

이에 놀란 포루스 왕이 코끼리 부대를 동원해서 공격에 나섰지만 알렉산더 대왕군의 투창과 쏟아지는 화살에 놀란 코끼리들이 난동을 부려 대 혼란에 빠짐으로써 포루스 왕은 패하고 알렉산더 대왕은 승리한다. 알렉산더의 용병술은 이곳에서도 빛난다. 알렉산더 대왕은 그곳에 '알렉산더 부케팔라'라는 도시를 건설한다. 뒷담이지만 코끼리들이 놀란 만큼 알렉산더도 코끼리를 보고 겁을 먹었다고 한다.

그는 인질로 사로잡혀온 포루스 왕에게 무엇을 원하느냐고 물었다. 그는 "왕으로 예우해 달라"고 주문했다. 알렉산더는 그의 당당한 기개와 면모에 경의를 표하고 그가 다스리던 땅을 그대로 다스리게 해주었다. 알렉산더와 포루스 왕은 그리스인과 인도인과의 혼인을 통해 동맹을 더욱 확고히 했다.

알렉산더는 또 다른 인도 땅을 정복하려 했지만 인도의 습한 기후와 병, 모기 등에 견디다 못해 인도 정벌을 포기하고 페르시아로 돌아온다. 그는 인더스 강을 건너지 못하고 결국 페르시아에서 질병으로 죽는다. 그의 자만과 독선적인 정복력은 이렇게 무너지고 인도는 알렉산더 대왕의 야망을 좌절시켰다. 이 정복 실패를 계기로 인도는 성스러운 땅으로 여겨졌다. 만일 인도 경계를 넘으면 병들어 죽는다는 전설까지 생겼다.

알렉산더의 인도 침공은 인도가 그리스 문화를 받아들이는 계기가 되었다. 1세기에 들어서자 인도에서는 그리스 양식의 불상을 만들기 시작했다. 3세기부터는 불상문화가 정착하고 대승불교가 생기면서 모든 사람들을 위한 깨달음을 추구하게 되었다.

2만 5천 명 수용 규모, 금요일의 모스크

우리 일행은 올드 타운에 있는 자마 마스지드, 금요일의 모스크를 찾아갔다. 큰 리무진 버스가 들어갈 수 없을 정도로 거리가 번잡하다. 사람, 자동차, 릭샤, 삼륜차, 자전거, 오토바이가 사방으로 종횡무진 오가고, 길가에 누워있는 거지들, 천막집, 허름한 가게 등이 엉키듯 널려있어 숨쉬기조차 어려울 것 같은 골목길을 우리 기사는 잘도 비비고 다닌다. 비좁은 거리에서 반짝 반짝 빛나는 45인승 고급 리무진 버스를 한 군데도 긁히지 않고 운전해서 다니는 것이 참 신기하다.

차에서 내리자 가이드의 주의 사항대로 오리새끼가 어미 오리를 따라 가듯 서로 바짝 붙어서 군중을 헤치고 사원으로 향한다. 구걸하는 이들에게 일체 눈길을 주지 말고 앞 사람 뒤를 바짝 쫓아가라고 한다. 잘못하여 낙오되면 납치당하거나 사고를 당한다니 잔뜩 긴장이 되었다.

모스크 계단을 오르니 사원 안에 들어가기 전 신발을 벗으라 한다. 슬리퍼를 돈을 주고 살 수도 있다. 사원 안에서 사진을 찍으려면 돈을 별도로 내야 한다. 사원문 안으로 들어가니 넓은 뜰이 나온다. 한번에 2만 5천 명이 기도드릴 수 있다고 한다. 1658년에 샤자한의 지시로 세운 건물이다. 붉은 사암으로 지어진 사원이 화려하다. 여행객과 신도들이 한데 어우러져서 북적댄다.

샤자한이 말년에 병든 몸으로 수도를 아그라에서 이곳으로 옮기려다가 아들 아우랑제브 대제에 의해서 유폐당하여 지냈던 곳은 바로 자신과 아들 아우랑제브가 정무를 집행하던 집무실 옆에 있는 조그마한 건물, 미나 바자였다. 그 건물에 있는 무삼만 버즈(Musamman Buji) 탑에서는 야무나 강 너머 2 킬로미터 떨어진 타지마할이 잘 보였다. 그는 매일 강 너머 묻혀있는 애비(愛妃)의 무덤인 타지마할 궁을 바라보면서 영어(囹圄)의 세월을 보내다가 세상을 떴다. 당시 상황을 상상해 보면 참 안됐다는 생각이 들기도 한다.

샤자한이 통치하는 동안 그의 수도는 세계에서 가장 번영하였고 아름다운 건축물들도 많이 지어졌다. 그의 아내 뭄타즈를 위해 아그라에 세운 타지마할, 진주 모스크, 붉은 성, 라호르 성, 타타의 모스크 등 많은 건축을 하는 동안 국력이 많이 소모되었다. 그가 죽은 후, 무굴제국은 이로 인한 재정 고갈로 황혼기에 접어든다.

마하트마 간디 화장터 유정(有情)

복잡한 자마 마스지드 사원을 빠져 나와 간디 화장터로 향했다. 마하트마 간디가 암살당한 뒤 그의 시신을 화장시키기 위해 넓은 공간에 화장터를 만들고 국장으로 장례를 치렀던 장소가 이제는 인도인과 세계인이 선호하는 명소이자 순례지가 되었다.

간디는 인도의 정신적, 정치적 지도자로 영국에서 공부하고 변호사 자격을 취득했다. 한때는 남아프리카의 인도계 상사에서 근무했는데 백인들에게 차별당하는 동족들을 보면서 독립운동을 결심하게 된다.

그는 아프리카에서 변호사로 활동하다가 인도로 들어온 후 영국에 대항하여 비폭력 저항운동을 전개했다. 1947년 독립 후, 이슬람교도는 파키스탄으로, 힌두교는 인도로 갈라서는 민족 분열이 일어나고 말았다. 간디는 이를 화해시키고 하나로 묶는 일을 하였으나 극단적인 보수파들에게 오해를 사게 되어 암살당한다. 1948년 1월 30일, 향년 79세로 비명에 갔다. 그는 인도의 진정한 정신적, 정치적 지도자였다.

간디에게는 일곱 명의 자녀가 있었는데 다들 정치에는 관여하지 않았다. 네 명의 아들이 있었지만 네루 가문이 이끄는 국민의 당에 밀렸다.

현재 인도인구가 13억이라고 하는데 떠돌이 집시족이 많아서 인구조사가 제대로 이루어졌다고 할 수 없다. 실업률도 공식적으로는 4.7퍼센트라고 하지만 실제로는 그보다 훨씬 높다.

자마 마스지드(금요일의 모스크)

마하트마 간디의 화장터

영국은 인도를 영구적으로 지배하기 위해서 뉴델리에 미국의 백악관보다 더 큰 대통령궁을 짓고 도시의 규모를 대규모로 설계했다. 관광하다보면 정부청사들이 어마어마하게 큰 데 다시 한 번 놀란다.

간디의 화장터를 관광하고 점심식사로 치킨 탄두리를 먹었다. 닭 날개 하나와 다리 한쪽을 준다. 그 이유로 그럴싸한 우스개가 있다. 날개 두 개를 주면 날아갈까 봐. 그리고 다리 두 개를 주면 달려갈까 봐. 우리는 맛이 있어서 각자가 먹고 싶은 만큼 먹었다.

여행자들은 이미 가슴에 풍선을 품고 있어서 어디로든 날아갈 준비가 된 사람들이다. 날개 두 개를 달고 날아간들, 두 다리로 달려간들 대수랴. 도망을 가면 얼마나 가겠어, 갈 테면 가봐라, 나도 함께 가자, 싶은 배짱에서 그랬는지는 일행에게 묻지 않아서 모르겠다.

탄두리는 원래 무굴제국의 음식문화였는데 영국인의 입맛에 맞게 변화시켜 지금은 세계인의 사랑을 받는다. 각종 향신료와 카레. 요구르트를 버무려 숙성시킨 후 화덕에 구워 내온다. 이곳의 식사 문화가 여유롭다. 자리에 앉으면 언젠가는 식사가 나오고 언젠가는 즐겁게 먹고 언젠가는 나가게 된다는 느긋한 자세다. 빨리 빨리 문화하고는 거리가 멀다.

우리 일행은 델리에서 그 유명한 바라나시(Varnasi)로 가기 위해 비행기 트랩에 올랐다. 약 1시간 20분 거리다. 내일은 인류문명의 시원지 중 하나인 갠지스 강 근처에서 하루 종일 시간을 보낸다. 이번 인도 여행의 하이라이트가 될 것이다. 이곳을 빠뜨리면 인도를 다녀왔다고 단언할 수 없다.

녹야원(鹿野苑)

석가모니의 성불(成佛) 장소, 녹야원(鹿野苑)

바라나시에 내려서 북방으로 약 10킬로미터 떨어져 있는 녹야원
(사르나트, Sarnath)을 찾았다. 일명 사슴 공원이다. 녹야원은 불
자에게는 빼놓을 수 없는 성지다. 한때 이곳에는 1만 5천 명의 승려
들이 거주했다. 녹야원은 붉은 사암 벽돌로 만든 유적으로 가득하
다.

불교 전통에 따르면 이곳이 바로 석가모니(BC 624~544)가 보리
수나무 아래에서 성불, 일명 깨달음을 얻은 후 자신과 함께 고행했
던 다섯 제자들에게 처음으로 설법한 장소다. 보리수나무가 어디 있

느냐고, 어떻게 생긴 나무냐고, 가이드에게 물었더니 사진 왼쪽에 보이는 큰 나무를 가리킨다.

석가모니의 성불을 기념하여 세워진 탑이 다메크 스투파(석탑)다. 높이가 42미터이고 직경이 28미터인 이 탑은 굽타 시대의 귀중한 유적이다. 다행히 이 불탑은 빨간 벽돌로 내부에 빈 공간 없이 지었기 때문에 잘 보존되어 있다. 신라의 혜초도 이 탑에 대하여 왕오천축국전에 기록하고 있다.

이곳에서 고대인도의 유명한 마우리아 왕조(BC 324~184)의 2대 왕 아소카 왕 때부터 12세기까지의 유물이 다수 출토되었다. 석가가 다섯 명의 제자에게 가르친 글을 새겨놓은 돌조각과 수투파 조각도 있었다고 전해진다.

아소카 왕(BC 273~232)은 이 사원에 많은 불교 유적을 남겼다. 그가 세운 수많은 석주들이 이슬람에 의해서 대부분 파괴가 되고 밑동만 남아 있다. 그 석주 위에 부착되었던 사자상은 이제는 박물관에 가야 볼 수 있다. 이 사자상은 물론 불상들이나 조각들이 하나같이 코가 부서져 있다. 이슬람교도들이 이곳에 들어와 이 성스러운 곳을 다 파괴하고 불상마다 코를 다 파괴해 버렸다. 코를 없애는 행위는 지배자가 피지배자의 자존심을 없애고 자기들보다 열등하다는 것을 각인시키는 망동(妄動)이다.

아소카 왕은 신실한 불교 신자로 그의 영향력이 닿는 곳마다 부처님을 기리기 위해 녹야원뿐 아니라 룸비니 등지에 전국적으로 8천 4백 개의 석주를 세웠다. 그는 가는 곳마다 부처님의 성적(聖蹟)과 사리를 비치했다.

석가모니는 네팔의 룸비니(Lumbini)에서 가비라국의 왕자로 태어났다. 그의 부모는 힌두교 인이었다. 출가한 후에는 대부분의 생애를 인도지역에서 보냈다. 원래 그의 이름은 고타마 시타르타이지만 주로 석가모니로 불리는데, 석가란 성자(聖者)를 의미하고 모니는 도사 즉 깨달음을 얻기 위해서 집을 떠나 수행하는 사람, 혹은 고행자를 일컫는 말이다. 본래는 석가족(族) 또는 샤키아 족 출신의 성자라는 뜻이다. 석가는 아들 하나를 두었는데 이름이 라훌라다. 그는 아라한이라는 불교의 경지까지 갔으나 성불하지는 못했다.

불교는 원래 종교가 아니고 일종의 가르침이었다. 초기에는 자기 자신의 깨달음을 중요시하는 소승불교였다. 1세기에 들어오면서 불상과 동상이 생기고 3세기에 들어서면서 그리스 양식의 불상문화(佛像文化)가 형성되면서 모든 사람을 위한 깨달음을 중요시하는 대승불교가 태동했다. 7~8세기에는 라마교와 밀교가 시작되었다.

12세기까지는 불교가 인도에서 크게 성행했으나 동시에 여러 가지 문제점이 생기기 시작하여 점점 다른 이웃 나라로 퍼져 나갔다.

불교문화의 진수를 보여주는 사르나트 고고학 박물관

사르나트 고고학 박물관(Sarnath Archeological Museum)은 불교문화의 진수를 보여주는 곳이다. 보통 우리나라에서 불교를 얘기할 때는 천축국이 등장한다. 천축국은 지금의 인도를 말한다.

신라 선덕여왕 때 승려 혜초가 723년부터 727년까지 4년에 걸쳐 인도와 중앙아시아와 아랍 등 다섯 천축국을 순례했다. 그 당시 중국에서는 인도 전역을 동서남북과 중앙지역으로 구분하여 오천축(五天竺)이라 불렀다. 그는 《왕오천축국전(往五天竺國傳)》이라는 저서에서 다섯 나라의 종교, 정치, 문화 등을 그의 행적과 더불어 꼼꼼히 기술하였다. 이 책은 8세기 인도와 중앙아시아에 대한 세계 유일의 기록이다.

그는 맨 처음 중국 광둥성 광저우에서 뱃길을 통하여 인도에 상륙했다. 바라나시 등 갠지스강 유역의 불교 성지 순례를 시작으로, 중인도, 남인도, 북인도를 차례로 방문하고 페르시아와 사라센 제국까지 탐방했다. 그후 실크로드를 통해 당나라 수도 장안으로 귀환하여 그곳에서 생애를 마쳤다. 그는 우리나라의 불교융성에 많은 기여를 했다.

아소카 왕 이후 1500년 동안 인도 중부에서는 여러 왕국이 성쇠를 거듭했다. AD 712년에 이슬람 세력이 인도를 정벌하면서 이곳 사르나트의 유적들을 철저히 파괴해서 지금은 그 파괴된 조각들을 사르나트 고고학 박물관이 소장하고 있다.

박물관에는 그 외에도 힌두교 조각상과 건축물, 수도원의 아름다운 장식물, 연장, 도구 등이 전시되어 있다. 이곳에 세워진 석주 위에는 4개의 사자상이 각각 네 방향을 바라보도록 세워져 있었다. 이 네 마리의 사자상은 인도의 지폐에도 나온다.

김수로 왕과 인도(印度) 공주 허황옥의 결혼

인도라는 말은 어디에서 유래되었을까? 인도는 페르시아 동쪽에 있는 험준한 산맥인 '힌두쿠시 동쪽에 있는 땅'이라는 의미이다. 우리가 흔히 말하는 인류의 4대 발상지의 하나인 인더스 강과 갠지스 강은 지금은 온전히 인도에 속한다고 말할 수가 없다. 1947년 힌두교를 믿는 인도와 이슬람교를 믿는 파키스탄이 분리되면서 인더스 강은 파키스탄에 속하게 되었다.

파키스탄이 독립 후 인도를 중심으로 이슬람교를 믿는 서파키스탄과 동파키스탄이 서로 갈등을 빚기 시작하더니 1971년 결국은 동파키스탄이 방글라데시라는 이름으로 독립하게 된다. 갠지스강도 상류와 중류는 인도에 속하고 하류는 방글라데시에 속하게 되었다. 간디는 종교와 상관없이 하나의 인도를 외쳤지만 암살당하고 나라는 세 쪽으로 갈라졌다.

인도와 우리나라와의 관계는 밀접하다. 기원후 42년에 금관가야의 초대 왕 김수로 왕은 인도의 북부 히말라야산맥 아래에 있는 아유타라는 고대국가의 공주 허황옥과 결혼하여 열 명의 아들과 두 명의 공주를 낳았다. 어떻게 허왕옥 공주가 금관 가야국까지 오게 되었을까? 역사적으로 보면 서양사에서는 로마 시대이고 중국에서는 제자백가 시대가 지났고 그리스에서는 알렉산더가 인도를 다녀간 후다. 지금으로부터 2천 년 전이다.

어느 날 허황옥의 부모는 꿈속에서 하늘의 상제로부터 딸을 가락국(금관가야) 수로 왕의 배필로 보내라는 계시를 받았다. 허황옥 공주는 당시 16세의 나이로 부모의 권유에 순종하여 배를 타고 고국을 떠나 가락국을 찾아 오랜 시간 헤매다가 겨우 도착할 수 있었다. 오빠가 그녀를 수행했다.

허황옥이 탄 배는 망산도 서남쪽에서 붉은 돛을 달고 붉은색 깃발을 휘날리며 나타났다고 한다. 그녀는 결혼 전 흥국사에 머물렀다고 한다. 김해시에는 신어상(神魚像)을 세워 허황옥의 능을 지키게 하고 있다. 이 신어상은 지금의 인도 땅 아요디아(Ayodhia) 지방에 가면 무수히 볼 수 있다고 한다. 재야사학가 이종기가 《가락국탐사》라는 책을 썼고 김병모 고고학 박사도 《김수로 왕의 혼인길》이라는 저서를 남겼다. 지금도 김해 김씨와 김해 허씨는 서로 결혼하는 것을 피한다.

엉망진창 개판, 바라나시(Varanasi)

저녁 무렵, 우리 일행은 세대의 삼륜차에 나누어 타고 덜컹거리면서 바라나시, 갠지스 강변으로 갔다. 가이드가 소매치기를 조심하라고 단단히 주의를 주어서 모두들 꼭 필요한 소지품만 몸에 지니고 출발했다.

갠지스 강변은 가이드 말대로 '엉망진창 개판'이다. 소, 물소, 개, 고양이는 말할 것 없고 마침 명절이라 인도 전국에서 몰려온 순례자들과 우리 같은 관광객으로 어수선하다. 게다가 아직 어린애 같은데 허리에 아기를 안고 돈 달라고 따라다니는 여인, 팔다리를 잃은 걸인들, 거리에서 태어났다가 거리에서 살다 죽어가는 불구자들, 얼굴에 흰 페인트를 칠하고 긴 지팡이를 짚고 다니는 도사들이 강변에 가득하다. 먼지와 개스, 매연이 가득 차서 호흡곤란을 느낄 지경이라 마스크를 착용한 여행객들이 자주 눈에 띈다.

한 뼘의 여유도 주지 않고 다닥다닥 붙어서 밀어붙이는 차량, 오토바이, 삼륜차, 자전거, 트럭, 릭셔가 엉켜서 교통신호도 없는 사거리를 질주한다. 여기저기서 울리는 경적소리에 정신을 차릴 수가 없다. 이 북새통에 길 양쪽으로 길게 늘어선 가게에서는 각종 물건을 파느라 분주하다. 이 틈에 소들은 한가롭게 길가에 드러누워 있다.

시골에 사는 소들은 삐쩍 말라 있는데 이곳 바라나시에는 소들이

바르나시 도로 광경

쓰레기통을 뒤져서 버려진 꽃잎과 풀, 음식 찌꺼기를 먹어서인지 피둥피둥 살이 올라있다. 소똥들이 길가에 여기 저기 방치되어 있어서 소똥을 밟지 않으려면 땅을 계속 살피면서 걸어야 한다. 작년에 이곳을 방문한 일본수상 아베를 맞느라 도로가 그나마도 2차선으로 새로 단장되었다고 한다.

바라나시는 갠지스강 중류에 있는 도시로 힌두교 최대 성지이자 인도에서 가장 오래된 고대도시로 기원전부터 존재했다. 마크 트웨인은 바라나시를 '역사보다 전통보다 전설보다 오래 된 도시'라고 했다. "바라나시를 보지 않았다면 인도를 본 것이 아니다, 바라나시를 보았다면 인도를 모두 본 것이다."라는 말이 있을 정도로 바라나시는 가장 인도스러운 도시라고 한다.

**얼굴에 흰 페인트를 칠하고
긴 지팡이를 짚고서
바라나시 거리를 거니는
맨발의 도사**

이곳 인구는 300만이란다. 연중 이곳을 찾는 순례자들의 발길이 끊이지 않아 인구밀도는 그보다 더 높게 느껴진다. 순례객은 연간 백만 명에 이른다.

우리는 삼륜차에서 내려서 길을 헤치며 걸었다. 앵벌이가 길거리에서 돈을 구걸하는데 돈을 주면 떼로 덤벼들어서 봉변당한다는 주의를 받았다. 그런데도 불쌍한 사람들을 보면 슬쩍슬쩍 돈을 줄 수밖에 없다. 노인이나 불구자에게는 괜찮다고 해서 마음이 동하는 대로 일행이 적선한다. 이곳에는 불구자와 노인 걸인들이 유난히 많다.

어린아이에게는 돈을 주지 말라고 한다. 여행객들이 어린아이들에

바르나시 거리야경

게 돈을 주면 아이들이 일생 거지생활에 익숙해져서 그 소굴을 벗어나지 못한다고 한다. 정말 안 줄 수도 없고 그렇다고 무턱대고 줄 수도 없어서 난감했다. 그들을 바라보고 있노라면 너무 가련해서 측은지심이 절로 생겨난다.

여행을 아주 좋아하는 사람들은 이곳에 민박하거나 거처를 마련해서 몇 달이고 눌러앉아서 바라나시를 음미한다고 한다. 힌두교와 불교의 경전에 매료되고 볼거리도 많아 유적지를 돌면서 여행을 즐긴다.

바라나시에서는 호텔 잡기가 무척 어렵다. 현대식 호텔 신축을 정치인들이 반대한단다. 이곳의 전통적인 문화유산을 해치지 않기 위해서다. 힌두교 사원만 1천 500개가 있고 시크교, 자이나교, 불교의 성지로 꼽히는 곳이다.

이곳은 디아라는 꽃의 꽃잎을 따서 용기에 담아 곳곳을 장식한다. 꽃 색깔이 불처럼 화려하다고 해서 꽃불이라고 한다. 우리가 가는 곳마다 이 디아(꽃불)를 볼 수 있었다.

바라나시는 강우량이 매우 적은 지역이다. 6월부터 3개월 간의 몬순 기간을 지나면 비 내리는 풍경을 보기가 힘들다.

갠지스강은 중부 히말라야에서 발원한 강물로 델리와 힌두스탄 평야를 지나 벵골만으로 빠져나간다. 물이 마르지 않는 강으로 부근 농경지에 70퍼센트의 물을 공급한다.

이 강의 중·상류 지역에 1억의 인구가 산다. 갠지스강은 이곳의 젖줄이다.

현세의 종착역, 바라나시

갠지스강에 도착하여 우리 일행은 두 척의 보트에 나누어 타고 한강보다 두 배쯤 넓은 약 2킬로미터의 강폭을 가진 강의 중심으로 나갔다. 강을 오르내리며 강변 곳곳에 설치되어 있는 여러 가트를 구경하기 위해서다.

화장터에서는 장작불 위에 시신을 올려놓고 화장한다. 살타는 비릿한 냄새가 강 위에서 노를 젓는 우리들에게도 덮쳐온다. 미처 다 타지도 않은 시신을 타버린 재와 함께 강물에 던진다. 밤에 주로 많은 시신을 태우는데 그 냄새가 진동한다.

생과 삶이 공존하는 이 갠지스강에 생(生)과 사(死)는 종이 한 장 차이다. 윤회사상을 가진 인도인들에게는 죽음은 또 새로운 생명의 탄생을 의미한다. 이 화장터에는 통곡하는 사람이 없다.

우리는 배 위에 앉아서 화장터에서 진행되는 화장을 지켜본 다음 뿌자의식이 진행되는 가트로 이동했다.

죄를 씻고 영혼을 정화 시키는 아르떼 뿌자 의식

바라나시에는 갠지스 강변 6킬로미터에 걸쳐 80여 개의 가트(Ghat, 터)가 산재해 있다. 각 가트마다 빨래터, 화장터, 목욕터 등 용도와 목적에 따라 이름이 있다. 가트는 바라나시 갠지스강에 닿을 수 있도록 만들어 놓은 계단이다. 이 중 제일 유명한 가트는 다샤스와메드인데 가장 중앙에 위치해 있고 항상 사람들로 붐빈다.

이 가트에서는 매일 밤 6시부터 한 시간 동안 아르떼 뿌자 의식이 화려하게 펼쳐진다. 이 뿌자 의식은 힌두교 시바 신에게 바치는 제사로 지난 3천 년 동안 매일 행해지고 있다. 이 의식을 구경하기 위해서 여행객이 붐비고 순례자들이 세계에서 모여든다.

이 의식은 일곱 명의 사제들이 아홉 군데의 제단으로 각각 올라오면서 소라 같은 나팔을 불고 한목소리로 노래를 부르면서 시작된다. 신을 부르는 의식이다. 의식을 집전하는 승려들은 카스트제도에서 가장 높은 브라만 계급 출신으로 신앙적, 신체적으로 잘 훈련된 청년들이다.

의식은 정해진 순서로 매일매일 똑같이 치러진다. 비가 오든, 눈이

아르떼 뿌자 의식. 일년 365일 매일 밤 6시에 진행된다.

내리든, 바람이 불든, 안개로 눈앞이 안보일 때일지라도 어김없이 진행된다. 예식은 찬란하나 특별한 설법은 없고 노래가 환히 밝혀진 화려한 제단에서 울려 퍼진다. 그날 지은 죄를 씻고 영혼을 정화 시켜주는 도구로는 종, 디아 꽃잎, 연기, 불 등이다. 순례자들이나 관광객들은 숙연하게 이 예식을 지켜보는데 신비감이 감돈다. 중천에 달이 떠서 모든 광경을 지켜본다.

뿌자 의식은 가까운 화장터에서 시신 타는 냄새로 인하여 의식에 참여한 사람들로 하여금 생과 사의 의미를 더 생생하게 느끼게 한다. 한쪽에서는 시신이 타고 한쪽에서는 "오늘 하루도 잘 지내게 해주셔서 감사합니다. 내 죄를 깨끗하게 씻어주시고 영혼을 정화시켜 주소서."라는 감사의 의식을 하루도 빠지지 않고 드린다.

예식이 끝나서 복잡한 갠지스 강가를 빠져나와 내일 아침에 다시 올 것을 고대하며 호텔로 향했다. 들어갈 때 화려한 천을 자랑하던 옷 가게와 곡식가게, 과일가게 등 숱한 상점들이 문을 닫으니 거리 교통이 한결 수월하다. 먼지와 매연 때문에 숨 쉬는 것도 거북해서 마스크를 쓰고 눈을 깜박거리는 횟수가 훨씬 줄었다.

성스러운 갠지스강

2017년 10월 17일 화요일 새벽, 동트기 전에 버스를 탔다. 바라나시 초입에서 내려 릭셔에 두 사람씩 타고 갠지스강 다샤스와메드 가트(Ghat)로 향했다. 어제는 바라나시의 밤 풍경을 보았으니 오늘은 달라진 바라나시의 아침 풍경을 만나기 위해서다.

순례자들이 강물에 들어가 몸을 씻는 모습이 곳곳에 보인다. 갠지스강에는 아침에 목욕하는 순례자가 많다고 하는데 그 이유는 모르겠다. 좌선하고 오랫동안 기도하는 사람들도 많다. 바라나시 아침 풍경과 목욕하는 순례자들의 모습을 사진기에 담았다.

우산 아래 앉아 있는 사람들을 만나는데 브라만 계급 출신들이다. 이들은 낮은 계급의 사람들을 위해 기도해 주고 돈을 받아 생계를 유지한다. 옛날에는 브라만 사람들만 기도해 줄 수 있었다. 브라만 계급의 사람들이라고 해서 다 부자는 아니다. 요새는 브라만 중에도 거지들이 많다.

일행은 목선을 타고 강을 가로질러 갔다. 바라나시 주변에 있는 절벽이나 건물벽에 시바 신과 그의 두 명의 부인과 두 명의 아들을 벽화로 그려놓았다.

성채 아래 거리에는 시커멓게 찌든 걸인들과 병자들이 소똥과 파리, 쓰레기통과 어울려 살고 있다. 이들은 쓰레기통을 뒤져서 음식을 찾아 먹고 지나가는 순례자들과 관광객들에게 적선을 구한다. 죽음을 기다리는 이들은 고통 없이 죽게 해달라고, 자신도 모르게 죽게 해달라고 시바 신에게 기도한다. 이들은 죽음을 두려워하지 않

바라나시 목욕 가트에서
몸을 씻는 사람들

는다고 한다.

천신의 아바타 열 신 중의 한 신이 시바인데 그에게는 여러 부인이 있고 그중의 한 명이 강가(Ganga)다. 갠지스강은 힌디어로 강가다. 즉 시바 신의 부인이다. 인도인은 갠지스강을 어머니라고 생각한다. 시바 신 부인이 어머니인 것이다. 아무리 나이를 먹어도 엄마(Ganga) 앞에서는 어린아이다. 그래서 이 어머니인 갠지스강에서 몸을 씻는 의식은 어머니 품으로 들어간다는 의미이고 엄마가 몸을 씻겨주는 것은 죄를 용서해 준다는 뜻이다.

시바 신의 둘째 부인 파르바티는 파괴, 회춘, 변형의 신이다. 반대로 시바 신의 첫째 부인은 우아하고 부드러운 여신으로 힌두교 신자들에게는 가장 이상적인 아내 상으로 받아들여지고 있다.

시바의 아들은 코끼리 신 Ganapati 또는 Ganesha인데 지혜와 행운의 신이다. 갖가지 장애를 걷어내는 슬기로 학문과 상업의 성취를 가져다준다고 한다.

갠지스 강물은 10년을 두어도 이끼가 끼지 않는다는 말이 있다. 인도인들은 신성하기 때문이라고 믿지만 산에서 내려오는 물속에 있는 화학물질이 이끼를 막는지도 모른다. 아니면 많은 사람과 짐승이 수시로 들고나기에 이끼 낄 시간이 허락되지 않는지도 모를 일이다. 이유를 캐기보다는 갠지스강을 특별한 범주에 놓아두는 게 좋지 않을까. 지금은 수질이 너무 오염되어서 이끼가 끼지 않는다는 말은 사실이 아닌 것 같다. 수질 개선을 위해서 인도 정부는 엄청난 돈을 쏟아붓고 있다고 한다.

인간적인 안목으로 강물을 바라보면 이토록 더러운 물이 없는데 힌두교 인들에게는 히말라야에서 내려온 이 물이 죄를 씻어주는 성수라고 믿으니 신앙은 가히 대적할 대상이 없다 하겠다.

바라나시에는 신의 사원이 있는데 1년에 딱 한번 사원 문을 연다. 마침 우리가 간 10월 17일이 바로 그날이었다. 릭샤를 타고 가는데 그곳에만 길이 밀려있어 알아보니 인파가 줄을 서서 장사진을 이루고 있었다. 평생에 단 한 번이라도 이 사원에 참배하면 무병장수한다고 믿는다. 이 사원은 금으로 만들어져 있다고 한다.

빨래터에서는 빨래를 물에 담근 후 돌에다가 휘둘러 내리쳐서 빤다. 얼마 떨어지지 않은 곳에서는 물을 항아리에 담아서 등에 짊어지고 간다. 갠지스 강물을 먹기도 하고 시신을 태우기도 하고 기도하는 순례자들은 촛불을 조그마한 용기에 담아서 소원과 함께 강물에 띄워 보내기도 한다. 힌두교 인들은 갠지스 강물이 시바신의 머리카락을 타고 천상에서 내려왔다고 믿어 신성시한다.

화장문화(火葬文化)와 바라나시

힌두교는 화장문화(火葬文化)다. 사람이 병들어 죽으면 3일 만에 화장하고 강물에 재를 뿌린다. 고인이 남자일 경우는 흰색 천으로, 여자일 경우는 붉은색 천으로 시신을 감싼 후 대나무 들것에 올려서 우마차에 실어 화장터로 이동한다. 브라만 사람들이 돈을 받고 죽은 자를 위해 기도해 준다.

화장은 죽은 사람의 영혼이 몸에서 빠져나가는 데 도움줄 뿐만 아니라 그 영혼이 또 다른 세계로 가는 동안 평화로운 길을 보장해 준다고 믿는다. 이 갠지스 강가에서 시신을 화장시키면 시바신이 죽은 사람의 영혼을 천국에 데려간다고 믿는다. 또 화장을 한 골분을 갠지스 강물에 흘려보내면 억겁으로 지속되는 윤회의 고리를 벗어나 하늘나라로 간다고 믿는다. 힌두교와 불교는 윤회사상을 믿지만 이 돌고 도는 윤회의 고통에서 벗어나기를 원하는 것이다.

들것에 운반된 주검을 머리부터 발끝까지 갠지스강 성수로 씻는 정화의식을 마치고 나면 화장을 위해서 쌓아둔 나무 위에 안치하고 곧바로 화장에 들어간다. 불이 꺼질 무렵 상주가 점토 항아리를 잿더미 속에 던지면 고인과 유족들의 관계는 이 생애에서 완전히 끊어진다. 남은 재를 강에 뿌리고 나면 장례 의식이 끝난다. 화장터에서

이 모든 일을 수행하는 사람들은 수드라 계급으로 제일 하층민들이다.

약 두 시간 정도면 시신이 타는데 수분이 많은 장기는 잘 타지 않는다. 채 타지 않은 부분은 강물에 던지는데 이를 물고기가 먹어 치운다. 우리가 배를 타고 화장터를 구경하는 동안에도 물고기가 수면 위로 튀어 오르는 것을 목격했다.

강물에 뿌려진 재가 강을 오염시키고, 시신을 태우기 위해서 엄청난 나무가 사용되기 때문에 벌목이 자행되고 산림이 파괴된다. 여기서 나오는 연기가 공기 오염의 주원인이 되기도 한다.

그래도 여전히 힌두교 인들은 나이가 들어 죽을 때가 가까워지면 바라나시의 갠지스 강가에 있는 호스피스 시설로 몰린다. 죽음이 임박한 권세가도 이곳 화장터 근처 갠지스 강가에 지어진 탑처럼 생긴 건물에서 죽음을 기다리며 지낸다. 옛날 인도의 왕들은 나이가 들면 아들한테 정사를 맡기고 갠지스 강가에 있는 호화 별장에 기거하면서 죽음을 기다렸다. 그들이 기거하는 건물은 석조로 웅장하게 지어졌다. 갠지스강이 환히 내려다보이는 전망 좋은 성채다.

바라나시는 힌두교 인들이 윤회를 벗어나는 죽음을 맞이하기 위해서 가장 선호하는 죽음터이자 신성한 장소. 이곳 성지의 화장터에서 죽는 것이 그들에게는 큰 영광이다. 생과 사의 현장인 바라나시를 보지 않고는 인도를 구경했다고 할 수 없다는 말이 실감이 난다.

이제 이번 여행의 하이라이트인 바라나시, 생과 사의 도시를 떠난다. 카주라호 사원을 항하여!

카주라호 사원 경내에 있는 칸다리아 마하데바 사원. 최대 높이 30.5미터의 웅장한 규모로 시바신을 위해 지어졌다. 건축학적, 예술학적으로 많은 찬사를 받는 대표적인 힌두교 사원이다.

락슈마나 사원 벽에 있는 조각

카주라호 사원

2017년 10월 18일 수요일 아침, 공항에서 비행기를 탄 지 40분 만에 인구 1만여 명밖에 안 되는 한적한 시골, 카주라호에 도착했다. 비행기에서 내려다보니 토지가 광활하고 개발되지 않은 곳이 많다. 인도에 인구가 많다지만 도시로 많이 몰려서 시골에는 빈 들판과 농토가 광활하게 널려있다. 카주라호는 사람들이 염소, 물소, 소, 개, 돼지 등과 어울려 사는 농촌 도시다.

인도는 여러모로 잠재력이 무궁무진하다. 정치와 사회 제도가 안정되고 현대화되면 경제적으로 크게 성장할 나라다. 중국의 경제발전 속도를 인도가 따라가지 못하지만 가속이 붙으면 중국과 인도가 앞으로 세계 경제권을 크게 재편할 것이다.

카주라호 사원들은 1천 년 전에 밧사야나가 산스크리트어로 쓴 문학작품 《카마수트라(Kama Sutra)》에서 영감을 받아 건축되었다. '카마(Kama)'는 인도의 사랑의 신, 혹은 인간의 네 가지 욕망인 재산, 의무, 성욕, 해탈 중에서 성욕을 지칭하는 단어다. '수트라(Sutra)'는 금언, 잠언, 격언, 원칙이라는 뜻을 품고 있다.

이 책은 고대인도의 힌두교 문화에서 비롯된 성적 습관과 성관계를 고결하고 품위 있는 인간 생활의 특징으로 기술했다. 고대 인도의 성애(性愛)에 관한 경전이자 성교육서다.

카마수트라는 그 외에도 사랑의 특성이나 가족과의 관계, 삶의 기쁨 등을 토론 형식으로 기술한 자기개발서다. 성관계도 수련의 수단으로 여겨 성교육 교재로 사용되었지만 현 세상은 단순한 성관계를 묘사한 책으로 인식한다.

 카주라호 사원은 이 카마수트라에 착안하여 여러 가지 성행위 형태를 사원 외벽에 부조로 표현해놓았다. 이 조각들을 보면 1천 년전 고대 인도의 섹스문화는 개방적이었는데 외세가 들어온 이후 오히려 보수적으로 변했다는 것을 알 수 있다.
 '카주라'는 바이아그라 나무의 이름이고 '호'는 정원을 의미한다. 바이아그라 나무 열매로 바이아그라를 만든다. 카주라호는 바이아그라나무를 재배하는 정원이라는 뜻이다.
 카주라호는 1천여 년 전에 인도 중북부를 지배한 찬델라 왕국의 수도였다. 500년을 존속했던 왕조가 이슬람이 쳐들어오면서 망하고 만다. 왕국이 번성하던 때는 비슈누 신(태양신)과 시바 신(힌두교 주요 세신 중의 하나) 등을 섬기는 힌두교와 자이나교 사원이 카주라호에 무려 85개나 지어졌는데 현재는 22개의 사원만 남아 있다.
 이 사원들은 시멘트나 쇠가 들어가지 않고 사암이라는 돌로 지어서 정교한 조각이 가능하다. 두 눈으로 실물을 보니 조각과 건축기술이 얼마나 정교한지 탄복할 수밖에 없다. 100년 동안 건축된 이 사원군은 유네스코 세계 문화유산으로 등재되었다.
 서쪽 사원군은 11세기 중반에 사암으로 지어졌다. 특히 칸다리아 마하데마 사원은 조각이 정교하고 생동감이 넘친다. 사원 외벽에 650개가 넘는 성적인 내용의 조각을 담고 있어 당시의 성이 얼마나 개방되었는지 알 수 있다.
 그중 락슈마나 사원 외벽은 미투나(Mithuna: 남녀교합상)로 뒤

덮여 있다. 약 85가지의 남녀 성행위를 조각으로 묘사해 놓았다. 이런 조각상이 왜 힌두교 사원을 장식하고 있을까. '차크다 푸지'라는 종교의식 때문이란다.

이 숭배의식은 한밤중에 같은 수의 남녀가 둥글게 둘러 앉아 성교 의례를 행한다. 그 의식의 정점에 달한 상태에서 자아의식과 우주 의식이 하나가 되고 해탈의 경지에 이른다는 것이다. 이를 탄트리즘(Tantrism: 密敎)이라고 하는데 이들은 성적인 에너지, 즉 우주의 생명력을 의미하는 여성의 신을 숭배하였다. 탄트리즘은 인도 전역에서 4세기경에 시작되어 6세기 이후에 유행한 철학적, 종교적 운동을 지칭하는 용어다.

경전 수행과 탄트라 수행 2가지가 있는데 탄트라 수행은 성행위를 통해서 이룰 수 있다고 믿었다. 그 믿음을 사원에 조각으로 구현해 놓았다. 문학작품 카마수트라와 탄트리즘이 이 조각품과 관련이 있음을 알 수 있다.

사원에 성행위를 구태여 새겨놓은 이유를 가이드 김대성씨가 시원하게 풀어낸다. 인도는 역사적으로 전쟁을 많이 치르는 나라다. 그러다 보니 전사가 모자라 인구를 늘려야 할 필요가 있었다. 이 사원에 묘사되어 있는 성행위를 성교육 현장으로 이용해서 인구 증가를 꾀했단다. 즉 무지한 백성들에게 성교육을 시키기 위해서 여러 가지 성행위를 조각으로 표현해 놓았다는 것이다.

남자들이 전쟁에 나가서 집에 없거나 많이 죽기 때문에 성의 개방을 부추겨 인구증가를 꾀한 군주들의 정책 일환이었다. 집에 남아 있는 여성들이 월등히 많았기 때문에 마을 남성들을 유혹했다고 한다. 성생활의 문란이 극치를 이룬 시기이기도 하다.

서양에서는 십자가 전쟁 당시 전장으로 나가는 남편이 사랑하는 부인을 지키기 위해서 정조대를 만들어 아내에게 채우고 그 열쇠를 가지고 떠나거나 자신이 가장 신임하는 친구에게 맡겼다는 일화가 떠돌기도 했단다.

반내로 일본의 봉건 영주들은 여성들에게 등에 담요를 착용하고 다니다가 만나는 사무라이가 성관계를 요구하면 들어주게 했다. 전쟁으로 손실되는 병사를 늘리기 위한 봉건 영주의 인구 증가 정책 중의 하나였다. 특히 토요토미 히데요시가 천하통일을 하는 과정에서 오랜 내전으로 남자들이 전장에서 너무 많이 죽어서 군인들의 재생산이 절대적으로 필요했다. 그래서 천왕의 명으로 여자들은 하의를 입지 말고 등에는 반드시 담요를 매고 다니게 했다.

그래서인지 우리나라의 성(姓)은 총 288개인데 일본의 성은 무려 10만개가 넘는다. 낯선 남성과 성교를 해서 아이를 낳으면 관계했던 장소에 따라 아이의 성을 지었기 때문이란다. 아이를 낳으면 애국했다고 칭찬을 받는 사회 분위기였다.

성 문화의 상황을 보면 그 나라 사회현상을 엿볼 수 있다. 인도의 찬델라 왕국의 성문화도 이런 측면에서 이해할 수 있을 것 같다.

우리는 자이나교 사원을 찾았다. 자이나교는 도덕적으로 매우 엄격한 종교다. 살생 금지, 채식, 고행과 철저한 수도 생활을 강조한다. 카스트제도를 반대하고 옷을 입지 않아 나체 교도라고도 한다. 자이나교는 무소유주의를 주창한다. 자이나교 도사들은 빗자루와

물통만 들고 인도 남부에서 우리가 방문하고 있는 이곳 카주라호에까지 맨발로 걸어서 올라온다. 해외로 나가지는 못한다. 자이나교 신도 중에는 사업을 해서 성공한 사람들이 많다.

이들은 철저한 금욕주의자들이기도 하다. 감정을 죽이고 살기 때문에 거시기가 일어서지 않는다. 나체주의자들인 이들은 왜 인간이 인간을 보고 부끄러워하느냐, 욕망이 없는 눈으로 인간을 보면 부끄러워할 이유가 전혀 없다고 강변한다.

자이나교는 불교와 마찬가지로 비정통 브라만교에서 발생한 출가주의 종교다. 불전에서 나간타라고 전하는 종교를 석가와 같은 시대의 마하비라가 재정비하여 제창했다. 불교에 비하여 그 세가 약하여 현재 인도에는 약 180만 정도의 교도가 있다.

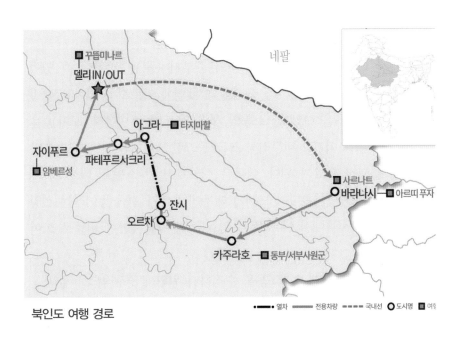

북인도 여행 경로

인도 여행 (2)

소(牛)와 인간

2017년 10월 19일 목요일 아침, 카주라호에서 오르차 성으로 이동하였다. 목적지까지 가는 데만 꼬박 하루가 걸리는 장거리 여행이다. 전용 버스로 4시간, 그리고 기차 일등석으로 4시간을 달려갔다. 하루 종일 걸리는 이동 경로조차도 여행을 좋아하는 나는 참 즐겁다.

차창 너머로 넓게 펼쳐진 인도의 중부지대를 잘 관찰할 수 있었다. 시골풍경이 볼 만하다. 군데군데 햇볕에 마르도록 널어놓은 밀떡 같은 소똥을 보았다. 소똥의 사용 용도가 흥미롭다. 모아놓은 소똥을 물로 이기고 버무려서 크고 둥그런 밀떡처럼 빚어 햇볕에 말리면 훌륭한 연료가 된다. 이들은 햇볕에 말린 소똥을 태울 때 나는 풀냄새를 향기롭다고 느끼기 때문에 우리가 지닌 똥이라는 선입견이 없다. 시골에서 이 소똥은 연료뿐 아니라 훌륭한 비료로 쓰이기도 한다.

동네 아낙네들이 이 소똥을 수집하기 위해서 경쟁적으로 들판을 헤맨다. 옛날에 우리나라 농촌에서 사람들이 땔감을 구하기 위해

산에서 나무를 벌채했듯이 이들은 집 주위나 들판 등, 소들이 다니는 곳을 추적해서 소똥을 찾아 나선다. 인도는 동물과 사람이 다 함께 어울려 사는 나라이다.

이른 아침에 차를 타고 가다보면 차도(車道) 옆 여기저기에 사람들이 쪼그리고 앉아 있는 것을 목격한다. 들판에 실례를 하시는 중이다. 러시아에서도 화장시설이 잘 되어 있지 않아서 버스가 서면 여성들은 왼쪽 숲으로 남자들은 오른쪽 숲으로 사라진다. 그러고 보면 우리나라 한국의 화장실 문화는 세계적으로 수준급이다.

인도는 눈이 내리지 않는 기후라서 일 년 내내 농사를 지을 수 있다. 그래서 소나 동물을 잡아먹지 않아도 연명할 수 있다. 특히 인도의 종교는 소를 귀중히 여긴다. 인도인들은 개고기는 먹지 않지만 힌두교인이 아닌 사람들은 돼지고기를 먹는다. 여러 종류의 동물들이 집이나 거리를 구분하지 않고 함께 어울려 산다.

인도인들은 소를 큰 재산으로 안다. 소는 젊을 적에는 농사짓는 데 일조하고 우유도 제공해 준다. 소똥은 연료로 쓰인다. 버릴 것이 없는 짐승이다. 소가 죽으면 가죽은 혁대, 슬리퍼 제작 등에 사용하고 살은 새와 짐승들이 먹는다. 뼈는 상인들이 장식품을 만들어 낙타 뼈라고 속여서 팔아먹는다.

도시 거리에 돌아다니는 소들도 대부분 주인이 있다. 아침에 풀 어놓으면 하루 종일 먹이를 찾아 여기저기 다니다가 저녁이 되면 집으로 돌아온다. 말하자면 소도 출퇴근을 한다. 나이 들어 쓸모없는 소는 유기되어 밤에도 산이나 들, 도시 거리를 유랑하다가 죽어간다.

인도에서 교통사고가 나서 소를 죽이면 무조건 도망부터 친다. 걸리면 벌금은 내야 한다. 그런데 사람이 죽으면 개죽음이다. 보험도 없다. 잘못해서 걸리면 물어주고 안 걸리면 도망간다.

수소가 주로 일을 한다. 수소는 어려서 거세를 시킨다. 그렇지 않으면 사나워서 일을 시킬 수가 없다. 시바 신에게 바치는 소는 거세하거나 일을 하지 않기 때문에 여기저기 돌아다니면서 먹고 산다.

인도는 물소를 외국에 수출한다. 브라질과 함께 세계 1, 2위를 다투는 쇠고기 수출국이다. 이 쇠고기 산업을 이끄는 사람들은 이슬람교도들로서 약 2억 명에 달한다. 물소는 인도에 거주하는 이슬람

소똥을 말리는 광경

교도들의 중요한 식재료이다. 신이 깃들어 있다는 일반소 대신 물소를 키워서 식용이나 수출용으로 쓴다. 물소 한 마리 값은 한화(韓貨)로 약 100만 원, 일반 소 값은 60만 원 정도 한다.

시골동네 호텔(The Lalit) 정원이 운치가 있고 서비스도 일류다. 음식이 의외로 훌륭한 뷔페였다. 혹자는 인도를 여행하면 고생만 죽도록 한다고 하는데 우리 일행은 하이앤드 맞춤 여행이라 고급 호텔에서 묵고 최신 리무진 버스와 비행기로 이동해서인지 전혀 고생스럽지 않다.

오르차 성(城)

오르차는 1531년 인도 중부에 세워진 라지프트라는 소왕국의 수도였다. 오르차는 '숨어 있는 곳'이라는 뜻이다. 수도 델리에서 남쪽으로 약 480킬로미터 떨어져 있는 작은 마을로 인구는 약 2천 명이다.

인도의 700여 소왕국은 무굴제국에 조공을 바치며 무굴제국의 영향권에서 존속했다. 무굴제국의 악바르 황제가 원정을 나간 사이 아들 살림 왕자가 반란을 일으켰지만 결국 실패하고 목숨을 건지기 위해 오르차로 도망을 쳤다.

그때 분델라 왕조의 왕이었던 비르 싱 데오가 목숨을 걸고 살림 왕자를 숨겨주었다. 3년 후에 악바르 황제가 세상을 뜨자 살림 왕자가 돌아와 형제들과의 권력투쟁에서 승리하여 제위에 오르니 그가 바로 제 4대 자한기르 황제이다.

덕분에 그가 재위했던 20년 동안 분델라 소왕국을 후원해 주어서 분델라 왕조는 전성기를 이루었다. 오르차는 17세기 무굴제국 샤자한 군대의 침입을 받아 함락되었다.

오르차 성은 16세기 분델라 왕국의 왕자였던 루드야 프라탑 싱에 의하여 건축되었다. 오르차 성채는 라즈마할, 자한기르마할, 쉬즈마할이 한데 어울려있는데 그중에 자한기르 궁전은 17세기에 무굴제국의 황제 자한기르의 오르차 성 방문을 환영하기 위하여 세운 건물로 5층 규모에 방이 자그마치 132개나 된다. 궁전을 정성껏 지었는데 막상 그가 단 하루만 그곳에서 묵고 떠나는 바람에 주인 없는 궁전으로 그 빛을 잃었다.

성 주위의 풍치가 아름답다. 성에 올라서면 성벽이 둘러쳐 있고 베트와 강(江)이 한눈에 내려다보인다.

중국 시안 피라미드 발굴 이야기

아그라 성(城)으로 이동하는 동안 박평식 회장님이 자동차 안에서 중국 시안 피라미드 발굴에 대한 비화를 들려주었다. 관심 있는 주제이기도 하고 동서양의 왕궁과 왕조, 그들의 삶과 죽음, 무덤에 관한 이야기가 오가는 중이어서 흥미롭게 들었다.

중국이 시안의 피라미드를 열었다가 급히 닫아 버리고 외부 세계에 알리지 않았을 뿐만 아니라 이를 없애기 위해서 피라미드 위에 나무를 심어 그 나무뿌리가 세월이 가면서 봉분 속으로 침투하여 안에 있는 유물을 잠식해 소멸시키는 작전을 했다는 것이다.

중국인 발굴단의 한명이었던 장문구씨가 임종 전에 증언한 내용이 의미심장하다. 1963년 4월에 고적 발굴팀 36명은 중국 당국의 지시에 따라 시안지역 피라미드 발굴에 파견되었다. 진시황의 다른 무덤이라고 생각한 발굴팀은 기차와 버스, 트럭에 나누어 타고 이틀 만에 목적지에 도착했다. 이집트의 파라미드처럼 거대한 피라미드들이 평원에 산재해 있는 광경을 보았다. 이들은 4팀으로 나누어 그중 가장 큰 순서대로 3개를 골라 사흘에 걸쳐서 발굴했다.

피라미드 안은 석실이 3층 혹은 5층으로 나뉘어 있었다. 벽화, 그림, 한국어와 중국어로 기재된 조각류를 비롯해서 다양한 생활용품들이 쏟아져 나왔다. 맷돌, 절구, 솥, 그릇, 배추김치, 칼이 있었고 청동 검, 활, 금관, 창, 장신구, 상투 머리한 시신 등이 대량 발견되었다. 이들의 단장이던 모 교수는 이 유적이 진시황의 유적이 아니라 조선 문명의 유적이라면서 한숨을 내쉬었다고 한다.

이를 중국 정부의 상부에 보고하자 발굴단에게 곧바로 발굴을 중단하라고 통고하고 발굴 내용을 외부에 일체 알리지 말라는 지시를 내렸다. 장문구씨는 비밀을 지킨다는 서약서를 써주고 현장을 떠났다. 이후로는 이에 대한 이야기를 들은 적이 없다고 한다.

현재까지 이곳 시안에서 밝혀진 피라미드는 100개 이상이다. 평균 높이는 25~100미터다. 높은 것들은 뉴욕의 엠파이어스테이트 빌딩과 맞먹는 300미터로 이집트의 가자 피라미드보다 2~3배 정도 높고 면적도 여의도보다 큰 거대한 건축물이다.

최초의 발견은 1945년에 인근을 비행하던 미국 수송기 조종사의 사진 촬영과 보고서에 의해서이다. 1973년 실시된 고고학계 탄소 연대 측정법에 의해 이 거대한 피라미드 군(群)은 진시황제 무덤보다 수천 년 앞선 것임이 밝혀졌다. 이 발견에 대해서 인터넷에는 다양한 내용이 많이 있는데 우리는 중국의 동북공정을 눈여겨보아야 한다.

우리나라가 통일되고 국력이 강해져야 한다. 그리고 역사를 바로 기술하는 양심 있는 사학자가 과거를 사실 그대로 연구하고 밝히는 과정이 이루어져야 한다. 이것은 어느 한 나라만의 문제가 아니고 진실한 인류 역사 연구라고 할 수 있겠다.

중국이나 일본의 양식 없는 정치인들은 인류의 대업적을 왜곡하고 자국에 유리하게 해석하는 망동을 그쳐야 할 것이다. 올바른 역사 인식은 진정한 인간으로서 갖추어야 할 덕목이다. 이것은 우리 인류의 삶을 참되게 하고 풍요롭게 만드는 첫걸음이다.

이슬람과 고선지(高仙芝) 장군

박평식 회장님이 고선지 장군 이야기를 시작했다. 인도와 고선지 장군 사이에 어떤 연결점이 있는 걸까. 그는 고구려 유민 출신 당나라 장수로 인도까지 그 세력을 장악했던 이슬람 세력을 중국과 한국, 그리고 일본에 들어오지 못하도록 막은 영웅이라는 것이 이야기의 요지다.

712년에 이슬람이 인도를 쳐들어오게 된다. 그 당시 이슬람 세력이 중국 당나라에 끼친 영향을 얘기하자면 당연히 고선지 장군을 빼놓을 수 없다.

한반도에서는 660년에 나·당 연합군에 의해서 백제가 망하고, 8년 후인 668년 에는 고구려가 무너진다. 당나라는 고구려를 패망시킨 뒤 고구려의 많은 땅을 할양받고 고구려인들을 외지로 흩어버린다. 특히 시안, 위그르, 티벳 쪽으로 밀어낸다.

고구려가 망하자 고구려에서 끌려간 것으로 추정되는 고사계(高舍鷄)가 장군으로 기용된다. 한족 이외의 출신들을 장군으로 기용하는 제도가 당나라에 있었는데 그의 아들 고선지(?-755년)도 아버지의 후광을 입어 장군이 되었다.

이 당시 이슬람 세력과 당나라 세력이 격렬하게 충돌했다. 이슬람 세력은 동쪽으로 세를 확장하려고 했고 당나라는 서쪽으로 자기 문명을 전파하려 했다. 이런 상황에서 티베트가 이슬람권과 제휴했다.

더불어 중앙아시아 국가들도 이슬람권과 티베트 편에 가세했다.

자한기르 성. 오르차 성 안에 있는 여러 개의 궁전 중에서 가장 거대하고
아름다운 건물이다.

자한기르 성의 또 다른 모습

당나라와 아시아권이 이슬람권의 위협을 받는 상황이 된 것이다. 이 때 20대 초반의 고선지 장군이 나타나 이슬람권과 티베트 동맹을 깨고 70여 개 나라의 항복을 받아냄으로써 이슬람권의 동진을 성공적으로 막아냈다.

만일 고선지 장군이 이때 이슬람권을 막지 못했더라면 중국과 한국, 일본도 이슬람 영향권 안에 들 수도 있었다는 개연성을 배제할 수 없다. 당나라의 역사서 《구당서》는 고선지 열전에서 이 내용을 자세히 소개하고 있다. 그는 가히 역사의 갈림길에서 세찬 역사의 흐름을 바꾸어 놓은 인물이다.

747년의 일이었으니 인도가 점령된 712년 이후 35년이 지나서 일어난 역사적인 사실이다. 영국의 역사학자 오렐 스타인은 고선지의 전적지를 직접 답사한 뒤 그를 '알프스를 넘은 카르타고의 한니발 장군이나 프랑스의 나폴레옹을 능가하는 역사상 가장 우수한 천재 전략가'라고 평가했다. 인도 여행 중에 우리나라와 중국 등 주변국가의 국제 정세를 연계해서 생각할 수 있는 기회를 얻은 것은 이번 여행의 큰 소득이다.

다시 여행하는 현실로 돌아가자. 우리 일행은 오르차 성을 구경하고 내려오는 길에 차트리아 기념관에 들렀다. 왕의 가족이 죽으면 세워주는 건축물로 그 규모가 어마어마하게 크고 웅장하다. 이슬람 건축양식과 힌두 양식이 겹쳐 있다. 여기도 오르차 성처럼 주정부가 관리하는데 재정이 넉넉지 않아 거의 방치된 상태였다.

무굴제국의 상징, 아그라 성(城)

2017년 10월 20일 금요일, 오르차에서 아그라 성까지 리무진 버스로 이동했다. 아그라 성은 아그라 시골 마을에 위치한 요새로 아그라의 붉은 요새(Agra's Red Fort)라고도 불린다. 붉은 사암으로 건축된 성채와 내부의 하얀 대리석 건물이 어우러져 웅장함과 정교함을 동시에 느낄 수 있는 건축물이다. 인도 북부 우타르프라데시 주의 북서쪽 야무나 강변에 위치한 성채로 멀리 야무나 강 건너에 있는 타지마할이 보인다. 야무나 강줄기를 따라 갠지스 강이 흐르는데 강물이 많이 오염되어 있고 물 수위도 얕다.

이 성은 1565년 무굴제국의 제3대 황제 악바르(Akbar) 대제에 의

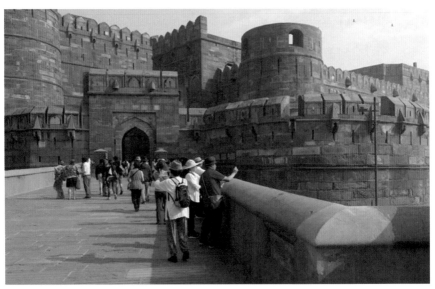

아그라 성(城) 입구

해 건축되었다. 그가 수도를 델리에서 아그라로 옮기면서 건축하기 시작해서 그의 손자인 샤자한이 더욱 발전시켰다. 샤자한은 정치보다는 궁전 건축에 매진하고 더구나 타지마할을 축조하면서 너무 많은 재정을 낭비해서 나라가 어려워지자 그의 아들 아우랑제브에 의해서 축출되어 연금당하는 삶을 살았다. 그의 재정 낭비로 인하여 무굴제국은 차츰 국력이 쇠해지고 종래에는 영국에게 먹히고 만다.

이 성은 1565년에 짓기 시작했는데 매일 4천여 명의 노동자가 투입되어 8년간의 공사 끝에 1573년에 완공되었다. 전성기 때는 500여 개의 건축물이 있었으나 타지마할을 지으면서 일부 건물들이 해체되고, 영국이 들어온 후 대부분 파괴되어 지금은 30여개의 건축물만 남아있다. 당시의 화려함이 어떠했는지를 상상할 수 있다. 유네스코 세계 유산으로 등재되어 있다.

성문이 자그마치 3개다. 성에 들어가려면 이들을 통과해야 한다. 첫째 관문에는 성 아래에 해자를 두고 주변에는 굶주린 뱅골 사자들과 악어들을 풀어 놓아서 외부에서 적이 침투하지 못하게 설계되어 있다.

세 번째 문을 통과하면 비탈길을 만나는데 양쪽 벽에 구멍이 나 있다. 이 구멍에 뜨거운 기름을 쏟아부어 적군이 경사진 길을 올라오지 못하도록 요새화되어 있다. 그리고 적의 동태를 소리로 전했던 통로에서 손뼉을 치면 그 울림이 대단하다. 철통같은 요새다.

성안으로 들어서면 어마어마하게 큰 건축물들이 우리를 맞이한다. 대부분 왕이 머물러 집무하고 생활했던 왕성(王城)들이다. 현재 이 아그라 성의 절반은 인도 군인이 주둔하고 있어서 약 절반 부분

아그라 성 내부: 영국이 금으로 치장된 것을 불로 녹여 대부분 다 걷어 갔다.

자한기르 마할 성문

만 관광객에게 개방되고 있다. 영국 식민지 때에는 이 아그라 성에 영국군인들이 무굴제국의 왕족들을 죽이고 쫓아낸 후 자기들이 들어와 생활했다.

무굴제국의 모든 보물과 다이아몬드는 대영제국 박물관에 가야 볼 수 있다. 영국은 금과 은을 걷어내거나 녹여서 모조리 영국 본토로 가져갔다. 영국은 1860년 중국 자금성에도 들어와 금을 이런 식으로 거두어 갔다. 참고로 태국은 다행히 영국의 침탈을 당하지 않아서 사원이나 대통령궁에 있는 금장식이 그대로 보존되어 조각품이나 불상들이 화려하기 그지없다.

영국은 심지어 세계 7대 불가사의의 하나인 타지마할까지도 영국으로 옮겨가려 했지만 실패했다. 영국군은 전쟁 때 타지마할을 덮어서 위장시켜 적국 비행기에 노출되지 않도록 조치했다.

무굴제국은 백성들에게 세금을 징수하지 않았다. 700여 소왕국의 왕들이 바치는 조공만으로도 국가 재정을 충분히 충당할 수 있었기 때문이다.

아그라 성은 공정연동 콘트롤 방식(Interlock System)으로 돌과 돌이 서로 맞물리도록 고안되어서 건물이 흔들리지 않고 견고하게 층을 이루고 있다. 그리고 공기통이 있어서 내부가 시원하게 설계되어 있다. 샤자한은 궁전 내부를 대리석으로 만들었다. 내부의 하얀 대리석과 바깥의 붉은 사암 성벽이 조화를 이루어 그지없이 아름답다.

영국이 들어와 궁전에 붙어 있는 금을 불에 녹여 떼어갔기 때문에 아직도 불에 그슬린 자국이 적나라하게 남아 있다. 만일 금장식

베이비 타지마할

이 그대로 보존되었다면 매우 화려한 궁정이었을 것이다. 현 인도 정부는 재정적인 어려움으로 그렇게 귀한 유적들을 제대로 복원하지 못하고 있다.

일행은 Baby Taj Mahal (Tom of Itimad-Ud-Daula: 작은 타지마할)을 찾았다. 4대 왕 자한기르의 네 번째 왕비 Nur Jahan가 자신의 아버지 Mirza Ghiyas Beg을 위해서 1622년부터 1628년까지 4년에 걸쳐서 만든 무덤이다. 이 건물은 대리석 위에 원하는 무늬를 그린 다음 그 부분을 긁어내고 백토(白土)나 자토(赭土)로 채운 뒤 유약을 발라 구워낸 돌을 이용한 상감기법으로 축조되었다. 정교한 건축자재로 사용된 대리석은 이곳에서 약 300내지 400킬로미터 떨어진 산악지역에서 운반해 온 것이라고 한다.

이 무덤은 다행히 상감기법으로 지어졌기 때문에 떼어갈 금붙이가 없었으므로 영국의 찬탈의 손을 타지 않아 원형이 그대로 잘 보전되어 있다. 타지마할을 지을 때 이 건축물을 모델로 해서 지었다는 설이 있다.

강가에서 물놀이를 하고 있던 아이들이 위에서 강 쪽을 내려다보는 우리를 올려다보며 무엇이든지 달라고 손짓했다. 옛날 한국에서 미군이 지나 가면 Give me chocolate! 하고 소리 지르던 형국이다. 여러 명의 아이들이 몰려와서 계속해서 관광객들에게 무언가 달라고 요구한다. 그전부터 여러 번 그렇게 해 온 모양이다. 일행 중에 가지고 있는 달러를 떨어뜨리니 한 아이가 잽싸게 받아서 주위 친구들에게 빼앗기지 않으려고 무리로부터 도망친다.

인도에서는 중국제품이 잘 팔리는데 인도 제품은 질이 현저히 낮아서 중국에서 팔리지 않는다고 한다. 현재 인도와 중국의 관계는 소원하다. 미국과 인도가 긴밀한 관계에 있으니 중국에서 관광객을 인도에 보내지 않는다.

이곳 아그라 지역은 북위 15도 선상이어서 강한 햇볕 때문에 국민의 평균 수명이 남자 55세, 여자 60세로 짧다고 한다. 한국처럼 적도에서 좀 떨어져 있어서 사계절이 뚜렷한 나라에 사는 사람들의 수명이 상대적으로 길단다.

인도의 사회, 정치, 경제 체제를 잠깐 살펴보자. 이곳은 중앙정부가 보조금을 주지 않는다. 만일 중앙정부를 쥐고 있는 당이 주정부를 쥐고 있는 정당과 같을 경우 보조금을 지급받을 수도 있지만,

당이 다를 경우에는 중앙정부의 지원을 받을 수가 없다.

　인도는 수상에게 실권이 있고 대통령은 명예직이다. 국회의원은 간접선거를 통해서 뽑는다. 중국은 공산당이 개혁을 일사분란하게 밀어붙이지만 인도는 민주주의라서 되는 것도 없고 안 되는 것도 없다. 그래서 경제 성장이 더디다.

　우리는 탄두르 닭 요리를 맛보았다. 탄두르는 흙으로 만든 전통적인 화덕으로 요거트나 향신료에 절인 닭이나 양고기, 케밥 굽는데 사용된다. 닭을 쇠꼬챙이에 찔러서 불에 굽는데 향신료에 따라 맛이 조금씩 달라진다. 탄두르(tandoor) 요리는 페르시아 음식 문화

무언가 달라고 보채는 야무나 강가의 아이들

의 대표적인 메뉴다. 이 탄두르가 인도에 유입된 경로가 있다.

무굴제국의 2대왕 후마윤은 수르 왕조의 셰르 샤에게 패하여 페르시아(이란)로 쫓겨갔다. 처가인 사파비 왕조의 힘을 빌리는 등 권토중래(捲土重來)하여 15년 만에 수르 왕조를 무너뜨리고 다시 델리로 들어와 무굴왕조를 부활시켰다. 그는 정원문화와 음식문화를 페르시아로부터 들여와 인도 문화에 접목시켰다.

인도와 무굴제국의 흥망성쇠

인도는 1206년부터 1526년까지 320년 동안 술탄 왕조가 지배하였다. 5개의 술탄 왕조가 계속해서 교체되었는데 이를 통틀어서 델리 술탄 왕조라고 한다. 이 왕조는 북부 인도를 지배했다.

무굴제국도 몽골 투르크계 왕조의 일원이었던 바부르 왕조가 칭기즈칸의 후예라 자처하면서 다스렸다. 16세기 초부터 19세기 중반까지(1526년부터 1857년까지) 지금의 인도 북부와 파키스탄, 아프가니스탄 등 광대한 지역을 330여 년 동안 지배했던 이슬람 국가다. 인도의 북부는 다스렸지만 남쪽 지방은 다스리지 못했다. 남쪽에는 지방 토호들을 중심으로 한 토호국과 소왕국들이 넓은 지역에 걸쳐 700여 개나 군림하고 있었기 때문이다.

인도인의 삶과 문화에 많은 영향을 끼친 무굴제국의 황제들은 6대까지다. 1대 바부르, 2대 후마윤, 3대 악바르, 4대 자한기르(살림 왕), 5대 샤자한, 6대 아우랑제브다. 무굴제국은 인도에서 20대 왕까지 330년 동안 존속했지만 샤자한 이후로 그 세력이 급격히 약화되었다. 330년 중 거의 절반에 가까운 150년은 정국이 혼미했다.

영국은 17세기에 이르러 동인도회사를 통해서 인도를 지배하기 시작하다가 그 권력을 점점 확대해 나갔다. 1857년부터 1947년까지 90년 동안 인도를 철저히 착취했다. 영국군은 나중 무굴제국의 말년이 되자 영향력 있는 후손들은 죽이고 잔여 후손들의 재산을 다 수탈해 가고 거지 생활을 하게 만들었다. 무굴제국은 명목상의 왕은 존재했으나 힘을 쓰지 못했다.

무굴제국의 마지막 모습이 쓸쓸하다. 마지막 20대 황제 바하두르 샤 2세는 1858년 10월 7일 새벽 4시, 가족만을 데리고 영국군의 호위를 받으며 쓸쓸하게 미얀마로 추방당했다. 이렇게 무굴제국은 330년 만에 완전히 역사 속으로 사라지게 된다.

무굴제국은 인도에 들어올 때 민간인에게 피해를 주거나 착취하지 않고 자기 나라 국민으로 대접하는 통치를 했다. 영국 사람들의 철저한 착취와 비교되는 역사다. 무굴제국 당시 인도 백성들은 행복하게 살았으나 영국의 식민지가 된 이후 영국이 모두 찬탈해가서 껍데기만 남아 가난하게 되었다.

인도는 2차 세계 대전 후, 1947년에야 영국으로부터 독립했다. 수난의 역사다. 인도 독립에 관련된 역사적 사실이 아이러니하다. 히틀러가 일으킨 2차 대전에서 곤경에 빠진 영국은 인도에 주둔시켰던 자국 군대를 빼서 유럽전선에 투입했다. 그래서 힘의 공백이 인도에 생겼다. 전쟁이 끝나고 영국이 힘을 쓰지 못하는 동안 인도는 다른 약소국가들과 마찬가지로 독립했다. 2차 대전이 없었다면 인도는 영국의 지배에서 해방되기 어려웠을 것이다.

인도 이슬람 예술의 걸작, 뭄타즈 타지마할

2017년 10월 21일 토요일. 이슬람 예술의 걸작, 타지마할 관광에 나섰다.

타지마할은 무굴제국의 황제 샤자한이 사랑하는 왕비 뭄타즈를 애도하기 위해 아그라 야무나 강가에 지은 무덤 건축물이다. 뭄타즈 마할이 죽은 지 6개월 후부터 시작하여 1631년부터 1653년까지 무려 22년 만에 완공하였다. 16개의 정원을 조성하는 등 2만 명이 넘는 예술가가 동원된 대공사였다. 타지마할이 건축되는 동안 뭄타즈 마할의 시신은 1천 미터 남쪽에 있는 무덤에 가매장을 했다가 완성된 타지마할에 이장했다.

타지마할은 페르시아, 터키, 인도 및 이슬람의 건축양식이 잘 조합된 무굴건축의 가장 훌륭한 건축물 중의 하나다. 인도 이슬람 예술의 보석이라는 칭호로 불리는 세계 유산의 걸작 중의 하나다.

아침 일찍 뭄타즈 타지마할에 도착하여 파킹랏에 차를 세우자 거지들과 장애인, 물건 팔려는 상인들이 기다렸다는 듯이 돈 달라고 정신없이 덤벼든다.

경내에 들어가기 위해 구내 차량에 올랐다. 구형 승합차 석 대에

뭄타즈 타지마할

뭄타즈 타지마할

나누어 타고 몸을 비비고 쭈그려 앉아서 동쪽 출입문으로 향했다. 우리가 갔을 때는 운 좋게 날씨가 청명해서 건물이 잘 보였다. 이곳 겨울철인 1월에는 안개가 너무 끼어서 뜰 안에서도 타지마할을 볼 수가 없단다.

샤자한은 15세에 페르시아의 공주였던 아르주망 바누 베굼과 결혼한다. 네 번째 왕비였다. 샤자한은 그녀가 여성 가운데서 가장 빼어나다고 칭송하며 뭄타즈 마할(Mumtaz Mahal), 황궁의 보석이라고 이름 지어준다. 이들 부부는 연애를 해서 만난 사이라서인지 사이가 남달리 좋아서 19년 동안 14명의 자녀를 낳았다. 서구에서는 감리교 창시자 요한 웨슬레의 어머니 스잔나 여사가 23명의 자녀를 낳고 그중 19명을 양육했다.

왕비는 만삭의 몸으로 샤자한을 따라 고원 지역으로 원정을 가서 14번째 아이를 낳다가 39세의 나이로 숨을 거두었다. 사랑하던 왕비가 죽자 샤자한은 음식을 전폐하고 슬픔에 빠져 머리가 하얗게 세어버린다. 상심한 황제 샤자한은 조상의 무덤에 성묘하기 위해 가던 중 히마유 돔을 보고 영감을 받아 사랑하던 왕비의 무덤을 궁전처럼 지었다. 무덤이 아니라 천국을 상상하면서 지었다고 한다.

뭄타즈 마할은 14번째 아이가 자신의 배속에서 이미 죽은 것을 알고 황제 샤자한에게 소원을 말한다. "이제 배 속에 있는 아이가 태어나기도 전에 죽었으니 나도 머지않아 죽게 될 겁니다. 내가 죽으면 살아있는 아이들을 잘 돌보아 주세요. 그리고 나를 위해 가장 아름다운 무덤을 만들어 주세요."

샤자한은 이 왕비를 편애해서 새해에 왕비들에게 용돈을 줄 때도 전 용돈 금액의 반은 뭄타즈 마할 왕비에게 주고 나머지를 비빈들에게 나누어 주었다. 그는 뭄타즈를 위해서 살아있을 때도 잘해 주었고 죽은 후에도 타지마할을 지어서 잘 해주었다.

강가에 이토록 커다란 궁전을 지은 것은 불가사의다. 건축자들은 강가에 기초를 다질 때 흑단 나무를 사용했다고 한다. 5천 개의 우물을 파고 기초축조물을 올린 후 그 위에 이 궁의 축조물을 올리는 공법을 썼다. 여기도 역시 상감기법을 사용해서 지었다. 이탈리아의 건축양식도 상감기법을 썼다고 한다. 건물 돔은 한 겹, 두 겹, 세 겹을 입혀 만들었다. 건축물 하단은 빨간 사암 벽돌을 쓰고 위쪽은 흰 벽돌을 사용하여 우아하다.

건물 외부는 네 개의 탑이 건축물을 보호하듯이 둘러싸고 세워져 있는데 대칭이 되어 사방 어디에서 보아도 똑같은 모습을 볼 수 있다. 자재는 이곳에서 450킬로미터 떨어진 마카라는 장소에서 가져왔다고 한다. 샤자한은 타지마할이 완성된 직후 공사에 참여했던 모든 사람의 손목을 잘랐다. 타지마할보다 더 아름다운 궁전 건축을 막기 위한 의도에서였다.

건물 안으로 들어가니 우리 일행이 일찍 갔는데도 벌써 사람들이 장사진을 이루어서 상당한 시간을 기다려야 했다. 한 사람씩 줄을 서서 들어갈 수 있도록 관람 통로를 만들어 놓아서 시간이 더 걸렸다. 드디어 우리 차례가 되어 안으로 들어가니 건물 가운데 설치된 두 개의 관이 눈에 들어왔다. 한가운데에는 뭄타즈 마할의 관이고 다른 쪽에는 더 큰 샤자한의 관이 안치되어 있었다. 진짜 관은 지하에 있고 우리가 보는 관은 전시용이라고 한다. 한 줄로 서서 360도를 자동으로 돌면서 무덤을 관람할 수 있도록 설계했다. 얼마나 주도면밀한가. 이 건물을 치장했던 각종 보석도 영국인들이 모조리 가져가 버렸다고 한다.

아들 아우랑제브 왕은 자신이 유폐시킨 아버지 샤자한이 죽자 별도로 무덤을 만들지 않고 뭄타즈 마할 곁에 그의 시신을 안치하였다. 아버지가 사랑했던 왕비 곁에서 안식하라는 효도 차원의 결정이라고 보는 시각도 있지만 한편으로는 아버지의 묘는 어머니의 묘지보다 더 크게 지어줘야 도리인데 이 타지마할 건축에 아버지가 국고를 너무 많이 탕진해서 나라가 경제적인 파탄에 빠진 상태인지라 타지마할보다 더욱 웅장하고 화려하게 지을 여력이 없었기 때문이라는 얘기도 있다. 그는 아버지의 건축 열정에 동의하지 않은 아들이기도 하다.

관광 인파가 얼마나 많은지 구경하고 나오는 데 오랜 시간이 걸렸다. 이곳에서 들어오는 관광 수입이 엄청나다고 한다. 입장료는 인도 본토인은 1달러, 외국인은 7~18달러다. 관광 수입으로 들어오는 수입이 국고에 큰 보탬이 된단다.

점심 식사 후 약 3시간 반 거리에 있는 아바네리 지역에 있는 찬드 바오리, 계단식 우물로 이동했다. 한적한 시골길로 들어서니 인도의 진면목을 목격할 수 있었다. 우리가 가는 찬드 바오리 건너편에는 폐허가 된 하샤트 마타 사원이 있는데 힌두교인이 아니면 들어갈 수 없단다.

아바네리 지역에 있는 찬드 바오리, 계단식 우물

계단식 우물 주위로 줄지어 세워져
있는 석주

계단식 우물 주위로 줄지어 세워져 있는 석주와
그 위에 새겨진 문양

13층 깊이의 계단식 우물, 찬드 바오리

유적지에는 비둘기와 원숭이, 앵무새가 자유롭게 노닐고, 돼지 떼가 음식을 찾아 헤맨다. 소와 염소, 개도 사람들과 어울려 있다. 사람들이 새와 동물들에게 먹이를 주는데 짐승들이 사람들을 무서워하지 않는다. 힌두교나 불교에서는 살생을 금하므로 이곳 사람들은 동물과 당연히 공존해야 한다고 생각한다. 이곳에서 태어난 동물들은 복 받은 존재들이다.

인도의 갠지스강 주위에는 네팔의 고원지대 히말라야산맥에서 풍부한 물이 흘러 내려온다. 그래서 물이 충분히 공급되지만 강수량이 적어서 건조한 지역인지라 강에서 멀어질수록 물이 귀하기 때문에 저수지나 우물을 만들어 일 년 내내 사용할 물을 확보하였다.

이러한 우물 중 하나인 찬드 바오리는 9세기 경에 찬드라 지역을 통치했던 니쿰바 왕조의 찬다 왕에 의해 건설되었다. 깊이가 19.5미터나 되는 사각형 계단식 우물이다. 계단이 3천5백 개, 층수로 따지면 13층 깊이다. 이곳은 왕족이 거주하던 지역이어서 당시의 석조유물들의 잔해가 우물가에 전시되어 있다. 이러한 우물이 인도에는 1천5백 개나 있다고 한다.

사진에 보이는 이 우물은 인도에서 세 번째로 큰 우물이라고 한다. 이 우물은 사람들이 신에게 예배하러 갈 때에 손과 발을 씻고 식수로 사용하는 중요한 수자원이었다. 관광객이 내려가는 것이 금지되어 있다. 이 물 자체는 썩지 않는다. 지하수라는 의미다.

이 지역의 왕들에게는 만일의 사태에 적이 쳐들어오면 피신할 수 있는 지하 통로가 있었다. 자그마치 13킬로미터나 긴 이 동굴은 왕이 살고 있는 왕궁에 있는 우물터와 연결되어 있다고 한다.

　관광을 마치고 주차장으로 나오니 여기서도 예외 없이 시장 바닥에서 대기하고 있던 과일 장사 아낙들과 상인들이 물건을 사달라고 덤벼들고, 돈 달라고 구걸하는 걸인들이 몰려든다. 간신히 자동차 안으로 밀려들어오니 김대성씨가 선별된 몇 개의 물품을 차안으로 들여보내어 구입할 사람을 찾고 또 몇몇 거지에게 돈을 건네주게 하였다. 그냥 지나쳐버리면 다음에 올 때 피해를 입을 수 있단다. 모두들 수긍하는 마음으로 기꺼이 협조하고 기부했다. 가이드는 현지인들과 인심을 나누면서 관광객을 안전하게 인도하는 지혜를 갖추었다.
　우리는 아바네리 쿤다에서 자이푸르로 2시간 반을 버스로 이동해서 호텔에 투숙했다.

인도 여인들은 물 항아리를 옆구리에 끼고 13층 깊이의 우물까지 계단을 내려가 물을 길었다.

자이 왕의 마을, 자이푸르

자이푸르는 라자스탄 주의 수도로 델리에서 서남쪽으로 270킬로미터 떨어져 있다. 무굴제국 때 번성한 곳으로 델리, 아그라와 더불어 Golden Triangle이라고 불린다. 자이푸르는 자이 왕의 마을이라는 뜻이다.

자이푸르는 1727년 라지프트 족 카츠와하 왕인 자이싱 2세가 건설하였다. 카츠와하 왕조는 외교의 귀재였다. 이 왕국은 당시 무굴제국의 세력 아래 있는 소국에 불과했지만 외교 수완을 발휘해서 침탈당하지 않고 힌두국가로서의 독립을 유지했다. 당시 인도 전역에 산재해 있던 700여 개의 소왕국은 막강한 무굴제국에 흡수되는 상황이었다. 자이푸르가 속해 있는 라자스탄 주에는 150어 개의 소왕국들이 있었다.

자이싱 2세는 누이동생을 무굴제국의 악바르 황제에게 시집보내는 정략결혼을 통해 우호 관계를 맺고 강력한 지방 왕권을 행사했다. 여동생이 낳은 아들이 후에 무굴제국의 4대왕이 된 자한기르다.

1876년에 무굴제국이 쇠퇴하고 인도가 영국의 식민지가 되자 영국과도 외교 역량을 발휘하여 영국의 보호아래 왕권을 유지했다. 1876년 영국 웨일즈 왕자가 방문했을 때 자이푸르 전체를 핑크색으로 칠하면서 환영했다. 그후 지금까지 구시가지 건물들이 다 핑크색으로 단장되어 있다. 이 색깔은 사암의 고유색이기도 하다. 건물들을 사암으로 지었다. 이곳은 카펫과 보석문화가 꽃피웠다.

사막의 꽃, 아메르 성(Amber Fort)

우리는 호텔에서 아침 식사를 마친 뒤 아메르 성(Amber Fort)으로 향했다. 자이푸르에서 11킬로미터 떨어져 있다. 버스가 언덕길을 올라가니 멋진 성문이 보인다. 이른 아침인데 여행객이 벌써 줄을 길게 서있다. 왼편에 담록색 인공 호수가 아름답게 펼쳐져 있는데 호수 위에는 인공 정원이 조성되어 있다. 사암으로 지어진 성과 산 위로 축성된 성곽이 올려다보인다.

만리장성을 연상케 하는 거대한 주조물들이 보이고 여행객을 태운 코끼리가 운전자의 독촉을 받으며 성채를 향하여 가파른 비탈길을 느릿느릿 힘겹게 오른다. 성안에 도착한 코끼리는 다른 여행자를 태우고 하산한다. 반복되는 노동에 지쳐서 느림보 걸음을 한다. 동물 애호가들이 코끼리들을 풀어주라고 항의도 한단다.

아메르 성을 둘러싸고 있는 성벽은 8킬로미터에 달한다. 산꼭대기에는 망대가 우뚝 솟아있다. 이 성을 오르는데 동원되는 코끼리는 약 200마리나 된다고 한다. 이 중에 수놈은 일곱 마리라는데 아마 수놈들은 말을 잘 듣지 않고 사나워서 쓰지 않는 것 같다.

성채에 오르는 또 하나의 방법은 텐트 지붕이 있는 6인용 픽업트럭에 잔뜩 쭈그리고 앉아서 가는 것이다. 이 차를 탄 우리 일행은 고물 자동차가 내뿜는 매연에 코를 막고 힘겹게 숨을 쉬면서 좁고 더러운 골목길을 지나 구비구비 비탈길을 따라 올라가서 성 아래 파킹장에 닿았다.

아메르 성은 원래 미나스 부족이 만든 성으로 규모가 작았으나

아메르 성 안에는 4개의 광장과 정원이 있고 왕의 집무실, 영빈관, 접견실, 정무실, 사랑채, 내실 등이 있다. 왕녀들이 사는 여러 건물도 한결같이 화려하고 아름답다. 사진은 왕의 개인 접견실 디와니 카스로 매우 화려하고 장엄하다.

왕과 왕비의 침실이 있는 쉬시마할(Sheesh Mahal). 일명 거울궁전

왕녀들이 창살문을 통하여 광장을 구경할 수 있도록 디자인된 건물. 창살 틈이 벌집처럼 생겼다. 왕녀들이 남자를 구할 때는 이 틈을 통해서 자기 맘에 드는 사람을 택했다고 한다. 아메르 성 안에 있다.

아메르 성 내부에 있는 자이가르 요새

관광객을 하루 종일 실어 나르는 아메르 성 코끼리

아메르 성 아래에 있는 인공정원(Kesar Kyaari)

아메르 성 안에 있는 마하라자의 개인 정원, 아람 박(Aram Bagh)

1592년 아메르 왕조의 라자(왕) 만싱에 의해 지금의 모습에 가깝게 재건되었다. 그 후 후임 라자들이 증축과 개축을 계속했다. 이 성은 오랫동안 아메르 왕조의 수도였는데, 1727년에 마하라자 사와이 자 이싱 2세가 수도를 자이푸르의 시티 팔레스로 천도했다.

아메르 성은 인도에서 가장 잘 보전된 성으로 아름답기 그지없다. 전체 면적이 4평 방 킬로미터이고 대리석과 붉은 사암으로 건축된 힌두 양식의 대표적인 건물이다. 내부로 들어갈수록 극치를 이룬 화려함과 정교함에 입이 딱 벌어진다.

관광객을 싣고 아메르 성으로 오르는 코끼리 떼

아메르 성 안에는 4개의 광장과 정원이 있고 왕의 집무실, 영빈관, 접견실, 정무실, 사랑채, 내실 등이 있다. 왕녀들이 사는 여러 건물도 한결같이 화려하고 아름답다.

왕녀들이 창살문을 통하여 광장을 구경할 수 있도록 디자인된 건물도 있다. 창살 틈이 벌집처럼 생겼다. 왕녀들이 남자를 구할 때는 이 틈을 통해서 자기 맘에 드는 사람을 택했다고 한다.

원숭이들과 공작새들, 비둘기들이 사람을 무서워하지 않고 지붕과 벽 사이를 오르내린다. 성 안에는 미로가 무척 많아서 일행을 놓치면 미아가 되어 가이드가 애를 먹는 곳이 이곳이란다. 그래서 오리 새끼가 어미 오리를 따라 다니듯 부지런히 가이드를 쫓아다닌다.

여러 건물 중 기억에 남는 건물 몇몇이 있다. 첫번째는 왕과 왕비의 침실이 있는 쉬시 마할(Sheesh Mahal), 일명 거울 궁전이다. 두 번째는 왕의 개인 접견실 디와니 카스다. 아주 화려하고 장엄하다. 세 번째는 아메르 궁(Amber Palace)으로 대표적인 건물인데 들어가는 문 위에 라자스탄의 상징 동물인 코끼리 조각문양이 새겨져 있다.

이 문을 들어서면 왕의 집무실이 나온다. 우리 일행은 성 아래쪽에서 구경하느라 바빴지만 산 정상에 오르면 이렇게 붉은 사암 벽돌로 요새를 만들어 외적의 침입에 대비했다. 마치 만리장성처럼 멋진 구조로 축조되어 있다.

핑크 시티, 자이푸르의 매력

자이푸르는 도시 전체가 살아있는 박물관이다. 이 도시의 상가는 10시가 되어야 문을 연다. 이곳에서는 식당에서 아침을 먹을 수가 없고 점심 때가 되어야 식당 문을 연다. 도시에는 지하철이 없다. 이 핑크 도시라는 명칭의 유래는 영국 왕실에서 이곳을 방문한다 하니 열렬하게 환영하는 마음으로 도시 전체를 핑크로 단장한 데서 비롯되었다.

진짜 엉망진창 개판 5분 전이라던 김대성 가이드의 말이 실감난다. 인력거, 삼륜차, 자전거, 오토바이, 원숭이, 사람, 거지 등등이 서로 엉켜서 온 도시가 혼잡하고 우리 눈에는 규율이 전혀 없어 보인다.

바람의 궁전 앞에서 사진을 찍다가 코브라 왈라를 구경하게 되었다. 코브라 왈라는 피리를 불어서 코브라를 춤추게 하고 구경꾼들에게서 사례비를 받는다. 이 코브라는 인도에 서식하는 뱀들 중 세 번째로 강한 독을 지녔다고 한다. 피리를 불면 어떻게 코브라가 춤을 출까. 뱀이 음악을 듣고 즐거워서 춤을 추는 것이 아니다.

이 코브라는 귀가 없는 대신 눈 뒤에서부터 위턱까지 걸쳐있는 작은 뼈를 통해서 진동과 파장을 감지한다. 피리를 불면 음정의 고조에 따라 각각의 파장이 공기를 통해서 뱀에게 전달되고 코브라는 각 파장에 맞는 일종의 경계태세를 취하게 된다. 그것이 우리에게는 머리를 흔들며 춤을 추는 것으로 보이는 것이다.

시티 궁전에는 아직도 마하라자, 황제의 후손들이 살고 있어서 궁

아메르 왕조의 수도 City Palace, 자이푸르(Japur).

피리를 불면 독사가 바구니에서 고개를 내밀고 춤을 춘다: 피리 부는 코
부라 왈라

전 내부의 일부만 관광객에게 공개하고 있다.

이 왕조는 영국과도 잘 지냈는데 이 왕조가 어떻게 생존할 수 있었는지, 대단한 지혜가 있는 듯하다. 현재는 실권이 없는 명목상의 왕이지만 인도라는 민주주의 국가 내에서도 왕족들이 이 왕궁을 지키면서 살아가고 있다.

자이푸르 인구는 현재 600만이다. 문화유산이 많이 산재해 있어 관광객들이 몰려든다. 시티궁전 박물관에는 당시의 의복, 장신구, 총, 칼 등 각종 무기가 전시되어 있고 화려한 마차와 대포도 있다.

이 도시에는 전통 공예 보석, 직물, 에나멜 세공 기술이 뛰어나 상업이 발달하였다. 이곳 왕들과 부호들은 상상을 초월하는 부를 축

약 900리터의 물을 담을 수 있는 물 항아리 2개가 왕의 개인 접견실 디와니 카스 건물 안에 있다.

적하고 있는데 왕족의 결혼식은 그 규모와 화려함이 엄청나다. 이들 부호들은 영국으로부터 침탈을 피할 수 있었기에 아직도 많은 금궤를 가지고 있다고 한다.

1970년대에 인디라 간디가 이사 가면서 숨겨놓았던 금을 60대의 화물차로 사흘 동안 실어 날랐다고 한다. 어떤 거부는 결혼식을 치르는데 인도 화폐로 800억을 썼다고 한다. 특히 Lalit Hotel은 인도의 부자들만 드나드는 고급 호텔로 유명한데 인도 정부에서 비리에 연루된 수사를 할 때는 이 호텔에 드나드는 사람들을 일 순위로 주시하여 검거했다고 한다. 그만큼 확률이 높다는 의미이겠다. 그런데 막상 일반서민은 무관심하다. 자기 돈 자기가 쓰는데 무슨 상관이냐는 식이다.

1902년 마오싱 2세(1892~1922)가 영국의 초대로 런던을 방문할 때 두 개의 항아리에 갠지스 강물을 담아서 여행하는 동안 마셨는데 방문을 마친 후 이곳에 전시해 놓았다.

창문이 9백여 개, 바람의 궁전(Hawa Mahal)

이 궁전은 자이푸르 올드 시티 중심부 번화가에 위치해 있다. 1799년에 스와이 프라탑 싱이 왕가 여인들의 소망을 담아 건축하였다. 당시 봉건 사회에서 외부 출입을 엄격히 통제받는 왕가 여인

분홍빛과 붉은 사암으로 건축한 바람의 궁전

들이 소시민들의 생활을 직접 볼 수 있도록 벌집 모양의 작은 창문 953개를 만들었다. 5층 건물에 창문이 워낙 많아 내부로 통풍이 매우 잘 된다. 바람이 잘 통하는 건물이라 일명 바람의 궁전이라고 불린다.

이 성은 분홍빛과 붉은 사암으로 건축되었다. 성의 외벽이 번화한 도로와 맞붙어 있어서 바람의 궁전 왕가 여인들은 이 창틈을 통하여 거리에 일어나는 일들을 내려다보았다. 성의 1층은 정원으로 연결돼 있는데 과거에는 뒤편에 위치한 시티 궁전과 연결된 이 통로를 이용해서 왕가 여인들이 바람의 궁전에 드나들었다. 지금은 그 통로가 폐쇄되어 있다.

유럽과 이슬람의 합작품, 잔타르 만타르 천문대

마하라자 자이싱 2세는 1720년 말경 새로운 수도를 아메르 성에서 자이푸르로 옮기면서 시티 궁전을 짓고 잔타르 만타르 천문대를 지었다. 자이싱은 11세의 어린 나이로 왕위에 올랐지만 그의 천문학에 대한 열정은 대단해서 잔타르 만타르라는 불후의 명작을 인도에 선사했다.

1734년과 1735년은 이 도시건설의 절정기였다. 1734년에는 프랑스 예수교 소속 학자 2명이 자이푸르의 경도를 정확히 밝혀냈다. 자이싱 2세는 프랑스, 영국, 포르투갈, 독일로부터 천문에 관한 방대한 서적과 자료를 입수하고 인도 내 이슬람 소국들과 유럽의 천문학교에서 학자들을 청빙 했다.

이 천문대는 23명이 넘는 천문학자가 목조 조각가들과 함께 건설 작업에 참여하여 1738년에 완공하였다. 궁정 근처와 도시 중심부에 있는 넓은 평지에 건설하고 벽으로 둘러쌌다.

인도에는 해시계가 800년 전에 있었다고 한다. 이미 천문에 대한 관심과 연구 자료가 있는 나라였는데 자이싱 왕이 유럽과 이슬람세

잔타르 만타르 천문대

천문대의 구조 일부. 사람이 올라가는 계단이 아니라 높이와 그림자를 연구해서 별자리 관측에 쓰이는 기구다.

천문대의 여러 장치들

계를 망라해서 천체의 움직임에 대한 관찰과 연구를 전문적으로 할 수 있는 이 천문대를 완성 시켰다. 천문 시설과 기구들이 외부에 설치되어 있는데 평지에도 있고 지하 계단으로 내려가는 구조도 있다. 수학적인 공식으로 데이터를 산출하고 별자리를 관찰하여 효과적인 농법도 연구했다.

물의 궁전(Jal Mahal)

물의 궁전(Jal Mahal)은 자이푸르의 만 사가르(Man Sangar) 호수 한 가운데에 건설된 궁전이다. 18세기에 미하라자 자이싱 2세가 무굴과 라즈푸트의 건축양식을 결합하여 건축한 5층짜리 건물이

자이푸르의 만 사가르 호수 한 가운데에 위치한 물의 궁전, 잘 마할(Jal Mahal)

다. 왕과 왕의 가족들이 여름철에 머물렀던 여름 별장 겸 여름 궁전으로 호수 위에 지어져서 물의 궁전이라는 애칭을 지니게 되었다. 지나는 길에 사진 촬영은 가능하지만 입장은 불가능하다.

사진을 찍는 길거리는 상인들이 관광객에게 접근해서 낙타를 타보라고 권하기도 하고, 과일이나 기념품을 파는 상인들이 즐비하다.

인도 여행을 마치며

이제 인도의 관광을 정리하면서 인도의 역사와 관심 있는 곳들을 요약해 본다. 우선 인도 역사를 훑어보면 기원전 2500년 경에 인더스 문명이 형성되고 이후로 아리안족이 침입해서 브라만교와 카스트제도가 형성되었다. 후에 이 브라만교가 힌두교로 발전하였다.

인도는 마우리아 왕조를 가장 먼저 내세울 수 있다. 기원전 322년부터 기원전 185년까지 137년 동안 존속했다. 특히 제3대 아소카왕(기원전 272경~232경)에 이르러서는 그 영토가 인도 남부를 제외한 전역에 확대되었다. 남아시아와 아프가니스탄의 대부분을 점령하여 인도가 통일되고 대제국을 형성했다. 아소카왕은 불교를 신봉하여 불교 경전의 정리와 외국 포교에 힘씀으로써 국권을 강화하였다. 이때는 개인의 해탈과 수련을 중시하는 소승불교가 발전하였다.

이후 쿠산 왕조가 일어나 기원후 30년부터 375년까지 345년간 통치했다. 중앙아시아로부터 아프가니스탄과 북인도까지 망라해서 세력을 펼쳤다. 이 나라는 지금의 인도에서 볼 때는 큰 제국을 형성한 외래 국가다. 이때 대승불교가 발전했다. 대승불교는 개인중심이 아닌 국가 또는 타인을 아우르는 불교 종파다.

320년경에 굽타왕조가 등장해서 혼란에 빠진 인도를 통일하여 550년까지 약 230년간 인도를 안정시키고 힌두교를 중심으로 한 인도 문화를 꽃피웠다. 5세기 중앙아시아의 유목민인 흉노족이 인도

서북부로 몰려오자 굽타 왕조도 무너졌다. 이후 북부에서는 바르다나 왕국, 남부에서는 팔라바와 찰루키아 왕국이 이름을 떨쳤으며, 국왕들의 후원 아래 힌두교가 더욱 널리 퍼져 나갔다. 이슬람 세력은 712년 이전부터 인도 서북부에 서서히 진출하여 가즈니 왕조와 구르 왕조를 세우고 1206년에는 델리에 술탄왕조를 세웠다. 델리의 술탄들은 이슬람교와 힌두교의 화합을 추구했는데, 두 종교의 장점이 결합된 시크교가 있다. 그러나 16세기 이전에는 이슬람 왕조의 힘이 인도 남단까지 미치지 못했기 때문에, 이곳에서는 촐라와 비자야나가로 왕국이 힌두 문화를 간직한 채 경제적인 번영을 누렸다.

그러다가 이슬람을 신봉하는 무굴제국이 1526년에 인도에 세워져서 1857년까지 330년 동안 인도를 지배하였다. 나중에는 힘이 점점 약해져서 영국에게 패권을 내어주게 된다.

처음에는 동인도회사를 통해서 교역을 시작하다가 1858년부터는 대영제국의 식민지가 되어 착취당했다. 1947년 2차 대전이 끝난 후, 영국의 지배를 받은 지 90년 만에 독립한다. 영국은 인도를 지배하는 동안 침탈하여 나라와 국민을 알거지로 만들어 놓았다.

진정한 인도인의 통치 기간은 마우리아 왕조 때, 특히 아소카왕이 다스리던 137년 동안이라고 말할 수 있다. 또 굽타왕조가 다스리던 230년 간의 역사도 주목해야 한다. 물론 그동안에 소왕국들이 있었지만 대부분이 외래세력이 들어와 인도를 점령하고 다스렸다.

이번 여행에서 관심을 가지고 돌아본 장소를 손꼽아본다. 인도의 수도 델리, 영국이 인도를 영구히 자기 나라로 만들려고 크게 도시계획을 하고 지어놓은 뉴델리, 원숭이 사원, 이슬람 사원 철주와 쿠

탑 미나르, 간디 화장터, 부처가 해탈하고 제자들에게 설법한 녹야
원, 생사(生死)를 아우르며 유유한 바라나시, 1000여 년 전에 인도
중북부를 지배·통치한 찬델라의 수도 카주라호의 조각상들, 한때
그 위용을 떨치던 오르차 城, 무굴제국의 상징이었던 아그라 城, 샤
자한이 사랑하는 아내를 위하여 건축한 뭄타즈 타지마할, 그리고
아바네리의 거대한 계단식 우물, 자이싱 2세의 아메르 성, 자이푸르
시내의 핑크시티와 바람의 궁전, 놀라움을 금치 못하게 하는 잔타
르 만타르 천문대.

무엇보다도 인도의 깊은 문화와 종교, 철학이 나를 매혹시켰다.
인류문명의 발상지에 걸맞은 유산을 둘러볼 수 있었으니 행운이었
다. 여행의 큰 기쁨을 맛보았다.

2018년 1월 29일, 사무실에서 인도 여행의 마무리를 이렇게 글로
남긴다.

에필로그

인생을 살면서 훌륭한 스승들을 많이 만났다. 학창 시절에 함석헌 선생과 김형석 교수님, 한경직 목사님, 김동길 교수님 등 걸출한 신앙인들과 인격자들의 귀한 가르침을 받을 수 있었다.

책에서 만난 스승도 많다. 수많은 사상가와 학자들을 멘토로 모셔서 배우고 익혔다. 세기마다 이 세상을 변화시킨 훌륭한 인물들을 책에서 만나는 기쁨을 어디에 비할까.

책 중의 책 성경은 내 삶의 이정표이자 인생 목표가 담겨있다. 내가 가장 아끼는 성경 말씀은 마태복음 22장 37절~39절이다. "네 마음을 다하고 목숨을 다하고 뜻을 다하여 주 너의 하나님을 사랑하라. 그리고 네 이웃을 네 몸과 같이 사랑하라." 이 말씀을 날마다 묵상하고 실천하고자 노력한다.

나보다 남을 낮게 여기는 성경적인 삶을 살려고 노력한다. 사랑하는 나의 아내 애니는 내가 너무 자신만만하고 겸손치 못하다고 가끔씩 침을 놓는다. 생각하면 그렇기도 하다. 더욱더 나를 비우고 낮아져야 하겠다.

삼사십 대에는 온 가족이 Recreation Vehicle로 미국 곳곳, 아름다운 산천경개(山川景槪)를 두루 살피고 다녔다. 피곤하면 아무 데서나 멈추어 쉴 수 있고 먹을 수 있어서 참으로 편리했다. RV로 여행하는 동안 가족 구성원 간에 유대감이 강화되고 서로를 더욱 잘 알 수 있었다. 아이들이 성장하면서 캠핑카 여행이 여의치 않았다. 쓸쓸하게 앉아 있는 RV를 바라보는 마음이 쉽지 않아 중고시장에 내다 팔았다.

인생이란 그런 것이다. 시간에 따라 버리고 취해야 할 것들이 달라진다. 물 흐르듯 살자고 마음을 바꾸었다. 강물은 끊임없이 흐르지만 결코 같은 물이 아니다. 우리 인생도 끝날까지 지속되지만, 어느 하루 어느 한 시간 같은 사람이 아니다. 시간이 흐를수록 세상을 바라보는 시선의 폭과 깊이가 넓어지고 생각이 바뀌어서 늘 새로운 사람이다. 타인과 특히 나 자신에게 너그러워지고 나 자신을 타인만큼 용서하고 받아들일 수 있어 삶이 더욱 풍요로워진다.

가족이나 타인의 도움 없이 두 아들을 기르면서 아내가 고생을 많이 했다. 우리 네 명이 똘똘 뭉쳐 살아서인지 가족 간의 유대가 좋다. 지금도 장성하여 분가한 아들들과의 사이가 참 살갑다. RV 가족 여행도 큰 몫을 했다고 믿는다. 이제 두 아들이 결혼하고 우리 부부에게 손주 다섯을 선물해 주었으니 감사하고 뿌듯하다.

빈 둥지가 되었으니 우리 부부가 이전보다 더욱 자주 여행할 수 있겠구나, 기대했는데 아내가 여행을 힘들어한다. 젊을 적에는 잘 따라주더니 이제는 시차 적응이 어려워서 더 이상 여행을 못하겠노라고 사정한다. 어느 때부턴가 '놀봉이' 남편과 함께 여행하는 것을 포기했다.

지난 수십 년간 수없이 많은 미지의 나라를 다녀왔다. 나는 여전히 여행에 목마르다. 내 인생관과 세계관은 기독교 신앙을 바탕으로 여행을 통해 형성되고 조탁(彫琢)되었다고 해도 과언이 아니다. 여행은 내 일상을 더욱 살맛 나게 하고 따뜻하게 보듬게 해주는 도구다.

카메라 렌즈를 통해 모든 살아있는 생명이 아름답다는 것을 거듭 확인한다. 그중에서 사람이 가장 고귀하다. 카메라 렌즈 안에 다각도로 붙잡히는 피사체의 완벽한 균형과 사람이 흉내 낼 수 없는 자연의 색채에 감탄한다. 세상의 모든 생명체와 사물은 본연의 자세를 잃지 않고 자신이 꼭 있어야 할 자리에 머물러 있을 때 가장 아름답다. 우리 사람도 그렇다.

여행지에서는 나 자신마저도 피사체가 된다. 일상을 벗어나면 나와 내가 속했던 일상과 환경을 객관적으로 바라볼 수 있다. 물리적인 거리가 멀어짐에 따라 전체적인 그림을 보게 되고 오랫동안 찾지 못했던 문제의 실마리와 해결책을 얻는 것이다.

낯선 풍경 속에 서면 새로운 성찰과 영감이 샘솟는다. 때로 불편하고 예측할 수 없는 위험과 고난을 겪기도 하지만 여행을 마치고 나면 마음의 키가 훌쩍 자란 느낌이 든다. 앞으로도 내가 하는 여행이 나를 더욱 깊어지게 하고 넓어지게 하기를 소원한다.

여행지에서 사람을 만나는 기쁨이 크다. 그들과 대화하면서 그 지방에서만 얻을 수 있는 살아있는 스토리텔링을 건질 때면 마음이 설렌다. 박학다식한 가이드를 만나 지식을 양껏 흡수하는 여행은 값으로 환산할 수 없는 횡재처럼 느껴진다.

여행지의 지리, 문화, 역사를 미리 익히는 것도 별미다. 나는 아무래도 지식에 목마른 인간인 것 같다. 다녀와서는 여행 후기를 쓰면서 더욱 알차게 여행하는 기쁨을 맛본다. 틈틈이 적어놓은 여행 기록이 200자 원고지 3천 매가 넘는다. 하나님께서 허락하시면 여행기를 시리즈로 출간하는 꿈도 꾸어본다.

애석하게도 삼사십 대에 컴퓨터에 기록해 두었던 여행 후기 파일을 다 잃어버렸다. 재생이 불가능하다. 오랫동안 아쉬워했는데 이제는 그 마음도 놓아주려고 한다. 잃어버린 파일 속 추억들이 내 영혼의 피가 되고 살이 되었다고 믿으면 위로가 된다.

이제 낯선 곳을 여행할 때든, 평안하고 조용한 환경 속에 있든, 내가 처한 상황과 무관하게 하늘 아버지의 뜻을 묵상하는 시간이 늘었다. 하나님을 더욱 깊고 넓고 높게 알아가는 여행이다. 한때 내 힘으로 산다고 생각한 적이 있었지만, 지금은 내 인생 전체가 전적으로 하나님의 은혜였음을 깨닫는다. 지나온 시간을 생각할수록 감사가 넘친다. 끝날까지 주님을 사랑하고 이웃을 섬기며 가고 싶은 곳에 맘껏 갈 수 있기를 소원한다.

끝으로 이 책을 출판해주신 선우미디어 이선우 사장님과 이 책의 기획과 편집을 위해 수고한 하정아 작가에게 감사 인사를 전한다.

로스앤젤레스 우거(寓居)에서
최상봉

놀봉이가 다녀온 여행지 리스트

2001년과 그 이전 여행지

서유럽과 동유럽: 프랑스, 이탈리아, 스위스, 독일, 체코, 헝가리,
러시아, 핀란드, 스웨덴, 노르웨이, 네덜란드, 영국, 스코틀랜드

2004년 그리스, 터키

2010년 남미 일주: 브라질, 아르헨티나, 페루

2011년 (5월 13일) 끼르끼즈스탄 단기 선교

2013년 발칸 6개국: 동유럽의 루마니아, 불가리아, 세르비아,
보스니아, 크로아티아, 슬로베니아 (카브리해)

2013년 (10월 28일~11월 10일) 크루즈 : 샌 페드로 항 ~ 플로리다

2014년 (5월 14일~5월 22일) 남태평양 보라보라섬(결혼 40주년기념 여행)

2014년 (6월 27일~7월 3일) 오레곤, 크레이터 호수, 레드우드 국립공원

2014년 (9월 23일~10월 4일) 카자흐스탄 고려인마을 우스떼뵈 단기 선교

2014년 (11월 18일~11월 30일) 피지, 뉴질랜드, 호주

2014년 (12월 23일) 꼬치미 인디언 족방문, 레드우드 국립공원

2015년 (4월) 필란 매실 농장

2015년 (6월 26일~7월 8일) 몽골, 러시아의 바이칼 호수, 상해, 항주,
블라디보스토크, 우수리스크

2015년 (11월 24일) 동남아 6개국 크루즈: 싱가포르, 말레시아, 페낭,
타일랜드, 부르나이, 베트남

2016년 (1월 3일~1월 14일) 남미, 브라질, 파라과이, 아르헨티나, 페루

2016년 (9월 2일~9월 6일) 마운트 러시모어, 크레이지 호스

2016년 (12월 4일~12월 18일) 크루즈: 샌 페드로 항 ~ 칠레 산티아고

2017년 (6월 21일~7월 1일) 아이슬랜드, 그린랜드

2017년 (8월 2일~8월 10일) 발틱 3국: 에스토니아, 라트비아, 리투아니아

2017년 (10월 9일~10월 24일) 네팔, 인도

2018년 (5월 6일~5월 16일) 코카서스 3국: 조지아, 아제르바이잔, 아르메니아

2018년 (4월 24일~5월 2일) 라인강 크루즈

2018년 (6월 23일~7월 14일) 러시아, 중국, 한국

2018년 (10월 12일~10월 24일) 이스라엘 성지순례

2019년 (2월 15일~3월 3일) 아프리카

2019년 (5월 6일~5월 10일) 모뉴먼트 밸리

2019년 (10월 6일~10월 16일) 카자흐스탄 단기 선교

2022년 (6월 3일~6월 13일) 볼리비아

2022년 (11월 29일~12월 14일) 파타고니아: 아르헨티나, 칠레

2024년 (5월 3일~5월 7일) 앤털롭 밸리(결혼 50주년 금혼식 기념)

Bucket List, 앞으로 가고자 하는 여행지

1) 남극
2) 포르투갈
3) 모로코
4) 이집트
5) 중국 서안, 위구르, 장가계
6) 캄보디아 앙코르와트
7) 멕시코 시티 마야문명 유적지
8) 미얀마